宋庆华 著

群众出版社·北京

图书在版编目（CIP）数据

缉拿真凶 / 宋庆华著 . —北京：群众出版社，2022. 3
ISBN 978-7-5014-6243-8
Ⅰ. ①缉… Ⅱ. ①宋… Ⅲ. ①长篇小说—中国—当代 Ⅳ. ①I247. 5
中国版本图书馆 CIP 数据核字（2022）第 052036 号

缉拿真凶

宋庆华　著

出版发行：群众出版社
地　　址：北京市丰台区方庄芳星园三区 15 号楼
邮政编码：100078
经　　销：新华书店
印　　刷：涿州市新华印刷有限公司

版　　次：2022 年 9 月第 1 版
印　　次：2022 年 9 月第 1 次
印　　张：9. 125
开　　本：880 毫米×1230 毫米　1/32
字　　数：230 千字

书　　号：ISBN 978-7-5014-6243-8
定　　价：49. 00 元

网　　址：www. qzcbs. com
电子邮箱：qzcbs@ sohu. com

营销中心电话：010-83903991
读者服务部电话（门市）：010-83903257
警官读者俱乐部电话（网购、邮购）：010-83901775
文艺分社电话：010-83901350

目　录

第一章　致命打击

江南省井南市这座除省城之外全省第二大城市，被人们唤作香城，它的历史恐怕有三四百年了。据说曾经有人专门考证过，但考察来考察去也没拿出个准确的东西。不过，这个城市濒临南方长江水系的两条大河，按照历史地理学家研究得出的人类最初大多缘河而居的说法，自开埠以来有整整八百年历史，还是有据可查、有史为证的。

居住在香城的人，尤其是频繁往来于香城的人，心中还有一个疑问：它为什么会有这么一个温馨浪漫，而且念叨起来还似乎含点儿暧昧迷离味道的简称？上溯几代人都说不清楚，现在的人，哪怕就是百岁老人，也七说八不一。但多数人比较认同的说法有两种，或者说对这个问题有两种主流的声音，一是说简称犹如爱称、昵称，易于上口；二是说历经几十数百代人的呵护和润造，这座从未遭遇过战火焚毁生灵涂炭的城市，确实到处绿树成荫，繁花似锦，鸟语花香，馨香四溢，香气透城，名副其实。

然而，这些年来，香城忽如一脚踏入多事之秋，突然爆出一系列令人惊惧又使人心中吊起一个个悬念的事件。

先是市长张高乐携巨款潜逃国外，撩开官场贪腐黑幕的一角，但大幕始终没能拉开，只让人窥见冰山一角。

接下来的一场打黑风暴，撼动了这个城市的旮旯角落。

这一夜，又传出市政府常务副市长罗泽西被杀死在荒郊野外的消息。

恰如一阵秋风起，秋雨来，这个多多少少让人感觉到寒意的信息，像秋风秋雨激起的细雾，缥缥缈缈弥漫开来……

“罗市长是被刀捅死的，三刀六洞。凶手自杀了，流了好多血……”

“不可能吧，昨天还在电视上看到他慷慨激昂的样子，说是要把井南市建成工业强市、教育高地、蔬菜产业大市，要建花园城市……这么一个大活人，怎么一下子说死就死了呢？”

“该死，又出了个大贪官？该不会是分赃不均黑吃黑吧？”

“不会吧，这几年井南城市变化很大呀，经济也上去了，治安也好了！”

“听说他马上就要当市长啦，官运亨通着呢，怎么会……”

质疑、猜测、议论、流言，当然也夹杂着凭想象繁衍或者无中生有捏造出来的谣言，通过口口相传、网上发帖、微博微信，伴随着阵阵肃杀寒意的冷风肆虐，裹挟着残枝败叶，一阵紧似一阵地扫过香城的旮旮旯旯，让这个以四季花香而闻名于世的江南省第二大城市，在一夜之间几乎无人不知这一令人惊诧的消息。

现实社会物欲横流，让人们极易陷入仇官仇富的心态，对眼前发生的任何事情，只要与官场沾边，自然就习惯跟贪污、受贿、色情、滥用职权等腐败现象相关联，而且恣意想象，肆意渲染，得出的结论不一而足，但很难有一个“好”字。

一辆三菱越野警车疾驰而来。

巍峨庄严的市委大院门前，岗台上伫立的一名年轻武警远远地瞅见了车牌号，立马挺直腰杆，倏忽转身，抬手做出直行的手势。

站岗的武警战士急忙按下遥控板，抬起门杆，立正，敬礼。

警车嗖地驶进了市委大院，在主楼前停下。

没待车停稳，车门打开，跳下一个身着三级警监警服的中年男子。他就是井南市公安局党委书记、常务副局长罗红旗。

走进市委大楼，罗红旗根本就没想去乘电梯，三步并作两步一溜小跑地上了三楼。

踏着有些凌乱的脚步，他进入了大门完全敞开着的市委书记张雅南的办公室，显得气喘吁吁，满脸憔悴，有些力不从心。

顺着张雅南手势的指点，他拖着疲惫的身子一屁股坐在了沙发上。

还没坐稳，一杯茶递到他眼前。看得出来是刚冲泡的，杯口冒出腾腾热气，匆忙之中还没来得及扣上杯盖。

"怎么样？什么情况？"张雅南问道，口气十分急切。他脸色铁青，眉头渐渐收拢。

"别急，张书记，我喘口气，喝点儿水。整整一夜没吃东西，渴呀，饿呀。"罗红旗接过茶杯，吹吹漂浮在水面上的几片茶叶，接连几口下去，"暖和，好喝，谢谢张书记。"

看着罗红旗又是吹着气，又是一口接一口啜着滚烫的茶水，张雅南心里不禁咯噔一下，从稍许慌乱的神态恢复了平静，习惯性地伸手捋了捋头顶有些稀疏的头发。

"好，别着急，慢慢喝吧，朋友刚送来的，上等的西湖龙井，回头送你一盒慢慢品，不过，得等案子破了以后。"

"难了，要讨书记一杯茶喝，这回难啦。"

"怎么回事儿？有什么情况吗？"市委书记张雅南平静中还是有一丝急切，直盯着罗红旗脸的眼神，流露出些许不满。

紧接着，他跟随罗红旗对案发现场的描述，以及对基本案情的述说，面部的表情由惊愕变得茫然，两只原本炯炯有神的眼睛，似乎一下子塞满了杀人现场淋漓的鲜血，透出惊恐、恼怒的光。

深秋，傍晚，临近入冬的日子，香城人从扑面生冷的风和满地枯萎的落叶中，已经感受到了一阵又一阵的寒流掠过。

连日阴霾之后难得的一个晴天，太阳的余晖把天边和大地染得通红通红的。

小牧童牵着瘦瘦的耕牛，一边沿着沟沿让牛儿吃草，一边哼着欢乐的儿歌，朝着天边的太阳挥舞竹鞭，好像要把太阳公公从将要坠入的天之涯边赶上天穹，挥着、舞着、跳着。

不经意间，他一低头，哎呀，血，大片的血，两个人躺在沟底……真是血，在血红的阳光照耀下，血色更红……血液浸染过的杂花野草已经没有了它们本真的颜色，绿色的草、黄色或者金色的花朵都被涂抹上了浓浓的红色。

蓝白相间的警车，车顶上交替闪烁着刺眼的红光、蓝光，匆匆而至。

秋风瑟瑟，寂寥旷野，几个警察的身影开始在路边深沟上上下下忙碌起来。

“我四点钟放了学，回家刚放下书包，爷爷叫我去放牛，我牵、牵了牛出来，顺着路朝着大坝子走过来，就看见血，好大一摊血。是、是两个人睡在那块儿……我、我丢了牛鞭，就跑到了街口，见没人，过路的人都没有，一个、一个人影都没有，我就朝城里跑。跑了很久，碰到一个叔叔，我说叔叔，借用一下手机，有人死啦，我给警察叔叔报警。”小牧童两眼露出惊恐万分的神色，胸腹一鼓一瘪地起伏，喘着粗气，小脸蛋儿涨得通红，断断续续地向警察讲述发现死尸的过程。他嘴里喷出的一股股热气，出口便化作一缕缕白色的寒雾，受寒风刺激而流出来的鼻涕顺溜直下，只管用手背横扫过去。

李冒从裤兜里掏出纸巾，递了过去。

小牧童接过纸巾，捂住鼻子擤了一下，再擦擦手，扔掉，接着说："叔叔，警察叔叔，不、不关我的事啊，那、那两个人我不认识啊，我、我怕。"

"别怕，有叔叔在，不用怕。"李冒蹲下身子，轻轻地拍拍他的肩，瞅着他的眼睛。

李冒脸上挤出点儿笑容，表情有点儿僵硬，但也算是和蔼可亲，用温和的声音说："你帮了警察叔叔的忙，叔叔得感谢你，还得叫学校的老师表扬你呢，别害怕啦。回家后不要把你看到的这些告诉别人啊，乖孩子，记住啊，回家的时候把牛牵上。牛丢了，你爷爷会打你屁股的。"

小牧童又擤了一下鼻涕，咧嘴笑了："老师会表扬我，是吗？爷爷不会打我屁股的。"

李冒被这小孩儿的童真逗乐了，伸手拍了一下他的屁股，不料用力猛了一点儿，把他拍了一个趔趄，说："乖孩子，爷爷不打我打。"

李冒站起身来，扭过头，对他背后站着的一个男人瞪圆了豹子眼，凶巴巴地说："你是干什么的？怎么到这里来的？"

"我吗？我，过路的，这个娃儿找我借手机，说有人被杀了，好吓人……这个跟我没关系哟。"这个瘦削的男子穿一件灰色的夹克，敞着怀，里面露出洗得发白的棉衫，也许是有点儿冷，也许是被那片耀眼的血吓蒙了，也许是被李冒那瞪起来布着血丝的眼镇住了，说起话来哆哆嗦嗦，不成句子，好像两条腿也在发抖，"这个，这，真不关我的事啊。这小孩儿借电话，这块地儿他说不清楚，是我告诉公安局的。没我什么事，我走啦。"

“张华，你过来，给这两个人做个笔录，要详细一点儿啊。王康，你守好中心现场，什么都别动啊。猴子，你围着中心现场朝外找，看看还有什么东西与现场有关，我去给局里回个话儿。”李冒虽说是派出所所长，到底是干过几年刑侦的，尽管没有见过这么大面积的血，但还是出过几次杀人案件的现场。眼下心中虽然有些慌乱，但他指挥几个民警维护现场，倒也显得镇定稳重，有条不紊。

手机嘟嘟地响，一看，没信号。

李冒拿起对讲机大声说道：“指挥中心，我是李冒，我已经到达现场，找到了报警人，肯定是一起凶杀案，请通知刑警、技术、法医赶快来勘查现场，还有，要报告市局……”

“收到，你们要保护好现场，我报告值班局长，几路人马很快就到。”分局指挥中心主任在坐镇值守，指挥若定。

不行，这桩案子得马上报告罗局。李冒心里嘀咕着，掏出手机，拨号，嘟嘟嘟，没信号。只好又拿起对讲机，旋转按钮，拨到市公安局的频段。

“市局指挥中心，市局指挥中心……”

“请讲，我是市局指挥中心。”

“我是东阳分局井阳派出所所长李冒，有特殊警情向红旗局长汇报。”

“他没在指挥中心，你直接呼叫‘泰山02’就行啦。”

“我叫了，没响应。”

“什么情况？可不可以告诉我们，由我们转告？”

“不行，我要直接找他。”

“是不是你们那里发生的凶杀案情况？”

“是。”

“市局指挥中心接到你们分局的报告，已经通知刑警支队带技术、法医，还有警犬赶过去了，在路上了……”

“这些情况我知道，我就是要找红旗局长。”

“那，你打他的手机好啦。”

李冒有些恼怒，把对讲机扔给张华，起身一溜小跑钻进那辆警车，呼啸着驶离，丢下一句话：“我去找信号。”

此时的罗红旗，正在办公室同分管刑侦的副局长申晓兵一起分析研究省公安厅督办的一起黑恶大案的主犯李山失踪后的去向。

“毫无疑问，肯定是外逃了，那辆凯迪拉克和两辆卡宴失踪了，还有那个女妖精……都失踪了，影子都没见，人间蒸发了。”申晓兵一筹莫展，愁眉苦脸，万分无奈地叹息，“偌大的井南城，我们像梳头一样，清理好几次了，真没见半点儿蛛丝马迹，时至今日还没一丁点儿新的线索。”

手机铃声突然响起，在冷清的房间里格外刺耳。

罗红旗瞥了一眼茶几上振动的手机，根本没有心思理睬它。此刻，他的脑子里全是李山的案子。

井南市开展“打黑除恶”专项斗争半年以来，大大小小的黑恶团伙打掉好几十个，唯独这个李山黑社会团伙案件因为跑了主犯结不了案。凑巧的是，此案既是本市最大的黑恶团伙案，又是省公安厅挂号的督办大案，因此，他不得不整日耗脑费神，全力以赴。

“跑了三个月，在押的喽啰不说，访问的关系人员不讲，几个利山集团的核心人物呢，再审，再查，其他人员再摸排。必要时，不惜重起炉灶，另辟蹊径。”

申晓兵白皙的脸，因为连续几天熬夜落下的黑眼圈，比国宝大熊猫的眼睛还要突出，一张挂霜的马脸拉得更长，且增添了许多褶皱。

“罗局，能想到的路数，该用的招数，都想了，都做了，我算是没辙了，唉。”申晓兵沉重而悠长地叹息一声，既无奈又显出些许凄婉的愧疚。

“不过，还有一条路子可以试试。”申晓兵突地站了起来，好像有了什么新的发现。

“什么路子？快讲。”罗红旗的眼神忽闪出一丝兴奋闪亮的光。

“李山在家中排行老三，他家老大南下多年了，现在是南方一个市里有点儿名气的企业家、董事长，几年前来井南投资一个大项目。李山跟他合作，赚了一大笔钱，后来不知道啥原因，两兄弟闹崩了，还动了家伙。李老大的腿被打断，仓皇回到南方，临走丢下话，决不再认这个亲兄弟，骂他是狼心狗肺、断子绝孙、不得好死的下三滥。”申晓兵讲着讲着，有点儿泄气，底气不足了。

“打断骨头还连着筋，毕竟血浓于水呢。”罗红旗用渐渐放亮的眼神盯着申晓兵那张又显出有些遗憾的脸，心想，此时此刻决不能让他泄气松劲，泄气意味着放弃，松劲意味着失败。

他暗自深吸了一口气，鼓劲道：“李山的几个喽啰的确证实过，他俩确实几年没有联系，甚至别人在李山面前提起他家老大，他就会破口大骂，丑话难听死了，还扬言要他的人头。行，这条线索你得布置下去，查深查细，不能掉线了。另外几条线还得再分析分析，网上网下、过去现在、技术手段都得关照到他，付出多大代价都行，怎么也得抓住这个龟儿子。省公安厅过问好几次了，赵厅长有批示，打黑尚未进入深水区，必须限期抓捕归案。市委张书记也找我谈过，李山涉黑案不破，没法儿向井南一千多万市民交代呀。”

罗红旗双眼紧盯着申晓兵的眼睛。四目相对，生出要迸溅起火花的感觉。

“申局，这个时候，这个案子，往大处说，是组织上对我们的考验；往小处讲，李山一天不抓住，一天不审判，我们这些警察的脸就没处搁呀。我们必须破釜沉舟，背水一战，别无退路。”罗红旗说道。

手机铃声再次响起，这次是不依不饶持续地响，机身在茶几上不断地振动。

罗红旗极不耐烦地抓起手机，刚把听筒贴近耳朵，就听李冒在里边大声地喊：“罗局，出大事了。”

“噢，就是那个杀人案？知道了，我已经叫曾支队长带队去了。啊，什么，你说是罗……你肯定？好，我和申局马上到，现场不能动，等我到了再说，好，好，好。”电话这头的声音由平静变成了惊惶，急切切的。

罗红旗、申晓兵驱车风驰电掣地赶到了现场，看到中心现场周边已经拉起了两道警戒线，市、区、派出所三级公安机关的刑侦、治安、技术、法医等几队人马都在线外做着准备工作。

“警犬追踪和外围调查的人员已经撒出去了，现场勘查准备就绪，听你指示。”东阳分局李洁冬局长的声音有些发抖，或许是因为紧张，还有些慌乱。

罗红旗紧抿着嘴，绷着脸，目光快速扫过整个现场。

然后，他从一旁踏着乱石，缓缓下到沟底，一边走一边细细察看。整个过程，他一言未发。

这个偌大面积的地块，是井南上届市政府投入大量资金，花了很大力气，动员拆迁上千户原住居民，才在市中心平整出来准备用于建“香城 CBD”的储备地。据说按规划蓝图建成之后的这个中央商务区，在江南省是规模最大、人流最大、物流最大的综合性大型商城。可是，因为种种原因，这个地块被搁置了好几年。几度春来，荒地上杂草丛生，野花遍地，倒也显出生机勃勃的景象。此时秋来，花草开始枯萎，有点儿衰落迹象。

中心现场范围不大，就在这个地块南边一条新修的公路边缘的斜坡沟底。有两具男性尸体，一具仰脸躺在沟沿的斜坡上，一具仰躺在沟底。两具尸体淌出的血液浸入泥土，已经干涸，显出暗黑的两片血迹，在西边的阳光照耀下很是抢眼，显得阴森森的。靠公路的斜面上明显有石砾滑落、野草被碾压的痕迹，散落在沟底的摩托车头盔已经破裂，带着毛刺的几个豁口龇牙咧嘴般让人看着丑陋，几处眼镜的碎片在落日余晖中反射出光点，还有破碎的手机、天线、电池……

罗红旗顺着斜坡小心翼翼来到沟底，凑近查看沟底的两具尸体。仰面躺着的那具尸体，全身上下穿着一套银灰色的耐克休闲运动装，一只脚上套着耐克的镶黄边的黑色运动鞋，另一只鞋倒扣在铺满细碎石砾的沟底，全是泥土。那只没套鞋的脚上穿着白色的线袜，白得耀眼。尸首腹部有大面积的血迹，虽然血迹已干，但隐约可以看见其中一个被刺穿的伤口还在淌血，死者面部血肉模糊。

是他，两道又黑又密又突出的眉毛，又阔又扁的嘴龇着因吸烟被熏黄的门牙，轮廓分明的国字脸，缺了一只腿的金边眼镜和破碎的玻璃片摔在脸旁。

罗红旗猛地感到心脏急剧收缩，痛，剧痛，大脑里突地拉响了一个炸弹，有些蒙了。

目眩，头晕，他突然觉得天地颠倒，快速翻滚，差点儿倒地。

紧跟在一旁的申晓兵发现了罗红旗的异常，一把搀扶住他。

不可能！不可能！这怎么可能！

罗红旗心中来来回回地重复着这几个字，没有问号，只有一个比一个更大的感叹号。

事发突然，而且这个猝然降临的事，是与自己息息相关的大事，那就最能够考验一个人的自制能力和处理水平。

罗泽西的死，犹如晴天霹雳，让罗红旗这个职业警察的脑子一下子被震得发蒙，惊悚不已。况且眼前这个死者，与自己从童年至今的命运，紧紧相连，密切相关。这不能不让他从内心深处感受到从未有过的致命打击。

重击之下，使他的感受无异于天塌地陷。一念之间，他的神经似乎就要崩溃。

但他用超乎寻常的意志力绷紧每一根神经，竭尽全力控制住自己，很快镇静下来。

从沟底爬上路沿，罗红旗几乎是手脚并用。

当屁股重重地落在路肩上时，脸色苍白的他，气喘吁吁，甚至有些上气不接下气地蹦出一句话："你们抓紧吧，太阳快要落山了。"

这等于是命令，现场的警察按照职责和分工开始有条不紊地忙自己的活儿。

这一夜，他一直待在现场。

作为现场的最高指挥官，在外人看来，他始终表现得稳重自如、指挥若定。

第二章　加分与减分

第二天清晨，浓浓的雾气冉冉升起，天空中淅淅沥沥地飘起细细蒙蒙的小雨。云遮雾罩中的香城，显出扑朔迷离的朦胧感，寒意更深了。

张雅南那张沟壑纵横的脸，时而震惊时而惊慌，一会儿表现出凄切，甚至有些痛楚的神色，一会儿显出特别的凝重。原本黝黑的脸上沟沟壑壑凝住了，像是青石一般的雕塑，铁青泛光。只是那双不算大的眼睛里，游移着一丝让人不易察觉、如释重负般的轻松，不过很快就定格在青色雕塑上。

略为夸张的变化，此时在张雅南的脸上突出了点儿，这都是随着罗红旗讲述的凶杀案件血腥现场和原始案情而在变化，在凝固。

打心眼儿里讲，张雅南对眼前这位下属并不是很熟悉，更谈不上喜欢或者欣赏。

大约是前年的这个时节，也是深秋快要入冬的时候，井南市公安局局长刘琨鹏因为突发心脏病猝死。时任市委常委、副市长的罗泽西多次推荐井上县公安局局长罗红旗作为继任候选人。

张雅南心中一时没有考虑到合适的人选，也碍于情面，模棱两可地点了头，先考察考察再说吧。

可是，时隔不久，市委组织部呈上来的考察报告显示，罗红旗在德、能、勤、绩、廉等方面皆优，尤其是公安业务能力甚强，似乎无可挑剔。

张雅南没有理由拒绝罗泽西的提议。

在市委常委会上，面对罗泽西力挺罗红旗的坚决态度和另外两名常委提出的新的人选，他那布满沟壑山川的脸又凝固起来，思忖良久，才严肃认真地做出稳妥的决定。

该他表态了。不容置疑，市委常委会上他的表态，就是拍板。这一点，在他到井南召开第一次市委常委会时，就让井南市的高层认知了。

那次会上，一个已经连续干了两届的常委，自恃资深年高，出尔反尔的表态让张雅南下不来台。这让张雅南大为光火。孰料对方正好撞上他的枪口，他毫不客气地反击过去。他抓住了对方程序上的问题，剖析其动机及后果，一股脑儿地把他批了个哑口无言，体无完肤。口气之严厉，神色之严肃，地动山摇一般，让人震撼。

此时，他清了清嗓子，用沉稳的语气不疾不徐地说："公安机关是国家机器的重要组成部分，对地方政府来讲，可以说是国之利器。公安局局长这个位子级别不是很高，但可以说是非常重要。所以，对公安局局长的人选应当十分慎重，至少我是这么认为的。

"我考虑，一来呢，罗红旗同志很年轻，四十出头儿，当然啦，年轻好哇，有冲劲，有干劲，有闯劲，更有旺盛的工作精力。二来呢，他从领导五百多个警察管一个县的治安稳定，到当市局局长，那是要管一万多名警察，要管五区十二县三万两千多平方公里一千五百万人口的大市的平安建设民生稳定，要面对大量的基础工作、治安事件、刑侦案件和诸多的社会矛盾，担子很重呀。第三点考虑呢，按照干部人事政策，他当公安局局长，还要征得省公安厅同意，要报市人大审议通过，还要按法定程序进入市政府任副市长，这一步是不是跨大了点儿？这些程序是不是能顺利通过？

“我看今天市委常委会可以这样定下来，任命他为市公安局党委副书记、常务副局长，主持市公安局全面工作。我反复斟酌过了，先让他干起来，再考察考察，干得好，再转正。大家还有什么意见？”

说完，张雅南用询问的目光朝其余八个常委的脸上扫了一遍。

掠过罗泽西的脸时，他感觉到了他有些意味深长且有些异样的神色，嘴唇微微张开，似乎想说点儿什么，但最终又合上紧闭了，一个字都没吐出来。

“好、好、好，先这么定嘛。”

“没意见。”

“书记讲得在理，同意。”

一把手拍了板，况且张雅南的决定既合情合理又说得十分中肯，常委们纷纷表示赞同。这个并不十分复杂，却有些敏感和微妙的议题，算是顺利通过。

掩藏在内心深处的认知才是最真实的。从嘴里说出来的话，得考虑时机、场合、身份以及人际关系等诸多因素，反复思量过后的表述，只是恰当的话，而不是真实的东西。

就拿市公安局局长候选人的人选来说，还有两点考虑在张雅南脑子里多次冒出来，而且数度碰撞，嘴上却始终没有说出来。

张雅南从省委副秘书长兼研究室主任的职位下来任市委书记的时间不到两年，对区县和市直部门的领导并不是十分熟悉，对区县下辖的部委办局领导干部更谈不上了解。但在他的印象里，罗红旗和罗泽西都是井上县黄土镇烂泥沟村出来的。虽说没有血缘关系，但同宗同族，沾亲带故，一垄地的竹林子或远或近地缠着根呢，不用细想也能猜出个八九不离十。不过这不打紧，古人都讲“外举不避仇，内举不避亲”。我张雅南也不是个小肚鸡肠的人，关键是选人用人得讲党性、讲政治、讲原则，怎么也不能犯下用人不当、用人失察，而最终酿成大患的低级错误呀！市级部门的头头脑脑中，好些人或明或暗跟罗泽西走得很近，黏得很紧，过从甚密，这背后是不是有什么拿不上台面、见不得人的事儿？前些日子，市纪委查处的市教委主任孙大刚贪腐案，就反映出与罗泽西有些拉拉扯扯、说不清道不明的关系。那么，罗红旗呢？

张雅南心底存有疑问，老犯嘀咕。

再说了，井南市下辖五区十二县设有十七个公安局，还有经济技术开发区公安分局，掰着指头一数，就有三十六个局长、政委，他们当中不乏比罗红旗更优秀、更出类拔萃的人才干将。就拿市委、市政府所在地井南城区东阳分局的李洁冬局长来说吧，看上去身材魁梧，目光炯炯有神，面目俊朗，近三十年的公安工作经历使之老成持重，其单位其个人都是公安战线多年的先进呢。

要论起对公安部门领导的熟悉了解程度，除了市公安局班子成员，张雅南最熟悉的就是李洁冬。这是因为每逢元旦、春节、中秋三大节日之前，李洁冬就要带上市委、市政府所在地的派出所所长、治安民警、社区民警上门到市级机关事务管理局征求对公安机关和公安工作的意见，了解市委、市政府大院和家属院及周边地区的治安状况，及时解决一些治安问题，研究增添公安服务的措施，检查、指导、改进市委与市政府大院的安保工作。

市委秘书长多次向书记报告这个举动，张雅南心中对此颇为赞赏，曾在市委办公厅呈上来的《工作动态》中批示：“全市公安机关都要认真学习东阳区公安分局这种亲民爱民的工作做法，多深入辖区，多深入群众，多深入研究社会治安，多深入实际抓好治安防范，为全市人民群众创造安定和谐的工作、生活环境。”一时间，全市公安机关掀起了学习东阳分局开展“四个深入”活动的热潮。

张雅南还吩咐秘书长，从今以后，每年春节前夕都要邀请市委、市政府所在地的红星街道办事处的书记、主任，红星社区的书记、主任、居民代表，加上东阳公安分局领导、红星街道派出所所长、社区民警到大院来，开一个新春茶话会。他再忙也要亲自参加。会后，要请大家在机关招待所聚个餐，这样一杯清茶、一顿简餐，既能听听民意，还可以求得一些有益的意见、建议。

作为江南省经济发展规模和速度排名第二的大市的一把手，张雅南每念及此，常常为这种亲民方式、这种“请进来的下访”做法，视为小小的创新或者发明而暗暗自鸣得意。

在过去的两次茶话会上，张雅南问及城区治安状况、刑事犯罪规律特点、公安基层基础工作、影响社会稳定的热点及成因，李洁冬以不卑不亢又不失尊重的口吻侃侃而谈，表现出细致周密又简明扼要的清晰思路，时不时赢得他赞许的目光，给他留下了很深刻的印象。

尤其是去年在井南百货公司大楼里发生的死一人伤两人的“5·12”爆炸杀人案。这起案件发生在闹市之中，情节严重，影响极其恶劣，整个香城闹得人心惶惶。关键时刻，李洁冬挺身站了出来，众目睽睽之下，当着省厅、市委、市政府、市公安局领导的面，拍着胸脯斩钉截铁地说：“我保证，三天破案，否则，引咎辞职。”

接下来，马不卸鞍，人不停蹄，他亲自率队侦办，硬是三天三夜没合眼，第四天黎明之前抓获元凶，破获案件。

那天上午，李洁冬同专案组的几十名民警破天荒地喝了一顿早酒，酩酊大醉后带着连日的疲惫一觉睡了三天三夜，人事不省。岂料他醒来之后的第一句话就是：“乌纱帽还在乎？”众人哂笑不已。此事一时传为佳话。

在市政府专门召开的全市公安机关的案侦总结表彰大会上，张雅南亲自登台为李洁冬配挂上金灿灿的二等功勋章，同时授予荣誉证书和五千元奖金。

授奖之时，张雅南故意笑问：“乌纱帽保住了，还立功受奖，感觉怎么样？当初你挺身而出，难道就是为了保官？这官就这么重要？”

李洁冬傻乎乎地笑着说：“报告书记，笑话我呢，咱这当警察的破不了案，还当什么警察，更别说什么当官立功啦。”他那坚毅激动的眼神、标准而有力度的敬礼姿态，在张雅南的脑海中刻下良好的印象。他不止一次冒出这个李洁冬才是市公安局当之无愧的局长人选的念头。

那么罗红旗呢？

他没法儿拿他跟李洁冬作比较，因为他没有深入了解李洁冬，更不熟悉罗红旗，仅凭组织部门考察罗红旗的一纸报告，只得求稳、求平衡地暂时这样作出决定。

市委常委会后，在签发任命文件之前，张雅南让人通知罗红旗到办公室，进行了一次极其认真严肃的谈话。

他谈了井南市的经济社会形势、社会稳定情况，以及他对全市公安工作的期望和要求。

罗红旗则非常谦虚地表态，也汇报了他到市任职以后的工作思路。

张雅南仔细端详着这个个头儿不高、身材壮实、充满活力、显得精明强干的汉子，听着他有理有据的谈吐，心中的感觉是素质不错，基本满意。但脑子里老是闪烁着李洁冬魁梧的身材和炯炯有神的目光，也不时掠过罗泽西若明若暗的阴影，因而对罗红旗的印象，怎么也高大不起来，无法从心底里感到十分满意。

今年年初以来，井南市按照中央、省里的部署拉开了“打黑除恶”专项行动的大幕。几个月下来，全市打掉十余个黑恶势力团伙，不法分子纷纷落网。以往平静如水的香城，陡然掀起一波又一波风浪，好些政府部门的官员作为黑恶势力的保护伞和贪腐要犯也被打进法网，这引起了香城官场的“地震”，人民群众纷纷叫好。

省公安厅挂牌督办的三起黑恶团伙大案，两起已圆满结案，只有利山集团李山黑恶团伙案的首犯、骨干人员在逃，更无新的线索查办，案件陷入僵局。

省公安厅厅长赵儒僧对此作了长长一段批示，什么“点点滴滴，百姓利益；举手之间，人命关天”，“打黑遇上什么阻力？一定是保护伞势力在作祟”，“限期结案，主犯要枪毙，不杀不足以彰显打黑的成就”，“属地公安机关要排除阻力，全警动员全力以赴，打出声势，打出声威。省厅要派出强有力的督导组，严厉追责”。

透过这一张张字迹龙飞凤舞、口气异常严厉的批示，张雅南十分震惊。不仅仅是心中震惊，甚至是慌乱，犹如芒刺在背。凭着行走官场多年的阅历和经验，他不仅知道省公安厅这位厅长是从北方省调过来的赫赫有名的警界传奇人物，深得一把手的赞赏、支持乃至力挺，而且从整个江南省掀起的“打黑除恶”一波接一波的浪潮、连篇累牍的纸质媒体宣传、铺天盖地的广播电视网络媒体的报道，多多少少都能嗅出这场风波里似乎有些别样的味道。

经过反复思考之后，他立即召集由市委政法委书记胡德高、分管公安的副市长陈详、市纪委书记汪家良、市委组织部部长李元、市监察局局长王先高、市检察院反贪局局长张积德、市公安局全体班子成员参加的“打黑除恶”工作专题工作会议。会议专门邀请了省公安厅督察组组长参加。会上分析了全市“打黑除恶”工作的现状，研究了强力推进专项工作的措施，针对市公安局班子对“打黑除恶”推进不力、声势不大，尤其是李山案件至今尚未圆满结案，而导致整个专项工作无法全部进入司法程序的滞后局面，提出了严厉的批评。

张雅南的目光，落在罗红旗布满血丝的眼睛和明显带着疲惫的脸上，心想当公安的主官还是很折磨人的，一年啦，罗红旗的活力不在了，有的只是憔悴的神态，恻隐之心油然而生。

但他嘴上却十分冷峻严厉：“不管怎么说，以罗红旗为班长的市局党委班子一定得拿出新的强有力的措施，将李山团伙尽快一网打尽，同时还要扩大战果，加强宣传，打出声威，打出效果。涉及排除阻力，甚至是打击黑恶势力保护伞，财政资金的支持，新闻宣传，与纪检、组织部门和检法机关的配合问题，由今天在座的各位市领导按照各自的分工负责协调，必须全力支持公安打好这一仗。”

罗红旗坐不住了，心中一阵慌乱、惶恐。

他额头冒出细细密密的一层冷汗，胆怯之中有些词不达意：“其实，‘打黑除恶’对于公安机关的专门工作来讲，并不是一件技术含量很高、难度很大的活儿，只是……”

“只是什么？技术含量不高？难度不大？但政治分量很重，你懂不懂？罗红旗，你的认识得提高，公安局班子还得认真反思，认真研究，必须按照省厅、市委的要求深入抓好‘打黑除恶’专项行动，决不能影响全省的统一部署，落后于全省的统一步伐。”张雅南没等罗红旗把话说完，就截住话头，恼怒地呵斥一番。

作为井南市的最高首脑，张雅南有很多大事要事需要亲自研究、亲自决策、亲自抓在手上深入下去，而“打黑除恶”仅仅是公安机关的一项专门工作，根本用不着他亲自召开这么高层次的会议来专门听取汇报并且专门研究措施。他邀请了省公安厅督察组组长参会，本意是想把他的态度、他的决心传到省里，最好能传至省里一把手的耳朵里，可罗红旗不合时宜的表态，不得不让他怀疑他政治上的成熟度和强力推进工作的能力。

准确地说，罗红旗履职一年来，市公安局的工作总体不错，从方方面面得到的信息来看，对他的反映也大多是正能量的。两次面对面的接触，张雅南心中对他的印象一次是加分，充满期望；一次是减分，就是在这次市里的“打黑除恶”专题工作会上他的表态，是实实在在的减分。

今天，又碰上这么一个充满疑问的凶杀大案，死者身份特殊，案情肯定会很复杂，罗红旗该有什么样的表现呢？张雅南心里打鼓，眉头紧蹙，脸色越发铁青。

“死者身份查清了？你敢肯定有一个是罗泽西？”他加重语气追问道。

“法医解剖和现场勘查的正式报告还没有出来，初步查明一个死者叫吴文豪，男性，三十八岁，是井南市东阳区茶山镇梨树湾村的农民，经常外出打工，是个小包工头儿。另一个肯定是泽西副市长。”罗红旗的回答不容置疑。

“你确认是泽西？”张雅南做梦也想不到，如此强势、如此精明的罗泽西会是如此结局，那是鲜活的生命呀，怎么说没就没呢？他仍然不敢相信这是事实，太血腥，太意外。

“确认。”罗红旗也加重了语气，还重重地点了点头。

“眼下，这案子该怎么定性？下一步该怎么办？结果会怎样？”张雅南在听罗红旗汇报过程中，一直坐在罗红旗侧面的沙发上，身体前倾，紧张得一动不动，此时他才感觉身体有些僵硬。

他站起身，稍稍活动了一下，端上罗红旗的茶杯走到饮水机前续了水，又端回来轻轻放在罗红旗面前的茶几上。随后，他在办公室里来来回回地踱着方步，步幅不大，不急不快。

冷静，冷静，冷静下来，张雅南连续做着深呼吸。

一股静气霎时充满胸腔，慢慢溢上脸庞，此时他显得特别冷峻。他一边走着一边嘀咕着，像是喃喃自语，又像是对罗红旗发问。

“雅南书记。”罗红旗的目光紧紧跟随张雅南的身影不停地移动，心情渐渐从紧张、惊慌，也有些悲伤的情绪中解脱出来，恢复了平静。可冷不丁突然脱口而出这么个亲昵的称呼，他自己都有点儿吃惊，似乎有拉近彼此之间距离的意思，更多是含有拍马屁的味道。

毕竟当警察的经历，使他无数次面对突然的变故而冷静如常。此刻，瞬间的惊慌之后，他很快镇定下来。

“张书记，市局调集了主城五区一千多名民警，封锁了所有进出城的路口开展武装检查，拉网式搜索了城区大大小小的宾馆、旅店、客栈和出租屋，排查了外来人口，今天已经布置了以现场为中心向外延伸的逐户逐人摸排工作……只是，目前还没有线索，凶手的作案动机还不能准确判断，侦查工作的方向和范围，因为依据不足也不好划定。案件肯定是杀人案，是刑事案。死者身上有明显的创口，可以用窟窿来形容，流了大量的血，尸体周边还有大量的喷溅血迹，反映出凶手很残忍，充满疯狂的暴力，几乎是猖狂至极……如此血腥的现场，罕见，至少我没见过。”

“打住，打住。”张雅南挥手以双手高举使劲往下平压的姿势，止住了罗红旗的话头，心中极不愿意再想这么血腥甚至是恐怖的场景。

他习惯性抬起左手腕，看了看手表，八点三十分，还早，还没到上班时间。他踱步走出办公室，冲着秘书室的窗口喊道：“王离，请两个秘书长和政法委书记到我办公室来，要快。”

“好，我马上通知市委张晋渝秘书长、市政府叶本川秘书长和市委政法委胡德高书记。”秘书王离跟往常一样迅速准确地应答，让张雅南甚为满意。

走回办公室，张雅南的步伐坚定而稳健，目光不经意间恢复了一把手的威严。

“红旗，此时此刻发生这么大的案子，影响非同小可，甚至可能在省里、井南市刮起龙卷风弄起三尺浪，这绝不是危言耸听。

“这样，就前期工作，我讲三点处理意见：第一是保密，对案情、现场、死者身份，特别是对现场的细节和接下来的侦查措施要保密，不管外界的传闻怎么说，你必须要保证消息的源头不是出自警方。我再强调一下，细节、疑点、措施绝对保密。第二是回去后抓紧形成案件的情况报告，上报给市委，报给我，我来处理。第三呢，我得提醒你，在‘打黑’的特殊时期，我预感，这个案子可能会比你我想象的要复杂得多，你要考虑更多的因素，得使用更多的手段……

“‘打黑’的一号案件，就是李山黑社会团伙案，要抓紧追缉首要分子，迅速结案。眼下这个案子，恐怕又得排上全市甚至是全省的一号大案，你必须立足本市，依靠自己的公安力量全力侦破，要抓深抓细抓紧，一旦有实质性的进展，或者遇到什么难题，随时直接向我报告。市里要成立专案领导小组，市委、市政府做你的坚强后盾，你要对破案负全责，这个案子如果不尽快破掉，没法儿向省里、向全市人民交代呀。”

“明白，书记。”罗红旗从张雅南的话语中陡感千钧压力压在了肩上，重重地点了点已经涨大了的头。

不一会儿，市委张晋渝秘书长和政法委胡德高书记几乎同时走进张雅南办公室，手里拿着笔和笔记本。市政府叶本川秘书长看来是没时间回到政府大楼的办公室拿笔记本，手里攥着不知从哪里要来的几张公文纸和签字笔，进门时还呼呼地喘着粗气。

招呼这几位领导在围成一圈的沙发上一一落座，秘书王离赶紧沏上茶，续上水，一一送到他们手中，又蹑手蹑脚地离开，出门时还轻轻掩上那扇棕色的实木门。

“常务副市长罗泽西遇害了，你们知道了吧？”张雅南停止踱步，身体重重地坐在一圈沙发的首端位置，脸色铁青，冷冷地问道。

“啊！”三个人显然是第一时间闻听噩耗，霎时既惊讶又愕然，继而面面相觑。

胡德高惊慌得张大了嘴，现出一排被烟熏黄了的门牙，半晌合不上，以至于长时间地裸露着那排不甚雅观的大黄牙。

紧接着，三个人疑惑的目光几乎是齐刷刷地射向罗红旗的脸。

“是的，泽西副市长被人杀害了，昨天傍晚发现的。现场两具尸体，其中一个肯定是罗市长。”罗红旗被三个人炽热灼人的目光刺得又开始心神不安。

这些质问、恼怒，甚至愤怒的眼光，似乎让他感到像是他自己成了杀人的凶手，但他很快定定神，冷静地回应着他们刺人的目光。

“事情发生得很突然，也出乎大家的意料，但毕竟是事实。事情紧急，先期怎么处置，我讲四点我的思考。”张雅南伸出的右手蜷曲着大拇指，冷静的口吻中透出一贯的威严，“第一，尽快形成案件的正式报告，以市委、市政府的名义专报省委、省政府和省公安厅，这件事由张晋渝同志负责，要快，文字要干净，语意要准确。罗红旗同志先把基本材料弄好，再报给张秘书长。第二，市委、市政府办公厅抓紧通知全部市委常委、市政府党组成员，下午两点在市委常委会议室开紧急会议，由胡德高、罗红旗同志通报案情，要准确，要简明扼要，然后再研究下一步工作措施、善后处置和社会维稳工作。第三，罗泽西同志的后事处置，由市政府牵头负责，叶本川同志你要赶紧拟出一个方案，下午上会研究；另一个死者的后事处置，由市公安局负责妥善处理好，决不能出现上访、闹事等遗留问题。最后，胡德高同志，你马上去宣传部与他们研究舆情的处置问题。我先讲这四点，看看大家还有没有新的意见。没有，好，就这样，你们分头下去落实吧。”

张雅南从沙发里站起身，干脆利落地挥了挥手，示意散会。

四个人先后起身，跟书记摆摆手或郑重其事地点点头，掩门而去。

张晋渝回头，小声请示道：“书记，常委扩大会是不是把人大主任、政协主席也请到？”

他眨了眨眼，点头表示肯定。

人去室空，张雅南深感空虚和孤立无援。移步回到办公桌前，他把身体落进那张硕大的真皮转椅，几乎是瘫软在那里，许久没有动弹，眼皮沉重得直往下垂，双眼眯成了一条缝，陷入了深深的沉思。

第三章　案情不简单

罗红旗告别张雅南，快步下楼，走出市委大楼，迎面一阵伴着细雨的冷风刮来，穿透衣衫，侵袭肌肤，他忍不住打了个寒噤。寒侵入心，秋来煞是悲凉，他心中更是阵阵凄切。

司机小陈早已把那辆三菱越野警车停靠在大楼的台阶下，看见罗红旗搓着双手钻进车内，不无动情地说："降温了，您该多穿点儿，罗局。您手机忘在车上了，响了好几个电话。"

"好，开车回市局。"罗红旗一边吩咐道，一边接过小陈递过来的手机，指点滑屏解锁。一看，二十几个未接电话，光李冒就打过来七个电话。

想必他的事最急，忙回拨过去："李冒，啥事这么急?"

"罗局，给您汇报两个新情况。"电话那端李冒喘着粗气，急急切切，甚至都没向他的上司问个好，"昨天晚上，我们现场排查组去了茶山镇梨树湾村吴文豪家里，他老婆梁凤英知道她男人死了，伤心得不得了，不止一次哭昏过去。不过，她提供了两个情况，我觉得很重要。

"一是这一两年来，有一个邻村的混混儿叫狗三娃的，趁她男人外出打工不在家，隔三岔五地上门来调戏她骚扰她；二是她找到了她男人的一个账本，破破烂烂的一个小本本，上面密密麻麻记满了人名、账目。我们查了，吴文豪擅长做木匠泥水匠的活儿，经常外出打工，也有时包揽点儿小工程小项目，带梨树湾和附近几个村的男人一起去包工，是个小包工头儿，那个账本就是用来记工钱的。他老婆说因为工程方拖欠了账，打了白条，欠五六十万了，前些日子有好几个人来他家讨债，有一两个人一进门就凶神恶煞的，说是杀人偿命，欠债还钱，天经地义，不然就拿血拿刀子拿命来说话。她说到的这几个人，基本情况我们已经查清楚了，具备作案的动机，有作案嫌疑，需要再深入调查。

“再有，就是那个狗三娃，大名叫苟新材，三十多岁，是茶山镇后山杨树村的人，有吸毒史，经常在周围几个村里干些欺善欺穷偷鸡摸狗的破事儿，光棍儿一个。今天凌晨，我们已经把苟新材带到了派出所，做了尿检，阳性。问起这桩凶杀案，他一直是咿咿呀呀装疯卖傻，审不下去，也排除不了。就这些情况，请您指示。”

干了二十多年公安的罗红旗，搞刑侦工作就占了大半时段，经他的手侦破的大大小小形形色色的刑事犯罪案件数不胜数。他深知案发后的侦查工作中最怕的，就是网撒下去，但没有情况，没有线索。网张得大或小，眼儿织得粗或细，得因案而定。但是一网撒下去，不见半点儿动静的一潭死水，自然连一丁点儿虾兵蟹将都捞不着，更何谈肥鱼大鱼的影子，这种情形意味着破案遥遥无期。

这下好了，李冒排查出的这些情况，确实有点儿令人兴奋，甚至振奋。罗红旗沉重得几乎抬不起来的头，像打了鸡血似的兴奋起来。只要兴奋点不断，破案的希望就不会断；只要网下面有动静，隐匿在案件背后的真凶，早晚都会浮出水面。

不过，这么一桩大案，现场种种迹象表明，凶手应当是犯罪老手，不像是初出茅庐的小牛犊。被害人不仅仅是一个小包工头儿，还有主持市政府全面工作的常务副市长。抓个地痞混混，梳理几个讨债的，而且一审一问就吐露案情破了案，不可能这么简单吧？

略为思忖，罗红旗兴奋的大脑又渐渐恢复了冷静：“李冒，我跟你讲啊，几个讨债的人一个都不要放过，该怎么查，不需要我告诉你吧。狗三娃的讯问，我派市局刑侦支队的专家赵印过来帮你，这个老家伙弄侦讯有一套，办法多着呢，好像没见到过他撬不开的嘴。”

刚摁断线，“嘟嘟”一声，手机里跳出一则短信：“又冷又饿又累了吧，又是一夜没睡，没关系，我熬了白粥，加了百合，还有麻辣味重的豆腐乳，晚上等您。林。”

是她。罗红旗看完短信，眼前顿时浮现出她那张和蔼可亲、善解人意的笑靥，一股暖意一种亲情从心底氤氲冉升……

可是，眼前，这火烧眉毛的当口儿，他顾不上了这份脉脉温情，只能把它埋在心底。他想，就把它转化为干事的动力吧，算是为破案添把火。

他对驾驶员轻轻吩咐道：“小陈，你打电话给柴华林，叫他给我泡一碗方便面，麻辣味的。还有，通知所有党委委员到党委会议室，十一点开一个紧急会议。还有，问一下省厅的工作组到了没有。我眯十分钟，到了市局大院叫醒我。回到局里我去开会，你就抓紧时间休息。唉，跟了我，除了吃苦，就是受罪。唉，没办法，辛苦你啦。”

望着满脸愁容、疲惫不堪的罗红旗，小陈心里既感动又心疼。从市局特警支队抽调到局办车队当司机近十年了，他给三任局里的主要领导开过车，罗红旗是他见过的既有工作能力又最玩命、既正直又爱护下属的一位局领导。

他轻轻地哼了一声，启动汽车稳稳当当地缓缓行驶，想让这位他敬重的领导能够安安静静地多睡一会儿。

回到市公安局大院，走进办公室，罗红旗一眼就瞥见办公桌上用一沓厚厚的报纸压住的方便面碗。

他加快步伐走过去，拿掉报纸，撕掉碗沿的封皮，一股浓烈的麻辣香味扑鼻而来。他赶紧拿起塑料叉子，呼啦呼啦地扒拉起来，鼻尖就差一点儿埋进红红的油油的面汤里去了。

“味道怎样?”罗红旗一心顾着肚子，丝毫没有察觉柴华林什么时候站到了他身旁。柴华林生怕惊吓到他，轻声问道：“局长，晓得您味儿重，我看作料包分量不够，就加了一点儿油辣子，不知味道合口不。”

这个柴华林，戴一副玳瑁框眼镜，任何时候都着装整洁，皮鞋锃亮、一尘不染，活脱脱一副文化人的范儿，走起路来不慌不忙，轻手轻脚，悄无声息，说起话来不疾不徐，慢条斯理，出手的文章有条有据，头头是道。如果不是他嘴里时不时蹦出杀人、盗窃、犯罪、犯人之类的专用词，就凭那一副地道的学究样儿，怎么也不会联想或者看出他是一名警察，而且是一个干了十余年公安工作的资深刑警。

仿佛天生就是干刑警的料，柴华林把刑事侦查这个行当干得风生水起。从警员一直干到刑警支队的副支队长，而且成了全支队百十来号刑警公认的“智多星”，许多大案要案疑难案件卡了壳，断了线，走进了死胡同，专案组都会请他一起研究研究。

他不是刑警支队的主官，作为副支队长分管报表报告方案之类的内部事务，但全市排得上号的刑事案件，他心中却是清清楚楚。他也不是专案组长，手上的活儿离不了他，上级也不会指派他去任某一个专案的头儿。但专案组邀请他参与研究，他也不推辞。

他手里捧着一杯清茶，坐在会议桌的一侧，一声不吭地静静地听，静静地记，待各路人马的情况讲完了，上级领导、刑警支队长或支队政委或分管刑侦的副局长都会点名儿叫他发言。这时，他才会慢慢抬起头来，以一句“我说几句个人看法哟，纯粹是个人意见”作为开头，接着把正研究着的案子，像捧着的一块坚硬的泥块，掰开了研碎了，慢慢地分析起来，末了，抛出一个建设性的下一步侦查方向或者工作重点。

往往就在他慢条斯理地分析时，就会有猴儿急的专案侦查员跳将出来：

“对呀，我们就是在这个环节出岔子了。”

“哦哦，这条路子我们还没走。”

“嘿，这招儿没想到，得试试。”

这样，没等他把末尾的建设性想法说完，冷了场的专案会就七嘴八舌地议论起来，热闹起来。

罗红旗清楚地记得，曾经三次参加刑警支队的案件研判会，三次都经历这种场面。他发现柴华林是个人才，便提议局党委会通过任命，让他担任了市局办公室主任。履新半年来，天天与他照面，罗红旗还发现他待人处事细腻而又分寸得当。就说这称谓吧，他罗红旗只是个副局长，虽说是常务副局长主持全局工作，但当着面叫起来怎么都有些尴尬，有人称他罗副局长，有人叫他常务副局长，有人干脆像江湖中人称他为老大，只有柴华林一口一个局长，听起来既不别扭也不尴尬，不管当面还是背后就这么叫着，十分自然而顺口。

罗红旗把纸碗里的最后一滴面汤倒进嘴里。

柴华林接过面碗和塑料叉子走到办公室的墙角将其扔进垃圾桶，回头说道：“局长，党委委员已经到齐，在会议室等您。另外，省厅派出的专案指导组和‘打黑除恶’专项督导组都已经到了市局，我请刑侦和纪委的领导把他们迎接到了二楼的会议室先做汇报，等这边局党委会结束，再请他们上楼来会合。”

“好，好。遇事儿要冷静，事儿多不要慌。还是那句老话，老婆婆纺线——一手一手地来，这样才不会乱，也不会误事儿。”罗红旗镇定的神色，让柴华林深受感染，心里不再感到不安，“走，我们先开局党委会。”

“同志们，因为情况比较紧急，我们临时召开一次党委会。只有一个议题，就是围绕昨天发现的凶杀案进行研究，统一意见，部署工作。”罗红旗走进党委会议室，在硕大的长方形会议桌的首端坐下，两眼在分坐两侧的六名党委委员脸上扫视一遍，微微点头示意后，就开门见山直奔主题了。

接下来，分管刑侦的申晓兵副局长汇报了现场勘查、基本案情和初步侦查的情况，分管治安的李剑锋副局长汇报了昨晚社会面上对宾馆、饭店、旅店、出租房和暂住人口清理排查的情况，分管交警的副局长廖明万汇报了主城五区各个主要路口设立武装检查站进行封控检查的情况……

在这个过程中，有党委委员提出问题，大家便纷纷展开讨论乃至争论，议定一条便敲定一条。讨论就是研究，集中多数人的意见就形成党委会议纪要，下发传达贯彻，转化为全市公安机关的实际行动。这就是罗红旗执掌井南市公安局党委班子一年半以来逐渐形成并已成习惯的做法，也是这新一届党委由民主汇集成集中的决策过程。

井南市公安局党委现有七名党委成员，除分管“三所”和后勤的副职是从市司法局交流过来的，纪委书记是由市纪委案件检查室主任升任而来的以外，其余五名副职，当然也包括罗红旗，第一职业都是干公安出身，有的来自基层，有的来自机关，几乎都毕业于政法或公安院校，从一般警员干上来的，称得上是清一色的业务精通的科班警察。

创新靠的是过硬的功夫和新的招数恰到好处地结合。好的招数可以学，可以凭借灵感，但深厚的功夫得靠练——旷日持久的历练。罗红旗从公安机关最基层的岗位干起，摸爬滚打二十几年，练就了干公安工作的一身好功夫。

主政井南市公安局这一年半，罗红旗让这班专业精湛的市公安局领导服气的，不仅仅是他谦虚的态度和民主的作风，更让人佩服的甚至啧啧称道的是他抓公安工作抓队伍建设视野开阔、独辟蹊径，不断推出新思路、新点子，诸如刑侦信息化建设，技术侦查手段的配套，基础工作中的场所、行业的户籍化管理，全市民警的“耀眼警星”的评选，这些既让人耳目一新，更让人感觉到这些东西落到实处后取得的效果实实在在，而不是花拳绣腿的虚货。他还抓住了队伍建设的要害，用人唯贤、用人唯公、用人所长，逐步建立公开公正、赏罚分明的评价考核体系。这样一来，班子内部气顺了，厘清了，脑子也清醒了，大家也就有了想干事的想法，也有了能干事的条件和敢干事的氛围，民警队伍也风清气正，提振了精气神，面貌焕然一新。

然而天公不遂人愿，一连串棘手挠头的事接踵而来。因为大开发大发展的原因，经济社会发展速度过快，引发种种社会矛盾，群众阻断交通、围堵政府、上访群访事件时有发生，超市抢购发生踩踏致人死亡事件、大型商家促销活动引发哄抢商品影响社会稳定的事件、网络散布恐怖谣言致使民心恐慌事件时有发生，还发生爆炸、抢劫、杀人大案，让这个重新凝聚起信心的领导班子和队伍接受着一个又一个的考验。

“眼下这个案子就是一个很大的考验啊！在全省上下开展声势浩大的‘打黑除恶’行动期间，发生这么一起恶性大案，死者又是市政府主要领导，社会影响、政治压力和侦办的难度，不用我说，大家都应该明白。虽然我市的‘打黑除恶’工作已经取得阶段性胜利，但最大的一个涉黑团伙主犯在逃，省厅专门督战，市里天天督办，市委书记约谈，挨批的滋味不好受呀，全市公安的形象受影响。真是屋漏偏逢连夜雨，船迟又遇打头风呀！”罗红旗尽量压抑着忐忑不安的心，镇定自若地给大家鼓劲，“市委、市政府高度重视这件案子的侦破工作，雅南书记表态，他做我们的坚强后盾，我们还没有信心没有能力打好这场硬仗吗！”

罗红旗转达了张雅南就此案对公安的三点指示和对全市的四项安排意见，最后，对案件侦查做了布置，强调了深入调查和落实案侦措施的重要性。

这时，柴华林推门进来，面露难色，伸出左手的食指僵硬地向下指指，比画着说：“局长，下面，着急了，有点儿冒火了。”

“此案就按照我们刚才议定的意见展开工作，有什么问题我们再深入研究。好，今天的会就开到这里。走，我们一起到二楼会议室迎接省厅工作组的领导。”罗红旗匆匆宣布散会，站起身子，带头走出会议室向电梯间走去，忐忑的心七上八下地打鼓，有些惶恐，还有些紧张。

此去，又会迎面碰上些什么，他心中没底。

第四章　市委副书记的烦恼

好事喜事很难结伴而至，烂事破事坏事往往会一连串地从天而降不期而遇。这一点，王万山深有体会，尤其是在他从县政府办公室科长、镇党委书记、副县长、县委书记到已经任职五年的市委副书记的官场生涯中，看似二十来个春夏秋冬风平浪静一路顺风步步高升，实则不知道碰上过多少破事烂事，甚至是糟糕透顶的倒霉事。当然，这些在旁人看来扎眼棘手的事，经过他充分运用智慧的大脑和使用旁人闻所未闻的招数，并借用贵人相助的力量都给一一化解了。关于个人的综合素质和执政能力，他自己都自鸣得意，尽管坎坎坷坷碰碰撞撞，毕竟从鸡毛小吏踏上崎岖仕途，一路走来当上了市委副书记——让行走官场的人仰慕的厅官职位。

一般老百姓眼里的高官都是西装革履一呼百应气宇轩昂的形象，王万山展现在人们面前的风采确实如此。在井南市井山县当县委书记那一阵子，他主抓万亩桃林系统工程建设，同省农科院合作，嫁接改造品种，产出了个儿大肉实甜味重的牛头山水蜜桃优良品种，大面积种植后收获颇丰，远销省内外。接下来，又引进水蜜桃罐装生产线，产品销往国外。以此为依托，鼓励山里的农民兴办起大大小小特色各异的“农家乐”、“桃庄乐”，开辟集吃住行玩一体化的旅游观光休闲线路，举办一年一度包含有歌舞表演、时装表演、蜜都仙子选美、诗书画摄展示比赛等诸多项目的“桃都春”大节，强力拉动第三产业迅速发展。

草长莺飞的时节，满山遍野红艳艳的桃花盛开，撩情逗人。大路小道上车水马龙人头攒动，农民收入陡增，数着红红绿绿的钞票咧着嘴笑，宾馆饭店商铺赚得盆满钵满，原本毫不起眼寂静无声的井山县火了，最为火红最为辉煌的自然而然当属王万山这个一把手。他指点江山规划蓝图气势恢宏的潇洒形象，一夜之间跃然报刊上网络上电视上，夺目耀眼，熠熠生辉。“住一夜桃都，享两日花福，做一辈子不后悔的事”的口号从他嘴里挥洒出来，闪烁着迷离暧昧诱惑人心的韵味，既成为井山县的形象广告词，也在网上坊间一时传诵为经典话语。因为政绩突出，他顺利地晋升厅官，井山县也因为经济发展迅猛、经济体量增大、区位优势明显改善，而改县升区，融入井南市的主城区域。

王万山无论在哪个职位上都给人留下想干事敢干事干实事的鲜明印象，不仅仅是形式铺张气势磅礴，也有实际内容，但他骨子里却是一个活力充盈、有着极强的占有欲、拼力登山不知后退不计后果的人。如果把官场的晋升之道比喻为登山运动的话，他就是一个不择手段、与山斗其乐无穷的人。官至市委副书记，表面风光，但他心底里并不愉悦，反倒倍感落寞、焦虑乃至痛苦。虽说是主管党建、人事、组织、工青妇团工作，联系科教文卫口，还管着信访办、维稳办，可是组织工作中最关键的干部提拔任免，最终得一把手说了算，市里能够出彩的露脸的见成效的重大建设项目他插不上手，还是得市政府的一把手拍板，他只有参与研究听听情况提提建议的权利，没有决策拍板的资格。眼瞅着前任市长张高乐卷巨款趁出国考察之机滞留不归，那个他自认为实力资历都远远逊于他的常务副市长罗泽西却虎视眈眈，视补位指日可待。尽管省委组织部把他俩都列为市长候补人选进行考察，但他还是感到要坐上市长的宝座遥遥无望。

因此，他很是郁闷，很是烦恼，也委实不甘心，明里不敢太露骨，暗里却拉帮结派较着劲儿与罗泽西算计着争斗着，想着时时处处死掐着对方的脖子，大有欲将其置之死地而后快之势。

大凡是官场，圈子、山头、派系无处不在，明争暗斗无时不有。井南官场政治生态尤其复杂，官场争斗尤其激烈，派系林立。市长张高乐拉拢的圈子最大，势力也最大，罗泽西与王万山的圈子几乎势均力敌，因而争斗最为突出，其他的市级领导也各有各的大大小小的圈子和派系，甭说是井南官场中人，就是井南市生意场上的商人、坊间布衣中的明眼人对此都了然于胸，心知肚明。

罗泽西遇害，被列为井南市当前的一号刑事案件，看起来是恶事坏事，但在王万山心目中却是好事快事，真没想到他的政敌、他的竞争对手忽地一下子消失了，郁积心中已久的坚硬块垒冰融雪消般化了，没了。这是何等快慰，何等惊喜，难道真是天助我也，他那颗近乎狂喜的心几乎要跳出胸膛。

昨天晚上，王万山接受了闽南商会金鹰置业集团公司总裁林玖金在五星级的金鹰大酒店的隆重宴请。正当觥筹交错酒酣耳热宴会即将进入高潮的时候，突然瞥见放在面前桌边上的手机忽闪着红灯绿灯的提示，急忙拿起来点开，阅读短信。

“罗泽西被杀身亡。”一行短句跳进眼帘，他简直不敢相信这是真的，眨眨眼，聚聚神，再看一遍，没错。

“何时？何地？”他挡住金鹰置业集团办公室主任孔小梅毕恭毕敬双手擎上来的一杯茅台酒，顾不上理会那张灿如桃花的脸和那双撩拨人心的眼，只管用手指在手机屏幕上快速点着追问。

“今天，天黑之前才发现。城南那块空置地，就是菜博会主席台背后的墙根沟底。”短信很快回复。

“何人所为？”

“不知。初步确定是凶杀案。”

“死者身份确定？”

“两个死者，一个是罗，另一个正在调查。”

“是罗？确认？”

“确认。”

短信是市公安局分管治安的李剑锋副局长发过来的，他是王万山的铁杆儿兄弟，圈子内的人。信息应该是千真万确的，只是太突然。

好哇，好，好。王万山心底里连连叫好，阵阵窃喜，简直是惊天大喜，喜浪汹涌，而他脸上却是若无其事波澜不惊的样子，多年官场的历练养成了他从容不迫老成持重的秉性。

“来、来、来，美女主任，我敬你一杯。”王万山主动端起酒杯，春风满面地说，“刚才是一个部下发短信，请示一件小事，这些人，大事不报告，小事才请示，耽误了一会儿，失礼了，我赔罪。”

王万山微笑着，稳稳地端着盛满茅台酒的小酒杯，站起身子就等着孔小梅过来碰杯。

“领导，您这是说哪里的话哟，您这么大的官敬我酒，小女子怎么敢当呀。来，书记，我敬您。”身材高挑的孔小梅一扫刚才无缘无故被拒绝的不悦，鹅蛋脸上重新堆起笑靥，步伐曼妙款款地迎了上来，故作委屈状，小鸟依人一般依偎在王万山的身边，“大哥，您来评评理，刚才您忙乎去了，他们叫我大美女，叫我给您敬酒，您说，我这副模样算得上美女不？”

“算，怎么不算？呃，不是算不算的问题，你可真是美女，大美女呀。大家说对不对呀？”王万山喜滋滋的脸上满是真诚，恭维的话说得溜溜甜。

“对，对，真是美女。”

“这还用说吗？孔小姐绝对是美女，大美女。”酒桌上的人纷纷附和，一阵嚷嚷声。

孔小梅的身子与他贴得更紧，抬起头来，火辣辣的眼睛凝视着他，不无幽怨地说：“领导，您说，美女敬酒您该不该喝？今天，大领导赏光，小女子得敬您三杯，不是罚酒，是敬酒哦。”

王万山的酒量原本不大，此时已是半醉微醺，这三杯茅台酒下肚，恐怕会醉倒的。

他犹豫了，显得有些尴尬。

孔小梅闪动媚眼，眉目传情，不依不饶地一再劝酒，让他众目睽睽之下还显得有点儿难堪。

这时，一只手伸了过来，从王万山手中拿掉酒杯，一句瓮声瓮气的话响起：“小美女，领导很辛苦哦。来，我陪你喝，三大杯都行，咋样？”

王万山见是张达明满脸豪气地走了过来，心中明白是援兵到了，脱身的借口也有了，便指着他说：“你是真美女，他也是真领导，他可是市政府的副秘书长，这个不假。你去敬领导三杯，行不？”

孔小梅伸手揽住他的腰，手指在他的腰间鼓捣，轻颦蹙眉，带点儿撒娇的味道说：“领导，您可不能转移方向哦，您是大领导，不能欺负小女子哦。”

王万山受用极了，一股热流上蹿。

孔小梅歪着头，凝视王万山，柔情似水。

王万山朝另一个方向歪了头，眼睛乜斜着她。

孔小梅喃喃地说：“在我心里您就是一个大英雄。美女敬英雄，可不可以呀？”

“好！美女敬英雄，英雄何须让。”林玖金带头叫好，鼓起掌来。于是，满桌叫好，一片掌声，将宴会厅里的气氛一下子推向了高潮。

“哦，哦……我不行啊。我叫张领导代喝，行吧？”王万山依然踌躇，端起酒杯的手在空中悬着。在圈子里，级别高的分量重。张达明闻声过来抢酒，孔小梅阻止了他。

“不能啊，书记，美女敬酒，男人不能说不行的。”孔小梅真如小鸟依人般贴近了王万山，笑靥灿若桃花，两人的鼻息已经搅和在了一起，就差脸贴上脸，嘴对上嘴了，绵绵吴侬软语，“哥，您不给面子，我下不了台哟，今儿您不喝，我发誓今生今世再也不碰酒啦。”

“行啊，怎么不行，大美女把话都说到这个份儿上了，男人在美女面前怎么能不行啊！”王万山色胆撑起酒胆，拿出了英雄豪杰的样子，一一端起桌面上的三杯酒，与孔小梅手中酒杯碰碰，依次喝了下去。

“爽。”

“好。”

“豪爽。”

满堂是一片喝彩声，风起云涌，浊浪冲顶。

“不过，刚才是我敬英雄的酒，现在，我的好书记，我的好哥哥，来而不往非礼也，您得回敬我呀！”孔小梅满脸红晕似桃花盛开，声音发嗲，两眼发出柔和多情的光，伸手拉住了王万山的手，“哥，记住您说的话，您是个男人哦，您再也不能说不行啊。”

“行，怎么不行，三六九呀朝上走，我敬美女三杯酒。”王万山眼瞅着孔小梅，脑子里联想起红艳艳的梅花枝头晶莹剔透的露珠，心中如痴如醉，有些迷离的眼睛闪烁出暧昧的光，豪言壮语从不太听使唤的舌尖上流出来，“人生得意须尽欢，何况梅花拈酒在。”

两人接连对碰三下，又是三杯喝下肚。在一片叫好声中，孔小梅脸颊通红，步履款款，扭着婀娜杨柳一般的身姿回到圆桌对面的座位上，这个过程中间还频频回顾王万山，满目妩媚，万种风情尽在不言中。

“小梅花，好样的，书记上兴啦，开始为你赋诗呢。”市建委主任刘井元声如洪钟的喝彩声多少夹杂点儿献媚的味道，“美酒配美女，美女羡英雄。才子堪大任，无时不风流。从古往今来，概莫能出外。”

“风月无古今，情怀自浅深。今宵良辰好，妙处在吾心。瀛洲居瀚海，独享仙人洞。”王万山情不自禁地浅吟低和，心潮起伏，憧憬着美好的未来。

落座下来，王万山强压住酒精诱发的冲动，但始终按捺不住心底的兴奋，转头对着旁边座位上不断喝彩的林玖金意味深长地说：“林总，你正在努力争取的香城 CBD 项目，胜利在望啊。”说完，又扭过头去对坐在他右侧的市建委主任刘井元说，“老刘啊，林总的香城 CBD 项目你要尽力呀，我看了，条件成熟了啊。井南的发展还得加大脚步啊！”他把两句话的尾音拖得很长，显得余味无穷，让人捉摸不透。

果然，林玖金闻言，一愣一怔，半晌方才渐渐似有所悟，猜想可能是他刚才收到短信确认了马上就要当上市长的消息。

刘井元是丈二和尚摸不着头脑，他知道林玖金使出浑身解数是醉翁之意不在酒，意在拿下香城 CBD 项目，但成与不成得取决于市政府的一把手，从王万山十拿九稳的语气来看仿佛他升位在即。

“谢谢王书记，感谢王书记。”愣怔良久，林玖金突然如醍醐灌顶一般开悟，立马起身，躬下腰身双手端起酒杯，毕恭毕敬地说，

“我敬书记大人一杯，大功告成，必当重谢。来来来，小梅花，你喝一大杯，我俩一起再敬敬书记大人。”

孔小梅刚落座，酒劲还没缓过来，听到林总裁的呼唤，敏捷地跳起身，抓起一个葡萄酒杯，边走边用分酒器朝杯里倒酒，笑意盈盈地说：“我喝一大杯，书记呢，大人大量喝小杯，中不中啊？”

“我搭个顺风车，敬祝领导马到成功，顺风顺水，早就高位。”刘井元极尽阿谀奉承的媚态，小眼睛眯成了一条缝，笑容牵动了脸颊上的每一块肌肉，举起酒杯碰了碰王万山还没来得及端起来的酒杯，扬起脖子一饮而尽。

孰料王万山不买账，虎起脸，圆瞪金鱼眼，突然抖起了威风，怒不可遏声色俱厉地说：“错啦，什么重谢，什么早就高位，乱七八糟的，拍马屁。”

刘井元、林玖金遭此棒喝，像是兜头一盆冷水泼了下来，顿时傻眼了，一分钟前还兴高采烈的脸霎时充满错愕迷茫的神色，显得十分尴尬，像两截被削短了烧焦了的树桩戳在那里。

看见两个人的傻瓜样儿，王万山心中的自尊与虚荣得到了极大的满足，不由得哈哈大笑，一副志满意得的模样，端起酒杯，豪气冲天地说：“这杯酒，我喝。”

虽说是一小杯酒，但猛喝下去，却成了压死骆驼的最后一根稻草。王万山抑制不住兴奋，但更抵御不住酒精的强烈刺激，醉了，彻底醉了。他眼前天地颠倒飞快旋转，摇摇晃晃的身子全靠林玖金双手搀扶着才算是没有訇然倒下。

天下没有不散的宴席，况且这种功利性极强的宴席，场面上的主角尽了兴，宴会的主题展示殆尽，酒局再不结束是没有理由的。

离了酒席，林玖金分别安排其他人去打麻将、洗桑拿、唱歌，一干人等悄悄散去。

孔小梅搀扶着酩酊大醉的王万山，坐电梯上到二十九层，进到早已安排好的总统套房，轻轻地把他放到宽大的软床上，轻轻地给他解开外套，轻轻地给他脱掉皮鞋，然后去拧了热毛巾给他擦脸。

当十指葱白的纤纤玉手从他的额头触摸到他的脸庞时，王万山酒醒了，朦胧中嗅到了美女香甜甘露一般的鼻息，他期待的就是这个时刻。虽然在宦海生涯中，在他的每一级官阶上，身边都不缺献媚的女人，但自从孔小梅随着林玖金出现在他的眼前，连他自己都没有想到会被这个年轻漂亮的女孩儿迷住。不知是被她那双杏仁眼里迸出来的热辣辣的目光勾住了魂，还是这个曼妙女子一下子契合了他自己心目中的美丽天使的形象，总之，他觉得眼前一亮，流光溢彩充满双眼，心中用“六宫粉黛无颜色”来形容觉着再贴切不过了。

此时此刻，他没想到心驰神往痴痴以求的这个天生尤物竟出现在身边，唾手可得，他不禁心花怒放，这可是值千金的春宵一刻啊。

趁着醉意，他一下子抓住她的手臂，呵，手如柔荑，肤如凝脂。借着她假意推脱使劲抽回双手的力量，他突然站了起来，把她紧紧地揽进怀抱，将嘴轻轻地凑上去顺溜地吻着她的额头、她的脸庞、她的香唇。她一边躲闪着他，用手里的热毛巾去擦他的眼、他的嘴、他的脖子，一边半推半就地配合着他……

是夜，王万山一直亢奋，不仅仅是因为身边这副散发出缕缕馨香秀色可餐的胴体。

清晨，当一缕微光穿过窗帘的缝隙洒进房间时，王万山睁开了眼，起身下床，走过去挥动双臂拉开落地窗的大帷幕窗帘，薄雾笼罩下的香城，高楼大厦鳞次栉比，错错落落的景色尽收眼底。美啊！他双手叉腰，踌躇满志，心底里在喊着：“我就是这里的主人，我一定要当上这座馨香沁人美不胜收的城市的主人！”

这时，他慢悠悠地点上一支香烟，美滋滋地吮吸一大口又缓缓地吐出来，兴奋加满足的感觉像烟雾一样很快弥漫全身。

久历官场的王万山已经养成了处变不惊老成持重的秉性。

早晨上班之前，他早早地走进机关大院，看到三三两两的人头凑在一起窃窃私语，也察觉到了人们看他的目光有些异样，但他却丝毫没有去理会。

当他接到市委办公厅下午参加紧急会议的通知时，甚至没有像往常一样问一句什么议题什么内容之类的话，只应了一句“知道了”就再也没有吭声。

下午一点半，他一反常态提前来到市委常委会会议室，一个人只身在平常安排的座位上静静地坐了下来，盯着眼前还冒着热气的骨瓷茶杯，掏出打火机点燃一支烟，深深地吸上一口，慢慢地喷出一团团幽蓝幽蓝的烟雾，兴奋和满足的感觉不知不觉又袭上心头，惬意而安然。不过他黑黢黢的脸显示出来的满足，让旁人看来却是十分压抑的冷凝沉重。

该来的一定会来，好运来了谁都挡不住。他胸有成竹安安静静地等待着。

第五章　意外惊喜的背后

下午两点，市委常委会准时开始。

特殊时期就得采用一些特别的措施。井南市这次市委常委会，除了几位常委，扩大到了市政府的全体党组成员，邀请了市人大常委会主任、副主任，市政协主席、副主席，市中级人民法院院长，市检察院检察长，还让市公安局特邀了省公安厅派遣下来的督导组组长——省公安厅党委委员、纪委副书记钱新亚和“10·26”专案侦破指导组组长——省公安厅刑侦总队副总队长白京伟。原本宽敞明亮的市委常委会会议室让这几十号人塞得满满当当，张雅南主政井南两年来，从未开过这么大规模的常委会。

张雅南的脸色像是刚从殡仪馆出来，挂着一层厚厚的霜，冷冰冰的，毫无生气。他在居中的主席位坐了下来，清了清嗓子，抬头挺胸，用沉稳的语气宣布开会：“先请市公安局罗红旗常务副局长汇报‘10·26’杀人案的基本案情和初步查明的情况。”

“10月27日下午4时45分，市公安局110接警中心接到电话报警：东阳区康平路旁一大块空置地，也就是市政府准备建设香城CBD的地块正南方向，一条新修的公路路沿右侧沟底发现两具死尸，附近有大片血迹。市局指挥中心立即指令东阳区公安分局东阳镇派出所出警，随即，市公安局和东阳分局值班局领导率领两级刑侦、治安、技术、法医人员带警犬赶赴现场。今天凌晨，省公安厅指派的刑侦、技术、法医人员也及时赶到，三级公安刑侦部门人员共同对现场进行了认真细致周密的勘查，对现场两名死者进行解剖勘验。初步查明的情况是：一、死者身份已经得到确认，一名是东阳区茶山镇梨树湾村一组的农民吴文豪，男，三十八岁，在家务农，也时常外出打工，干些木匠泥水匠的活儿，有时揽到一些小项目小工程，也带领村子里的青壮年一起打工，算是个小包工头儿。经查，该人未发现有违法犯罪前科劣迹。另一名死者是罗泽西，男，四十七岁，系井南市人民政府常务副市长……”罗红旗埋首紧盯着手里的报告，心无旁骛，极其谨慎，一字不漏地照本宣科。

说到此处，会场里像炸了营似的顿时响起一阵嗡嗡的声音，有人惊讶，有人质疑，有人交头接耳地低声议论。

短暂地停止，待大家稍稍安静下来，罗红旗继续做汇报：“二、案件性质可以判定为故意杀人刑事案件，而且是恶性大案。两名死者均系被人以锐利工具刺穿腹部致失血过多死亡，有锐器创口，也有颈椎断裂、胸肋骨断裂伤痕，以现场搜集到的螺丝刀等作案工具及其附着的血迹为佐证。三、经法医尸检表明，从死者胃内容物、血液血管枯萎程度、尸表僵化及瘀斑情况综合推测，死者死亡时间在二十个小时以上，也就是说死亡时间应当在10月26日晚10时之前……从接到报警初步判明为杀人案件之后，全市公安机关立即启动一级紧急响应预案，出动公安、武警、协警人员五千余人次，在主城五区设置一百零五个武装检查站，分控了主要的进出城路口，同时对出租屋、旅馆、网吧和暂住人口进行了拉网式排查，没有发现与此案有直接联系的线索和可疑人员。”说到这里，罗红旗抬起头来瞄了一眼张雅南和钱新亚的脸，又补充道，“按照省厅赵厅长的批示和雅南书记的指示，市局已经成立‘10·26’案专案组，抽调专门侦技力量，围绕死者的生前关系开展侦查工作，目前尚无实质性进展。不过，请省厅、市委、市政府领导放心，井南市公安机关有决心有信心也有能力尽快破案擒凶，确保全市平安和稳定的大局不受影响。”

罗红旗按照张雅南面授的机宜，对案情、案侦等工作做了有所保留的汇报。

语音刚落，全场一阵寂静，似乎听得见与会人员粗粗细细的呼吸和怦怦心跳的声音，沉重压抑的气氛充斥着整个会议室。

“大家议一议，对案件的看法、下一步的工作措施，以及善后工作，大家都可以发表意见。”张雅南打破沉闷的状态，用平和的口吻引导会议的走向。

“这是一个性质十分恶劣、影响十分巨大的刑事案件。”市委常委、政法委书记胡德高大概是因为职责所在，率先发言。他讲着讲着声调渐渐攀高，情绪也越讲越激动，甚至有些冲动，握着拳头的右手敲在桌沿上砰砰作响，“这个恶性案件，发生在全省上下同心协力全面开展‘打黑除恶’专项行动期间，发生在全市上下创建‘平安井南，和谐井南，活力井南’的‘三城同创’活动处于高潮的特殊时期，说明犯罪分子的气焰十分嚣张，嚣张到了敢同政法机关叫板的程度；说明我们的治安防范工作没有做好，安全群防网络存在漏洞；说明我们政法、公安工作还没有做到位，我们肩上的责任没有尽到啊。案件发生了，怎么办？我看第一要务就是公检法全力配合，快侦快破快诉快判，最大限度地消除影响，稳定社会。”

“案件侦破工作很重要，死者的善后工作也要安排好。”王万山自己都不知道怎么会冒出这样的话来，“罗泽西同志毕竟为井南作出了重要贡献，他的后事要安排妥当。”

“罗副市长被杀害的案件，也许不仅仅是一件普通的刑事案件，也不会是一个偶然的事件。一个或者两个凶手因为偶然的原因，一时兴起突发杀人念头，然后杀死两个人……这么简单？也许还有更深层次的原因。在案件侦破过程中，不管查到谁，纪检监察部门全力配合公安机关办案，我先表这个态。”市委常委、纪委书记汪家良发言。

删繁就简，以简驭繁，一级抓一级，是张雅南自认为行之有效的工作方法和工作作风。工作之余，他的爱好不是读书就是下围棋，对此两者颇有研究。读书能将一本厚厚的书悉心读薄，下棋深谙以最简规则演绎最纷繁诡异的围取之道，工作方法上也予以借取，且屡试不爽，便自以为得道。在听取发言的过程中，他也在反思自己的工作作风和工作方法是不是有所不当，是不是过于简单，是不是不够深入。主政井南这几年出了这么多意外，自己这一套是得改进改进了，是得有所转变了。

张雅南心事重重，脸上的皱纹像泥塑的沟壑般坚硬，只是眼珠子随着发言的人转动，不时在笔记本上记录一两句话。待常委们发言完后，他语气冷峻地说：“大家的看法我都同意，这样吧，我归纳起来讲一下。关于‘10・26’案件，我们今天上午已经正式向省委、省政府和省公安厅做了汇报，并请示了相关问题。省委、省政府主要领导和省公安厅赵儒僧厅长都做了批示，要求我们高度重视，迅速组织精干力量侦破案件，打击犯罪，做好死者的善后工作，抓好社会稳定和治安工作。因此，我提议市里成立‘10・26’案件侦破领导小组，市委政法委胡德高书记任组长，市政府分管公安的副市长陈详和市公安局罗红旗副局长任副组长，全面负责案件侦破工作。”张雅南说到这里，用手中的笔头重重地敲了两下桌子，“我强调一条，因为案件重大，全市各个部门必须全力配合，哪个人哪个部门不配合或者配合不力都要拿话出来说。至于市政府的工作，前任市长出事以后，罗泽西常务副市长在主持全面工作期间，开拓创新，运筹帷幄，大力推进经济社会发展，尽心尽力，做了大量卓有成效的工作，比如以井北区为龙头的观光农业旅游线路向高端的拓展、中国西部（井南）首届蔬菜产业博览会的举办、香城 CBD 项目的规划筹建……”张雅南说到这儿，心中猛地咯噔一下：罗泽西被人杀死的地点就是在已经拆迁的居民区被推平的空地上，临时搭建成举行“菜博会”的开（闭）幕仪式的广场边，也是即将启动建设香城 CBD 项目的地块，而这两个项目都是罗泽西主抓的重头戏。罗泽西遇害的时间算起来就是“菜博会”举行闭幕仪式的当天晚上，这些是巧合？是偶然？抑或暗合着什么？他曾苦苦思索过，反复揣摩过，结果不得而知，但冥冥之中总觉得有一种说不清道不明的东西神神秘秘地串联在一起。

他掩饰住心中的一闪念，仍旧冷静地说：“今天会后，市政府的工作暂时由市委王万山副书记全面负责，这不仅是我的提议，也请示了省委、省政府的主要领导批准同意，先主持工作，待省委正式通知以后按组织程序任命职务，再报市人大批准。万山啊，担子很重呀，处在特殊时期……”

意外，但不是绝对意外，惊喜在王万山心中激起狂澜。

与罗泽西明里暗里死斗死掐这大半年，图谋市政府一把手的职位，突然降任于自己肩上，像是天开法眼，天降祥物，这般轻而易举，真应了那句老话，踏破铁鞋无觅处，得来全不费工夫。他在第一时间获悉罗泽西死讯的同时，就萌生了市长职位舍我其谁的判断：他会被张雅南举荐，经省委批准先任代理市长，然后，再经省委提名市人大选举后正式成为市长。这一切似乎都在意料之中，但没想到会这么快。他还是不敢相信自己的耳朵，可是眼前这么正式的会议，又使他不得不相信这个意料之外的事实。

只是王万山至死都没有想到，这一连串意外惊喜的背后隐藏着的，当然也是他自己开启的，竟会是他人生的滑铁卢。

迎着张雅南投过来的含有几分期许的目光，他郑重其事地微微点了一下头，喜形不露于色。

张雅南瞥见王万山波澜不惊依然凝重的脸，心想，比起罗泽西的激情表演，这家伙果然老练稳重。“万山啊，会后我们一起去罗副市长家里看看。泽西一死，家里遭难啦。”这话从他的嘴里说出来，让人听着语气里颇有些意味深长。

王万山还是微微点头，只是这次点头重了些，而且点了两下。

“叶秘书长，罗副市长的后事安排工作进展得怎么样啦？”张雅南抬起头，提高了嗓门问。

坐在后排的市政府秘书长叶本川急忙站起身子，回答道：“张书记，按照您的指示，今天上午政府办组织了专门班子负责，正在一项一项地落实任务，请您放心。”

“好吧，就这样。”张雅南正准备宣布散会，转眼瞅见坐在旁边的钱新亚平板似的脸上嘴唇翕动，一副欲言欲动的样子，赶紧说道，“省公安厅党委对此案高度重视，专门派出了专案指导组和‘打黑除恶’工作督察组，由厅党委委员、纪委副书记钱新亚同志带队，来指导帮助我们的工作，对比我们表示衷心感谢。有了省厅强有力的支持，‘10·26’案件的侦破和‘打黑除恶’工作一定会非常顺利并取得突出成绩。下面，我们欢迎新亚委员给我们作指示。”

掌声稀稀拉拉地响了几下。

钱新亚不仅丝毫没有推辞的意思，而且像是作好了充分准备来发表不拘一格的演讲。他双手撑着桌沿站起身来，稍稍弓了一下腰，算是致意，带了点儿不满的情绪，拿腔拿调地说：“雅南书记叫我讲，我就不客气地讲几句。我先给大家通报一个情况，最近省委已经批准并且提交省人大常委会审议，很快就会任命我们的儒僧厅长为副省长，这是全省的大事，也是公安战线的大事好事，更是全省公安民警的光荣，也是正在进入深水区的‘打黑除恶’斗争取得辉煌成果的体现。儒僧同志经常教导我们说，‘打黑除恶’不仅是一种勇气，是一种精神，更是一种责任。‘打黑除恶’不仅仅是打击一种形式的刑事犯罪，而且通过打黑，挖出保护伞，惩治贪腐，铲除黑恶势力的经济基础，就可以推动经济社会的全面发展，就可以推动社会平安建设有序发展。我省的‘打黑+反腐’的模式已经得到社会各界和广大人民群众的普遍认可，成绩斐然成就辉煌啊！但是，井南市开展‘打黑除恶’专项斗争的现状令人十分不满意，成效不突出，数量不够多，质量不够高，深度也不够，尤其在深挖保护伞、打击腐败、摧毁黑恶势力的经济基础方面，可以说基本上没成效、没亮点，这个与井南市这个全省第二大城市的地位十分不匹配，与井南市公安局领导班子的领导力和全市公安民警的战斗力不匹配，不仅省里不满意，也让人们对井南市对井南市公安局感到十分揪心啊。”

钱新亚有意识地顿了顿，目光越过人们的头顶，目中无人，一副痛心疾首的模样，继续慷慨激昂唾沫飞溅地说道：“儒僧厅长每天夜以继日地工作，每天工作十六个小时，今天凌晨临出发的时候，他对我说，井南的‘打黑除恶’斗争不深入不彻底，没有进入深水区，罗副市长被杀的案子说明还是黑恶势力在作祟，要破案，深化打黑才是唯一的路子。我来了以后听了听专案的情况，我认为儒僧省长的分析判断是十分英明十分正确的。下一步，就是要通过深入的打黑来破案，打黑深下去，破案就在其中，省里的认识不会有错。‘打黑除恶’，尤其是深挖保护伞，不管涉及谁都要彻底地打。是政法公安干警的，一律拿下；是党政干部的，我们策动纪检监察部门一律拿下。不客气，没商量，誓死也要把‘打黑除恶’斗争进行到底，要打出一个红彤彤的新天地。”

出言不同凡响，闻者莫不失色。钱新亚一番铿锵有力斩钉截铁的话，尤其是将案件毫无依据地与黑恶势力相关联的主观臆断，让与会的井南市官场的头面人物们如坐针毡，有人一脸黯然，有人脸上掠过几许惊讶的表情，有人心惊意乱露出古怪兮兮的样子，更多显现的是嗤之以鼻和不屑一顾的眼神……

全场屏息无声，阴郁冷冽的空气侵彻肺腑，人人感觉透心的寒意。

坐在罗红旗身旁的市政协主席张文景扭过头来，嘴正对着他的耳朵，小声说道：“你们这个省上要员调子唱得很高啊，说话很硬啊，一锤子买卖，你可有好日子过啦。”

罗红旗正襟危坐，一动不动，目不旁视，脸上挤出一丝古怪的笑，嗫嚅道：“北方省选调过来的，干将，精英，优秀……”

他没做正面回答，留下一串长长的省略号，心里如千钧巨石压了下来，不堪承受之重啊。

第六章　漂亮而命苦的女人

作为国际化大都市的中心城区，井南市东阳区面积为六百多平方公里，有商业中心、文化中心，有港口、公交枢纽、高速列车和动车交会站，以及国际机场，但一多半地界是农村。这农村地区不是一马平川稻花满地繁花似锦的模样，而是山岗丘陵、冲积平坝、河滩水塘、河汊湿地的不规则分布，显出多种多样的地形地貌。大多数农户种植的产品是南方传统的水稻、小麦，也有茶树、梨树、桃树、莼菜、木耳、黄花以及多种蔬菜等成片成片的经济作物，一眼望不到边的河滩平坝和起起伏伏的丘陵上野花遍地水草丰沛，到处散放着白白的绵羊山羊、浑黄色的黄牛、青铜色的水牛，星星点点，团团簇簇。

秋日的阳光暖暖地照在山岗上，一片淡淡的黄。

李冒驾着他那辆三菱警车疾风似的奔驰在乡村的碎石路上，掀起一股股尘土。这辆警车是去年他们所里破获一桩毒品大案，抓住一名国际大毒枭时，省禁毒委发给他们的奖品，因而他对他的这辆爱车情有独钟，一驾上它就得心应手撒开蹄儿跑，情绪高涨，兴趣盎然。

今天他的车上载着“猴子”、张华、王康，这次他们没有叫上茶山镇派出所管梨树湾村和杨树村的片警岑小伟，倒不是怕他一路同行会配合不好且碍手碍脚，也不是嫌他是个新警察，资历浅，搞侦查的招数不多。说出口来的理由是，若要叫上他，车子得绕弯十几里山路到派出所接他，费时，也费油。他们心底的真实想法是想让自己的派出所一举破案，独揽全功。

三菱警车停在台阶上竖起十几米高飘着一面国旗的旗杆的梨树湾村委会大院的院坝路边。国旗是新的，红艳艳的，在飕飕的秋风吹动下猎猎作响，给这个显得有些破旧的院落增添了几分生气。

李冒等几个人从宽阔的院坝走进一溜儿平房中最大的敞开着大门的房子里，却看见岑小伟和村支部书记杨树生面对面地坐在油漆都已掉落的办公桌两端，叽叽咕咕谈得正欢。

原来村东头詹小伢家唯一的一头耕牛半个月前被盗，岑小伟跟所里的民警连夜摸排线索，终于把耕牛从牛贩子的棚子里找到。但事情却没有结束。偷牛者明确了是何人，物证旁证都在，贼溜了，也正在网上追逃。牛贩子不依不饶认死理，一定让牛的主人，也就是詹家，出五百块钱，因为当初他从偷牛者手上花了五百块钱买的牛，而且并不知道是失窃的牛。詹家认为，是派出所破案追回来的牛，而且这头牛原本就是他家的东西，得物归原主，怎么会再出钱买回自家的耕牛？双方吵闹起来，动静很大，拳脚相加，就差抄家伙要人命了。

岑小伟与杨树生正讨论怎么处理这件头疼的事，一眼瞥见李冒等几个人跨进门来。

“不知李大所长大驾光临，有失远迎，抱歉抱歉。”岑小伟起身迎接，双手紧握抱在胸前，模样十分谦恭，说话的口气却不无揶揄的味道。

“嘿嘿，兄弟，大清早的就跑到乡下来和书记嘀咕什么呢，这么尽职尽责。”李冒走过来一拳捶在岑小伟的肩膀上，显出热情而粗犷的亲热样儿，笑嘻嘻地说，“猴子，你们几个给我听着，你们城里的警察得好好向人家小伟兄弟学学，管片内人熟地熟情况熟，腿脚勤快人也特勤快，大清早的就下到管片来了，还这么远，多辛苦啊。换了你们，早上上班以后，不在所里磨磨叽叽半天还出不了门，下不到社区，怎么干好工作呢？”

猴子几个噎在那里，心里嘀咕：你不是也瞧不起山里的警察吗？张口闭口说人家跑跑田埂，办办户口，婆婆妈妈絮叨东家长西家短尚可，办大案就差了十万八千里，不就一土得掉渣的农民警察嘛。

“别，别，别这么抬举我，所长大人，城里的警察就是不一样嘛，水平、能力高出农民警察一大截子，我得向你们学习。”岑小伟不知是没听懂李冒话里的意味，或者根本就不想去理会，只是抬着头一味地谦恭，“这不，这么一个简单的案子都处理不妥，一大早就来找树生书记商量呢。恰好李大所长光临，还望你不吝赐教呢。”

“是啊，是啊，请李大所长指示指示。”一旁的杨树生好不容易插上话。

岑小伟把詹小伢家耕牛被盗案简明扼要地讲了一遍。

“小案一桩，好办，好办。”李冒耷拉下眼皮朝岑小伟乜斜了一眼，手在耳朵边上轻轻挥舞，不无轻蔑的味道，“这好办，首要任务是抓贼，追逃成功什么都好说。现在嘛，可以叫双方到派出所里做个调解，对牛贩子要进行法制教育。当然，双方各让一步也行。”

“已经调解过了，嘴唇都磨出水泡了，两边都扯淡，咸淡不吃，油盐不进。”杨树生有些苦恼，也有些怒气。

“调解过啦？”李冒又问。

“调解过了。”岑小伟答道。

“没摆平？”

“没摆平。”

“找两边分别谈话，晓之以理，进行法制教育，多讲合情合理的话呀。”

“双方都分别谈了两次啦，我谈，杨书记也谈，没有效果，牛贩子还是嚷着无辜，要赔钱。”

“那，还有一招，建议双方找法官打官司去。”

“镇上人民法庭的法官，我去咨询了，这种民事官司他们也不好断。”岑小伟瞪着李冒，忽闪忽闪地眨了眨眼睛，似乎要一直探寻到解决问题的最佳路子。

这下没辙了。

该轮着李冒傻眼了。

猴子这几个民警听着看着，感觉像在观看街头滑稽剧一样有些好笑，心里犯起嘀咕：李大所长平时不是看不起农民警察吗？不是说他们只会破一些偷鸡摸狗的小案吗？这么一件并不复杂的小案，竟把他难住了，丢颜面了吧。

李冒不愧是久经沙场历练的老警察，尤其在他平素根本就看不上眼的山里警察面前可不能丢人现眼，口锋一转，官话出来一套一套的：“再把双方叫上，晓之以理，动之以情，讲之以法，退后一步天地宽，社会需要和谐，双方都要有安全感、法治意识，否则，对个人对家庭对社会都不好，把这些道理、法律知识讲深讲透，我不信他俩不服。”

岑小伟两眼已经流露出无奈和失望的神色。

“李所长，先说说‘10·26’案件吧，我们今天来就是为这个案子来的。”猴子及时插话，为李冒解了围。

“唉，不好意思，这么一桩案子差点儿耽误了李大所长的正事。听您的，怎么安排，要我干什么，您尽管吩咐。”岑小伟聪明伶俐，灵机一动，连眼神都转变成了热切的光芒。其实，他心底里渴望参加大案的侦办。作为最基层的民警，还是山里的警察，碰上侦办这桩井南市天字第一号的凶杀大案，机遇可以说是千载难逢，不亲身体验艰难曲折的侦查破案过程，遗憾可就大啦，况且还有立大功受大奖乃至提拔或调动进城当城市警察的机遇。

李冒嘿嘿地干咳两声，算是自我解嘲，很快就进入另一种状态，就像是在自己管理的辖区和自己领导的派出所里一样安排起工作来："围绕死者吴文豪生前的关系人，尤其是因为债务问题蹦跶得高的几个人要深入调查，那一两个口出狂言且具备作案动机的人要彻查，必要时可以强制传唤带到派出所审查。这项工作由张华、杨书记一组和王康、岑小伟一组分头负责，我和猴子一组再去吴文豪家，再对他老婆进行深入询问：一是狗三娃始终没把他的事抖搂清楚，说得干净，需要进一步核实；二是再看看有什么新情况露出来。"

"就这么安排，大家明白不明白？"李冒的语气是命令式的。

"明白。"除了杨树生，其他几个人几乎是异口同声。

"好，大家分头行动，注意挖掘新的线索。"临出门，李冒再一次叮嘱道。

太阳就要翻上山顶，雾还没有散去，薄薄的一层缭缭绕绕悬挂在山坡的梨树林上。

李冒和猴子顺着小道爬坡上坎穿行在梨树林中，阳光透过密匝匝的树林扑在身上映出斑斑点点光怪陆离的图像，走出梨树林下了一道山梁，就到了山坳深处的吴文豪家。

吴文豪的老婆，现在可以说是吴文豪的遗孀梁凤英坐在院坝中间剥着手中的玉米棒，搁在两腿中间的竹编簸箕里的玉米粒松松散散地躺着，旁边趴着一条懒洋洋地晒着太阳的黄色卷毛狗，整个景象不禁让人生出既孤零零又有些凄凉的感觉。

这处农家院落，正面看过去是一溜儿五大间砖柱砖墙整体青色的平房，右两间偏房被用作厨房和柴火间，左边两间偏房之外是猪圈房和牛棚房。房后和院坝两侧栽满了梨树、桃树、翠竹，院坝前有一口硕大的堰塘，水面绿幽幽地泛起波澜。整体清新爽眼的格局，看得出来这是主人家新建的房屋和精心打造的环境，连水泥硬化出来的院坝也收拾得干干净净。

“早啊，大嫂。”李冒和猴子一边打着招呼走进院坝，一边用力跺跺脚尽可能多地跺掉粘在鞋上的泥土。

“呵呵，公安来了，李所长请坐。”梁凤英抬起头，伤心的泪痕挂在白皙的脸上，两眼红红的，还有些肿胀，“你们先坐坐，我去烧点儿开水，给你们泡茶。”

“别忙，别忙，大嫂，我们就坐坐，就聊聊，一会儿就走。”李冒伸手拦住梁凤英，自己和猴子也坐了下来，顺手拿起两根玉米棒相互交叉搓揉，玉米粒被搓揉得一排排掉下来，剩下在棒上的，再用手一粒一粒掰下来。

“娃娃呢？上学去了？”李冒明知故问，没话找话，他想的是进入一种自然和谐的状态。

“上学去了。唉，李所长，我家男人的尸体咋处理呀？我们总得抬回家摆几天，祭奠一下，烧烧纸，上上香呀。”说起她男人，梁凤英的泪珠滴了下来，落到装玉米粒的竹簸箕里。

“不急，不急，文豪的尸体保管在殡仪馆的冰柜里，好好的。”猴子掏出一包纸巾，抽出两张递给梁凤英。

“不急？死的又不是你屋里头的人，你当然不急。我男人死了，家里的生活都没有着落了，我该怎么办呀？”梁凤英嗓门大起来，伤心得有些抽搐，鼻涕泪水都涌上了脸。

“大嫂，文豪死了，我们都很难过。公安机关正在对尸体检验，案子也在抓紧调查，要紧的是尽快抓住杀害他的凶手，这不，我们就是来请您再回忆回忆他临死前和这些年来的事，看能不能理出一点儿线索，找到凶手的疑点。破了案抓住凶手，文豪也好瞑目安息呀。”李冒说这番话也动了感情，眼睛红红的，声音也有些哽咽。

梁凤英低着头，兀自流泪抽泣，双手机械地剥着玉米。

李冒和猴子无言以对，只是不停地剥着玉米，耐心地等着她平静下来。

一阵山风吹来，驱赶走了阳光洒在人身上的那点儿暖意，寒气袭人。

“冷嘞，大嫂，回屋去吧。”李冒起身，搀扶起梁凤英。

进入正中的堂屋，梁凤英渐渐平静下来，慢慢地述说起过去的事情。很多人把回忆当作一件美好的事情来做，可是，眼前这个农村中年妇女的回忆都是苦涩的、痛苦的，尤其是中年丧偶之痛更是撕心裂肺一般。

人世间很多事情细究起来都有一些联系，甚至是根深蒂固的联系，只是人们从表面看不出来而已，但它们早已是暗暗地隐隐地关联在一起的，这就是命运。梁凤英文化程度不高，由于家穷，勉勉强强读完初中就辍学下地干活儿了，对世界的认识不可能那么富有哲理，但她打小就从自己的生活体验过程中对命运产生了逐渐深刻的认识，有的看法是可见的，如插什么秧、收什么稻、种什么树、结什么果，有些是看不见的或者是事情发生的当时看不出来的，或许很长时间之后才感觉出来发生的事与之前的事有着或多或少的关系。她八岁就死了爹，十一岁死了娘，以后就跟着哥哥嫂子过日子，下田耕地干着大人干的活儿，吃着嫂子几乎是天天训斥顿顿挖苦中端上桌子的饭。苦苦的日子里，她想爹想娘，也想着自己的命运。自她记事起，她就看见老爹一闲下来就蹲在房门槛或在椅子上吧嗒吧嗒地大口大口地抽叶子烟，也就是旱烟。长长的竹烟杆端头套一个铜烟头，插进去像树叶一样的旱烟，点上火，烟嘴塞进口里，咬紧了使劲地吸，就不断冒出一团一团的青紫色的烟雾，萦萦绕绕漫游开去。他自己呛得大声咳嗽，一会儿，松开了烟嘴，吧嗒着从嘴里吐出一大口又黑又浓的痰。父亲嗜烟如命，田地里的活儿再多再累，他都会在屋后辟出一块坡地精心侍弄出一垄金黄灿烂的烟叶，享用的时候吞云吐雾，就像是享用家里过春节的时候才能够吃得上的油亮油亮的红烧肉一般大快朵颐，她家四口就在这烟雾氤氲中过着清苦拮据的生活。记得八岁那年过生日，母亲背着父亲、哥哥，悄悄地给她煮了一碗长寿面，白生生的细面上盖着一个煎得黄灿灿的鸡蛋，放了猪油，撒了大把葱花，吃起来香喷喷的，现在想起来口里还留有余香呢。就在那年冬天，爹躺在床上起不来，大口大口喘着粗气咳嗽，大口大口朝着床前的泥地上吐痰，送到县医院看医生，说是肺癌晚期了，回村没多久，就埋进了山前的坡土里。满打满算不过三年，她十一岁那年，刚去镇上的中学报到，母亲也病倒在床，医生一检查也是肺癌晚期，不出一年也归天了。她爹的病和她娘的病不都是被她爹的一把烟杆害的吗？她哥大她十岁，他二十岁出头就接过了老爹的烟枪抽起来，可得劲了，她劝过他，他说不抽干起活儿没劲，半晌不抽心里欠着什么似的，山里务农闷得慌，心里空空的，不抽几口还能干什么呢？上瘾啊。她说你不怕得癌症死得早，他说没办法，戒不了啦，这就是命。

“再说说我这桩婚事吧。两人隔着千山万水素昧平生走到一个屋檐下，其中暗暗印合着什么，我说不清楚，但可以肯定里面藏着掖着什么东西，也许是上天的安排，也许就是这个谁也说不清道不明的命。”梁凤英出生在一个县的大山深处，陡峭山崖的斜坡地被先人们开辟成东一块西一块的种庄稼的旱土，山山水水顺着山势高低参差积起几十口鱼塘和十几亩水田，村子二十几户人家的土房筑在崖坡边上巴掌大的空地上，也是东一家西一家地摆布在山谷里。梁凤英出生时正逢屋前的梨树开花的时节，蹲在门槛上吧嗒吧嗒地享用烟杆的老父亲坐在粉嘟嘟的满树正艳的梨花下。接生婆抱着新生儿出来报喜："他爹，生了，生了，是个崽妹儿。"他说就叫梨花妹。这名字一直叫到她七岁的生日过了，上了村里的小学，老师才给她起了梁凤英这个学名。

山里人家虽穷，但乖巧玲珑的梨花妹从小被爹娘宠爱呵护，直到爹娘病逝，好日子才到了头。哥哥娶了邻村的姑娘，成了家，生了孩子，只好外出打工挣钱，剩下姑嫂在家里，怨气怨言不打一处来，梨花妹吵着嚷着要随哥哥出去打工，哥哥却死活不肯让她出去吃苦。这当口，梨花妹出落成了身材高挑、梨形脸蛋、面若梨花的大姑娘。她哥在广东佛山一家木器厂打工，闲下来时同吴文豪的一个远房亲戚无意中聊到男婚女嫁，聊到了梨花妹、吴文豪，他俩就约定促成这桩千里姻缘。

梨花妹在哥哥的陪伴下，嫁到千里之遥的梨树湾村。

"你说这梨花不结在梨树上，会结在哪里？"穷人家的孩子只得认命。

新婚的日子甜着呢，而甜蜜的日子总是很短。生了孩子以后，吴家生活拮据起来。小两口儿商量着外出打工，挣钱养家盖新房。吴文豪离家远到广东佛山、东莞，浙江宁波，近到四川遂宁、安岳，陕西西安、安康，常年在外，顶多春节过年回家住上十来天就又动身了。

"就说吴文豪吧，爹娘打小给取了个文豪的大名，是希望他做个文化人，可他初中毕业就辍学了，不是像我一样家里穷交不上学费，而是学习成绩太差升不上高中，更考不上大学，成不了文豪，却成了地地道道的苦力人，农忙时耕地犁田种庄稼，农闲时干的是砖工泥水工的粗活儿。这些年他累他苦，我也苦呀，守望一溜儿空房，维持两个娃儿的生活，心中落寞空虚，守着两个孩子盼着男人，空空荡荡什么都没有……这下可惨啦，男人都没有啦，这日子苦到底了，苦惨啦……”

梁凤英一边倾诉，一边涕泗横流，像是开闸宣泄的洪水，直扑而下。

李冒听得专注，眼睛都没眨一下，鼻孔张得老大，似乎想嗅出点儿什么，然而什么都没嗅出来，失望远远大于希望。

“吴文豪走了，不，我是说他外出打工期间，家里没发生过什么事吗？”猴子问。

“年轻力壮的男人走了，剩下的都是老人媳妇孩子，也有些不三不四不务正业的男人，这些坏男人盯着独守空房的女人就上门骚扰。这不，三年前，张家村的一家媳妇被调戏后，不堪羞辱吞了耗子药，她男人一回家就提起斧头喊着要杀人。”

“狗三娃是不是到你家来骚扰过你？”猴子紧接着问。

“这家伙坏着呢，有一段时间他天天上门讨好卖乖，帮衬着干些粗活儿，我不搭理他，骂他，骂得他狗血淋头，可他觍着脸就是不走人。”梁凤英止住了泪，半晌又憋出一句没头没脑的话，“文豪已经死了，人死了还能复生？”

“你知道狗三娃被我们抓了吗？”李冒问。

“知道，这个坏家伙早该蹲牢房。”

“狗三娃说，10 月 26 日晚上在你家过的夜。”李冒单刀直入。

“不，不可能。这个杂种，狼心狗肺的东西，坏透顶啦，他什么话说不出来？什么谎撒不出去？千万别信他的，他狗嘴里吐不出象牙来，从来没有一句正经话。”梁凤英由羞赧转为愤怒，甚至破口大骂。

“好啦，好啦，大嫂别再骂了，我们知道怎么收拾他。”李冒摆手止住了梁凤英的谩骂，“你好好想想，涉及吴文豪的人和事都回忆回忆，还是那句话，你得帮我们破案哪，你急我们也急。”

“上门讨债那几个人，你们可得好好查查，会不会是他们害了吴文豪……当初他叫他们一道出门打工，是看他们家里穷才叫上他们，还手把手教他们学手艺。几年下来，他们挣了大钱，盖了新房，娶了新娘，日子阔了，反倒翻脸不认人啦。欠下的工钱，文豪解释来解释去，口水都说干了，是老板开不出工资，扣了大伙的工钱，也包括文豪的一份，可这些白眼狼听不进去，口口声声说是文豪独吞了他们的钱，挥拳舞掌想生吞活剥了他，可吓死人啦。好心换来的是恶报。这就是命，苦命，还有运，倒霉的运！”梁凤英扬起脸，止住流淌的泪。

“这个，我们知道。还有什么新情况？”

她轻轻地慢慢地摇头，依然沉浸在悲伤里。

“你再好好想想，想起来了，跟我们联系。”李冒轻言细语，他不忍心再刺痛这个已经很伤心的女人。

李冒和猴子告辞后，顺着小道爬上那片梨树林的坡顶，回头看见梁凤英僵直地伫立在院坝中间。秋风撩起她浅蓝色的短衫，吹散了她的头发，可以看见她泪水涟涟的眼。

这是一个漂亮而命苦的女人，莫非真应了“自古红颜多薄命”那句老话。这中间到底还有什么隐情？生命里是不是真的存在某种玄机？李冒心里颤痛，不得而知，怅然若失。

第七章 排兵布阵

罗泽西的遗体告别仪式如期举行。

灵堂就设在井南市殡仪馆最大的一个吊唁厅，前来吊唁的人络绎不绝，鲜花、花圈、挽幛摆满大厅，肃穆而沉重的氛围使每个走进灵堂的人都感到凄惶和悲恸。告别仪式简朴而隆重，备受关注的是规格之高，可以说是在井南市有文字记载的历史上是空前的：市委副书记、代理市长王万山主持仪式，市委书记张雅南亲自致悼词，省委常委、秘书长徐宽明代表省委、省人大、省政府、省政协到场吊唁并慰问其亲属，井南市四大班子及各部委办局主要领导参加。罗泽西的亲属，除了八十岁的老母亲因为中风瘫痪在床不能前来之外，几乎是一个不落地都会集到了灵堂，生于斯长于斯的井上县及黄土镇烂泥沟村都来了一大帮子代表，整个吊唁大厅挤得满满当当。

吊唁期间，最令人撕心裂肺般伤痛的是罗泽西老婆米家丽的恸哭，哭声一直是呜呜的嘶鸣，间或有嘤嘤的抽泣声，没有任何成句的语言，没有平常人家追忆死者的叨叨絮语细细数落。前来吊唁的人眼瞅着她布满泪水或者泪痕的脸、充满血丝的眼珠子和红红肿肿的眼睑，再听着她呜呜地哭泣，无不潸然泪下悲从心来，也似乎让人感受到她揪心的痛里面隐隐还有更大的悲痛。在北京读大四的儿子罗哲闻讯赶回，来不及放下行囊，就径直来到灵堂，一下子扑到父亲的遗体上放声恸哭，哭得天昏地暗，以致嗓子撕裂，嘴里吐出殷红的血丝，那情景让在场的人无不动容。

时下社会多元化的生活方式、多取向的价值观念使很多人对生离死别感到麻木而漠然。但就一般人而言，从出生到成长，在时间的长河里徜徉，不管在这个过程中是舒适还是痛苦，都得慢慢地变老，由老变衰而亡，活着的人对这种自然规律会平心静气地接受。而对鲜活的生命突然之间的终止，尤其是因为突兀的变故导致生龙活虎的生命的逝去，人们就不得不会感到惋惜，特别是像罗泽西这种正值年富力强而家中上有老下有小的顶梁柱竟遭杀害，更是出乎人们意料，更催人悲伤痛惜。

短暂的告别仪式始终充塞着伤感肃穆的气氛。

张雅南在悼词中高度评价罗泽西的人品、党性和这些年来的工作成绩，称他被犯罪分子杀害，不仅是对他和他家人的损害，更是对党的事业，对正处于大发展、大开拓、大建设阶段的井南市的重大的无法弥补的损失。还说全市公安机关正在组织专门力量把侦查破案、擒获真凶作为一项政治任务来完成，政法公安部门和全市广大人民群众正加大力度加快步伐全力加强群防群治工作，努力建设平安井南，促进全市经济社会全面健康发展。

张雅南走在头里，率队绕着冰棺走过去，一一握过伫立一排的罗家主要亲属的手，同时轻声地安慰了几句话，肃穆庄严，十分得体。

他走出礼堂大门，抬眼望了望黑漆漆的天色，穿破薄雾中飘洒下来的霏霏细雨，不禁在心中长舒一口气。

恭候在门外的市政府秘书长叶本川立马走上来为他撑起一把黑色的雨伞。

“本川，这些天累坏了吧，眼睛都熬红了。”张雅南关切地说。

“书记，您辛苦，谢谢您的关心。”叶本川在伞下同张雅南靠得更近，疲惫的脸顿时堆上了笑容。

“这档子事处理得不错，没出什么乱子，当然也不能出乱子。今年哦，出的乱子也够多了，也够大了，不知道还会出什么乱子。这年头儿，什么年头儿呀。”张雅南这番话出语轻轻的，轻得只有近旁在一把伞下的叶本川听得见，像是故意说给他一个人听的，又像是喃喃自语，抒发出心中阴郁的慨叹。

“没事儿，没事儿。书记，在您的智慧领导下，没有过不去的坎儿，没有翻不过的沟，没有摆不平的乱子。”叶本川一顺溜说出一口土得掉渣的井南腔，脸上的笑容里平添了几分谄媚。

“但愿吧，但愿不再出什么大乱子。”张雅南眉头紧锁，依然心事重重，意味深长地说，“本川呀，要更多地关心罗家的人，他老娘瘫在床上，老哥还在种地，出了这种事，悲伤呀，我说的是罗家啊。再有，王万山主持政府工作，你要协助好呀，多请示多汇报，懂了吗?”

“懂，懂。”叶本川捣蒜似的点头允诺。

这一番对话只有他俩心知肚明。一般来讲，作为市政府的秘书长，叶本川应当是政府的“大内管家”，理应是政府一把手或者主持政府工作的二把手十分信任的人，也就是常人所说的心腹之人或者是官场中人常挂在嘴边的核心圈子里的人，可叶本川不然，他奉行的升官守位的理念最简单，就一条：搞定一把手。就像一只鸟儿飞临一片树林子上空盘旋，是在寻觅林子里枝干最粗壮、叶片最茂密的大树，瞅准选定了才会落下来，在大树上最合适的位置筑巢建窝，栖息生活。近二十年的官场生涯，他从一个舞文弄墨写总结写报告的小科员，一步一步走上副厅级的高官位置，言与行，表与里，都恪守这一理念。实践的结果表明，效果不错，管用。当上市政府秘书长这三年来，尽管身在政府，他的心却在市委，准确地说，是在市委书记身上。即使前任市长慧眼识珠力排众议把他从东阳区区长擢升为市政府秘书长，现任常务副市长也待他不薄，甚至是宠爱有加，但他还是奉行自己行之有效的一贯理念。张雅南空降井南后，只要抛出什么新理念、新设想或者露出什么新动作、新动向，他就会迅速跟进，或写点儿什么研读文章发表在市委党校的校刊上，或在大会小会上宣讲阐释市委书记的重要指示，最重要的是他会想方设法把他跟进的这些信息传递进市委书记的大脑里，形成良好的印象。此招果然奏效，张雅南不仅欣赏他，而且在召见他娓娓长谈之后，大有相见恨晚的感叹。他十分明白张书记所讲的要去关照一下罗家亲属，而绝对不是米氏家族；他非常清楚张书记所作的多汇报多请示的指示指向的绝不是王万山，而是他本人。

送走徐宽明，再送别张雅南，眼瞅着黑色的奥迪车溅起一片泥水疾驰而去，叶本川心里隐约感到了一点儿什么东西，是什么呢？他也说不清楚。

这一次，他的感应不灵了，没能做到与一把手心有灵犀。

市委、市政府为罗泽西举办高规格的告别仪式的消息很快就发布在井南市的官方网站上，当天下午出版的《香城晚报》也刊发了一则文字简洁的短消息。第二天早上出版的《井南日报》不仅刊发了文字消息并配发了照片，还专门刊登一篇由特约通讯员撰写的叙述罗泽西深入拆迁现场抓 CBD 项目，蹲在田边与菜农一起研究优化菜种促进蔬菜产业发展，视察工业园区时与干部、工人、技术人员探讨相关技术产业发展走向等事迹的长篇通讯。

负面议论戛然而止，坊间舆情转向对遇害人的痛惜、对犯罪分子敢冒天下之大不韪的杀人行径的痛恨和对公安司法机关要迅速破案严惩凶犯的热切期盼。

手里攥着市委办公厅刚呈上来的还散发着淡淡油墨香气的社情民意专报，张雅南在宽敞明亮的办公室里来来回回踱步，步伐是标准的方步，沉稳有力，不徐不疾。

蓦然，他转回身子，停步在办公桌前，操起电话拨了罗红旗的手机号码，直接询问了案件的侦查情况和另一个死者的处理事宜。

末了，他几乎是一字一顿地说："红旗呀，责任你是清楚的，作为即将走上公安局长岗位的人，'打黑'和侦破'10·26'案件是两副重担，也是责任，分量都是很重的。完成任务是你的事，是对你的考验；需要支持是我的事，有什么困难可以直接找我，我等着你的好消息。"

没等罗红旗回答，张雅南撂下话筒，踱步来到窗前，推开玻璃窗户，秋风细雨扑面直入，寒意侵身让人一激灵，顿感神清气爽，禁不住长长地呼出一口浊气。

夜深了，黑漆漆的夜里，秋风横扫一阵紧似一阵，秋雨绵绵肆意飘洒，老天爷就像是在冬天的大门前苦苦挣扎奋力蹬打不愿意跨进门槛一般……

市公安局党委会议室里灯火通明，鼻息、呼吸、烟雾、声浪充斥其间，热气腾腾。"10·26"案件专案工作会议已经在不知不觉之中进行了七八个小时，直至深夜似乎都还没有半点儿散会的迹象。

市委常委、政法委书记胡德高在晚饭前就表态说："我这个政法委书记是为专案服务的，有什么事随叫随到，决不含糊。刚才市里通知，省里来了一个检查组，出于礼节我得去陪餐，就先走一步了。"

随后，市政府主管公安的副市长陈详说是要去解决一项工程项目的规划调整问题而告辞。

会场里剩下的就是省、市、区三级公安机关人员组成的专案组，大大小小三十多个领导，在匆匆吃完食堂送上来的盒饭后，又一项一项地讨论到案侦的具体措施上来了。

在听取了各个分工小组的工作进展汇报，分析并讨论案件和目前新掌握的情况之后，省公安厅刑侦总队副总队长白京伟扶了扶眼镜框，清了清嗓子，开始做总结："从综合的情况分析来看，基本上可以断定为是一起单独的刑事案件，当然是血案，是大案，是杀人大案……"

"我不同意你的意见，综合方方面面的情况来看，一定是黑恶势力所为，这里面至少有涉黑的背景。"钱新亚一张平板似的脸上依然毫无表情，武断地插话道。

"我个人认为这是一桩单独的刑事案件，其理由嘛，在大家刚才的分析讨论中已经谈到了，这里我就不赘言了，这是其一。"白京伟在全省公安刑侦界堪称专家，被一些资深的侦查员和技术人员称作大师。他是恢复高考后第一届政法大学刑侦专业毕业的高才生，在校期间就在校刊上发表专业论文，走出校门即在基层刑警队干技术员、侦查员，凭着实力和屡破大要案的实绩一步一步走上领导岗位。他始终认为，侦破刑事案件就是从已发生案件的现场和现场留下的属于作案人的所有痕迹物证中搜集尽可能多的信息，然后凭借逻辑学、心理学、社会学的基本理论去综合去分析去研究判明作案人的基本人性，筛查出其人性的优劣，从劣处出发刻画作案人的性格行为特征，从而捕捉判断作案人的踪迹，最终擒凶破案。简要地说，破案就是同案件背后的隐形人的人性斗智斗勇的过程。关于这套侦查理论，他曾发表过一篇理论性极强的论文，在实际工作中的运用也很成功，至少在他自己经手的案件中屡试不爽。在全省刑侦界，通过现场搜集隐形人的信息并深究案犯人性的理论，被称为"隐形人作战"的经典理论，也被一些经验丰富的资深刑警称为

“福尔摩斯定律”。

谈到眼前这桩案子，他没理会钱新亚的插话，按照自己的想法自言自语地分析。

“这其二呢，作案人凶狠、残暴、健壮的特征明显，表明作案人手法娴熟干脆，一定是具有犯罪前科且年龄在二十岁至四十五岁之间的男性，可以此为依据划定侦查方向和范围。其三呢，我提出一个问题，也是我百思不得其解的问题：两个死者生前生活在两个不同的层面，工作生活轨迹互不搭界，也就是说没有交集，怎么会两具尸体同时出现在一个现场？是死在一块儿还是被杀害后移尸在同一现场？是巧合还是这里面有必然联系？这些值得我们去思考并在侦查过程中寻找答案。其四嘛，犯罪者是人，是人就会有人性特征，有弱点，就看我们怎么去捕捉……”

“够了，白京伟，够了够了，你以为你那套很专业很科学，能破案吗？”钱新亚急不可耐猛地打断白京伟的话，狠狠地瞪着白京伟，怒容上脸，“我告诉你，白京伟，你那套东西用来指导破案只会误导大家偏离破案的正常轨道，没水平，没高度，更没有深度，你看看，都什么时候了，还卖弄你那一套，哼，一文不值。”

白京伟被这一番抢白呛住，顿时血往上涌，脸都被涨得通红，一直红到脖子根，浑身也燥热起来。但他还想努力挽回点儿什么，充满困惑地说：“什么时候了？什么时候专案也得专办嘛。新亚委员，你让我把个人意见讲完，行不行？”

“不行，你还没有意识到自己的错误，你以为你是谁呀，你以为你比儒僧厅长还高明？”钱新亚的目光从白京伟脸上收回，寒光闪闪般冷峻的目光又四周梭巡，平板式的脸上因为眉头紧蹙而凹凸起伏，但更显冷酷。

他接着说：“儒僧厅长，不，是儒僧副省长，既是英明的领导，更是业务精通的专家，早就对此案有准确的判断：这是一起黑恶大案。这样凶残的手段，这样血腥的现场，不是黑恶犯罪是什么？井南市的‘打黑除恶’斗争还不够彻底，可以说还浮在表面，还没有挖出党政机关，尤其是公安政法机关的保护伞，还没有进入深水区。侦办‘10·26’案件和‘打黑除恶’不能割裂开来，破这起案子就是‘打黑除恶’，‘打黑除恶’就能破这起案子，这就是指导思想，也是对案件的深刻认识。‘打黑除恶’怎么也要打出声威，打出气势。就井南市目前的状况，包括侦办这起案件的做法，与全省的形势相比老是慢半拍，与全省第二大城市的地位不匹配，尚未进入深水区，再不努力，再不拿出只争朝夕的革命精神，就会被淘汰出局，至少有些尸位素餐甚至是违法乱纪的人不会再待在现在的位置上。大家信不信？如果不信，我马上可以点名把他拉出去。”

喋喋不休，唾沫飞溅。钱新亚疾速出语，每一句话都像重锤砸在与会者的心尖上，激起心中千层巨浪。

有人受此一激灵，寒气从脚后跟袭上头顶；有人愕然，不知所措；有人神不守舍，联想出更加阴森恐怖的景象……顿时，在场的每一个人都感觉到了风声鹤唳、草木皆兵。

白京伟从省公安学校毕业后又考入政法大学刑侦系专攻刑事侦查，搞案子出身，侦查谋略、刑事技术无所不精，但对人际关系、官场争斗却不在行。

此时，他似乎突然意识到自己成了一股强大势力的对立面，而且自己是那么虚弱和无助，根本就不是对手，立马像霜打的茄子——蔫了，呆板的脸上堆满羞愤、惊讶、懊恼、沮丧、尴尬的神色。他紧咬嘴唇，尽力克制住自己的情绪，一声不吭，大气不出，一动不动。

此时此刻，三天两夜未曾合眼的罗红旗已是疲惫不堪，听了这番话，感觉丈二和尚摸不着头脑，进而感觉自己突然掉进了一个阴森恐怖的深渊，脑子里甚至幻化出一只张牙舞爪、面目狰狞的怪兽向他直扑过来，他一时虚脱了，无力反抗，任凭怪兽撕裂着吞噬着……不，我得清醒，我得扛住，此刻我倒下了，真会使一切都变得不堪设想。

罗红旗冷不丁打了个寒噤，清醒过来，强打起精神，小心翼翼地试探着说："新亚委员，按照您的指示，我来布置一下具体工作，好不好？"

钱新亚睥睨他一眼，鼻腔里喷出哼哼两声，算是做了回答。

罗红旗稳住神，振作起来，点着名再次布置了李山涉黑专案和全市的"打黑除恶"工作，接着对"10·26"案件下一步的侦查工作做了分工安排，最后还着重强调，必须在实际工作中脚踏实地不折不扣地落实儒僧厅长、新亚委员的重要指示。

终于散会了。

黑沉沉的天幕在东边已经被撕开一道缝隙，钻出几缕泛白的光，远处传来几声鸡鸣，天快亮了。秋雨仍不停地下，秋风仍不停地吹，冷冰冰的寒意更深更重更沉了。

罗红旗叫市局纪委书记陪同钱新亚去下榻的宾馆休息。钱新亚制止了，情绪亢奋地说："不，我还不能休息，我还要去看看派出所和几个治安检查站。儒僧厅长每天工作十几个小时，每天只睡三四个钟头，为全省的公安工作操心，尤其是'打黑除恶'斗争，他研究到每个具体的专案，难道不值得我们学习吗？"

"值，值得我们学习，包括您，新亚委员也是我们学习的榜样啊！"罗红旗心里像是被突然踢进了一块巨大的石头，又一激灵，没想到自己也会胡捏几句拍马屁的话，"我也不能休息，那，我就不能陪您了，会议室里我还留了几个人，还得说说案子上的几个具体问题，真得向领导学习呀。”

好不容易送走钱新亚，罗红旗绷紧的神经松弛下来，返回来乘电梯上楼的途中才感到裤兜里手机短信的提示振动。

他急忙掏出来用手指划开，一行字跳出来：“又是三天三夜没休息吧，工作重要，身体更重要，人不能与神斗呀。林”。

看罢，他一丝苦笑从翘起的嘴角露出。猛然，他感到电梯在摇晃，从左右摇摆急速变化为上下颠簸，身体站不稳斜着要倒下去。

身后的柴华林发觉异常，上前一步扶住他的臂膀说：“局长，您也该休息了，连轴转，撑得住吗？”

罗红旗使足定力稳住身体，吩咐柴华林通知等候在会议室的李冒、岑小伟、猴子分别到他办公室来。

在办公室，罗红旗瘫坐在沙发上，用手使劲搓搓脸，蹙起眉头，稳了稳神，对李冒交代：“会你参加了，上边怎么说你别管，有我顶着，你要负责两件事：一是组织好力量加强辖区的巡逻防范，警力不够的话，我派市局、分局治安部门支援你，近期再也不能出，也出不起这种大案；二要把侦查此案的基础工作一项不落地推动起来，尤其是对旅店、暂住人口的排查，包括要全面收集视频资料，指定专人观看，发现线索要及时调查，同时也不能丢掉该做的其他基础工作。这一点，我们在以往的侦查工作中是有深刻教训的，一旦发现所谓的重大线索，就不管其他工作一窝蜂地扑上去，待查证所谓的重要线索落空之后，回过头来，案侦的基础工作几乎被丢弃干净，还得重起炉灶。这不是误事误人吗？”

李冒一改萎靡的神色，振作精神，响亮地说：“明白了，罗局。”说完走人。

猴子一闪身，轻手轻脚地径直走进罗红旗的办公室，眨巴眨巴眼睛说：“罗局，有何吩咐？”

罗红旗扬手让他坐下来，凑近他的脑袋，明亮的眸子望着他，说："猴子，你不是一直都想干刑侦吗？机会来了。这桩大案我想不会事出偶然。这么残忍的手段，犯罪分子很专业，但百密终有一疏，绝不可能做得天衣无缝，总会留下破绽。你是临时抽调到专案组来的，我想把你先借调到市局刑侦支队，专门负责深入到犯罪层，尤其是吸毒贩毒人员中去滚雪球，滚人滚情报，雪球越滚越大，人头情报就越多，再从中发现有价值的东西。你就直接对我负责，有情况随时报告。任务完成得好，就正式调你到市局刑侦支队上班。懂了吗？"

"懂了，我知道怎么做，我会尽心尽力的，但愿不让您失望。谢谢罗局。"猴子站起身，举起右手行了一个标准的军礼，转身离去。

在向岑小伟布置工作时，罗红旗特别强调要围绕吴文豪去世前的关系人员做足文章，尤其要彻底查清梁凤英与狗三娃之间的关系。他说："色胆包天会杀人呢，狗三娃咬定10月26日在梨花妹家中过夜，梨花妹拒不承认两人之间的暧昧关系，这个疑点要尽快查清。我已经批准将狗三娃实行强制戒毒关起来了，刑侦支队赵印他们正在抓紧审查。你把梨花妹的思想工作做通，要拿出证据来，知道吗？"

"知道了，罗局，这阵子我就专门做这个工作。"岑小伟第一次走进市局机关，第一次与常务副局长面对面地说话，心里发怵，一副战战兢兢诚惶诚恐的模样。

"其他工作也不能放松，甚至是放弃，该排查的还是得排查，而且要查干净，这样才敢放心。"罗红旗最反对的就是运动式的工作作风和一窝蜂现象，始终认为侦查工作不能靠投机取巧，只能靠基础工作的积累和扎实的基本功，同时必须借助科技手段，把握好运用好这三者，使之有机结合，破案就只是一个时间问题。

临别的时候，罗红旗用力握住岑小伟的手，又拍了拍他的肩，语重心长地说："小兄弟，一辈子的路还很长啊，趁着年轻，好好干。破大案是建功立业的好机会，不得有误，还得有所进步。"

话别岑小伟，罗红旗把柴华林叫了进来，吩咐道："你得再次嘱咐技术处，耳聪目明的事得靠他们了，叫弟兄们多辛苦一点儿，千万马虎不得，万万不可漏掉蛛丝马迹啊。"

柴华林挠挠头，有些迷惑，小声问："局长，我们现在干工作怎么偷偷摸摸的，像是在搞地下活动啊？"

罗红旗答非所问："长不了。干好活儿，少说话。"

柴华林意会，点头，掩门离去。

这时，天色大亮，雨也停了，冷风仍然呼呼地肆虐。

罗红旗望了望窗外，一轮红日正冉冉升起，放射出和煦的光芒，把整个香城铺上灿灿的黄金般的光泽。他自言自语道："当公安局长竟是这般苦哦，太阳都不属于自己。"

他转过身，步履蹒跚地走进办公室一侧开着门的备勤室，把身体平平展展地放置在凌乱的床上，胡乱地往身上拉起半截被子，瞬间便昏昏沉沉地进入了梦乡。

第八章 “猪羊不同食”

天色大亮，太阳跳过黑黢黢的乌云蹿起老高，刺破薄薄的雾气直射大地。

邓德惠轻轻地敲了敲门，见没动静，就拧开门把锁，蹑手蹑脚地走进黑咕隆咚的房间，双手向前直伸，像盲人走路，摸摸索索地走到落地窗前，唰地拉开又厚又重的天鹅绒窗帘，一大片阳光霎时充满整个房间。

她尽可能压低声音柔和地说：“小静，别再伤心了，该起床了，昨晚，我知道你哭了一夜。”

“妈，妞妞呢?”牛静蜷缩在被窝里，探出头来问。阳光直扑上床，刺眼，她又把头缩了回去。

“妞妞让保姆送去幼儿园了。”

蔚蓝底色上绣着几朵百合花，如蓝天白云一般素雅简洁的丝绵被子里，凄切地抽泣的间歇中钻出来的话嘶哑沉闷语无伦次：“妈，我不知道该怎么办，我该怎么办呢?妞妞这么乖，她该怎么办?我们该活呢，还是该死呢?我傻呀，我蠢，愚蠢，蠢得要死，该死，活该……”

“别，别这样，小静，妈知道你心里苦，妈也知道你想什么。这，这也许就是命吧，是命就得认命。”邓德惠从落地窗前移开目光，移步来到床头，掀开被子的一角，伸手摸了一下牛静的额头，“哎呀，冰凉冰凉的，怕是受寒了吧。”

房间里出奇地安静，除了听得见床头那个憨头憨脑大熊猫模样的小闹钟咔嗒咔嗒极为规律的走时声音，还有就是牛静长一声短一声起起伏伏极不规则的抽泣声，两种不同的声音在充满阳光的卧室里同时存在，这种氛围让人感觉静得可怕，诡异而不可名状。

也就在昨天吃晚饭的时候，保姆杨阿姨摆上一桌丰盛的饭菜，匆匆地吃上几口饭，说吃饱了，就带上妞妞到小区花园玩去了，剩下邓德惠陪老头儿对酌，喝下两杯茅台酒，脑子就有点儿晕乎乎的，正是惬意得恰到好处。

牛世奎多喝了一点儿，喝光一杯还举起空空的玻璃杯对着屋顶上的LED射灯细细地看，像是深懂酒文化的底蕴，也像是深谙世道的奥妙，冷冷的口气里不无嘲弄的味道：“好，这酒好，是真茅台，绿莹莹的，而且是年份酒，你看，你看啊，这酒顺着杯壁慢慢回流，黏糊，挂杯，不是水兮兮的，绝对是真茅台。好好，人家喝假酒还喝死人呢，嘿，老子喝真的，绝对是真茅台。这年头儿，什么都有假，庙里头有假和尚，道观里的假道士跑出来吹嘘不进食可以长寿可以养生，你想，你想想，这世界上还真找不到一样干干净净的行当，连我家女婿都有假，他算正儿八经的女婿吗？”

“死老头儿，马尿喝多了不是，喝多了屁话就多啦。”邓德惠嗔怒地骂道。

“马尿？有这么贵的马尿？几千块钱的马尿，啥子马能尿出这样金贵的尿？”牛世奎眯着的两眼看上去就是两条缝，依然专注地盯着沿杯壁下流的酒，“养女儿就是好啊，老子种田一辈子，土里刨食一年的收成，值几个钱呀，能喝几瓶马尿？喝了马尿又拿什么养活这一家子？这不，七品县官养着咱呢，不，是六品大官孝敬老子，该。”

他知道邓德惠耳背，不管她听没听见，顾自由着酒精刺激出来的性子唠叨。

兴致上了头，他从刚穿上身的崭新的夹克衫左兜里掏出半包大红烫金的软中华香烟，用手指抠出一支香烟夹在左手的指缝里，再从右边的兜里掏出一只精美的宾士打火机，咔嗒一声点燃香烟，美美地吸进去一大口，噗地吐出一圈烟雾。看着袅袅升上头顶的烟圈还没散尽，他竟猛然咳嗽起来，剧烈地连续地大声地咳嗽，使他差一点儿没缓过劲来。

邓德惠看见老伴儿刚才还得意扬扬，但立马变成痛苦不堪的模样，心里感到既生气又好笑，一边伸出手给他使劲捶背，帮着他缓过劲来，一边说："牛世奎，你个山旮旯的老农民，你享得了这福哇，生来的土猪吃得了羊食？这不，咳嗽得厉害，该把羊食吐出来了吧。”

“不该吃的食儿吃不得哟。”牛世奎一字一顿地说出来的话，意味深长，“不该吃的食吃得长久吗？不该吃的食吃了也消化不了呀。”

这话邓德惠听得清清楚楚明明白白，心头不由得一颤。

想当初，她还是一个青涩丫头的时候，虽说谈不上漂亮，但十八岁的姑娘，高挑儿的个子，圆圆的脸，配上清纯而青春的气质，也算是绿野山乡的美人坯子。当姑娘的日子是值得回忆的，那些日子连空气都是清新甜蜜的。她天天同一帮子从城里落户到村里的知识青年上山挖地下田插秧，干得热热闹闹，不亦乐乎。

那一天，天色蒙蒙亮，集合下地的钟声划过黎明前的黑夜，格外辽远清脆。集合，整队，听候生产队长派工，她和几个城市知青被安排一起去南山老鹰岩坡头砍柴。

上山的路是艰难的，准确地说，爬上南山坡顶是没有路的，得找密密匝匝的树林里可以踏稳脚步的地方攀上去。她走在几个人的中间，就在她攀上一个突出的岩坡时一脚踏空，刚要下落的当口儿，一只青筋暴露的手一下子抓住了她，随后她几乎是毫无控制地跌进他的怀里。

她回过神转头才看清楚接住她的人，就是平日里时不时用眼睛瞄她的那个叫武大强的知青，突然觉得一阵暖意袭来，那是一种不愿意离开的温暖。

她嘿嘿一笑说，谢谢您。就是那天黄昏，收工回村的路上，武大强借着帮助她拖着一捆木柴下山的机会，塞进她兜里一张白色的纸条。

回到家里，她顾不上关上当作闺房的西厢房的门，急忙掏出纸条，轻轻地展开，一行工整的楷体字跳进眼帘：惠，晚上九点，南山坡头下树林，我等你。

那一晚，她记得很清楚，哪怕时光已过去三十年，那美好的清晰的情景不知多少次浮动在眼前。她甚至想，就是忘掉自己名字也忘不掉那个夜晚的月光，山头上夜莺的鸣叫，田野里的蛙声，还有武大强的眼神浸润着爱情的液体在月光下熠熠发光……从那天起，她时时刻刻都活在暖意融融的爱河里。

“该吃什么食儿就得吃什么食儿，土猪该吃的是槽里的食儿，羊儿该吃的是满山满坡青青的草儿。”这话太土，土得掉渣，但有些道理，尤其是这话第一次从牛世奎口里吐出来，而且是在合适的时间、合适的情景之下吐出来。

这对邓德惠来说是震撼的，品味起来颇有些道理，至少她个人认为是十分受用的。

恢复高考的第一年，武大强一举考取省里的重点大学。临别的前一天夜里，她依偎在他宽厚温暖的怀里，期盼着他说要带她进城去，她就会噌地跳起来欢呼雀跃一番。可是没有，他始终没说这一句话，哪怕是勉强或者虚情假意地说出这句话，她也会止住伤心的泪水，会高兴上一阵子。这就是梦啊，爱情的梦，进城的梦。

武大强毅然决然地走了，他身后的一阵风吹灭了她的梦。这出乎意料的打击令她猝不及防、伤心欲绝。

牛世奎，这个本乡本土地地道道的青年农民，就是在这个时候站在她面前，像一堵墙挡住了武大强身后的那一阵风。那一番“该吃什么食儿就得吃什么食儿”的说辞，对她来说几乎是振聋发聩，止住了她的痛，也止住了她的泪。

眼下，他俩喝着酒，不经意间说起了这番老话儿，这不禁勾起那段美丽而伤感的记忆，也使她联想起她女儿牛静这几年来的生活轨迹。

“牛老头儿，喝够了吧，告诉你，今天喝的是牛食儿，不是猪食儿，安分了吧。”邓德惠伸手摁下了他手中的酒杯。

“安分？安得了心才能安分。这不安心能安分？”牛世奎从餐桌边起身移步走向客厅，拿起茶几上的遥控器使劲按一下按钮，打开了电视，嘴里还不停地说话，“这城里呀，不是咱农民待的地儿，你看，什么雾霾，什么PM2.5（细颗粒物），受污染受害还不知道，等咱牛小妞上了学，咱就打道回乡，土里刨食好哇。”

“好不容易进城，又回乡下去，过土里刨食的日子，我受够了，我才不干呢。”

“进城？你这就叫进城？”牛世奎瞪大了眼睛，满脸大惑不解的神色。

“沾女儿的光，托女婿的福，买了房，安了家，养了外孙女，咋就不算进了城？好歹咱女婿也是个当官的，领导干部啊，咱们脸上有光啊。”邓德惠有一搭没一搭地应着。

“女婿？什么女婿？亏你说得出口，是八抬大轿来迎亲的女婿？是明媒正娶成的家？是个官，就该家外有家？王八蛋！”牛世奎动了粗口，嗓门也粗了，眼睛瞪得又圆又大且凸起几道血丝，较起真儿来更是犟牛一头，梗起的脖子暴露出股股青筋，“走，你留在城里，我回乡下去，我走。”

邓德惠见他露出犟牛样便慌了神，一把拽住从沙发上躬起身子的牛世奎的臂膀，伸出右手的食指比画着，柔声细语地说：“老牛头儿，行行好，看在咱女儿的分儿上，看在咱妞妞的分儿上，你就别说了，好不好，算我求你啦。”接着，她挽起他的胳臂，移步进了自己的卧室。

也就是昨晚，老两口儿放弃了平日里津津乐道的正在热播的抗日连续剧，抬杠拌嘴，最终以邓德惠的求饶而平息，待保姆侍弄好妞妞就寝，就早早地上了床，酣然睡去。

半夜里，邓德惠迷糊之中被开门关门的声音惊醒，但很快就意识到是女儿牛静回了家，牵挂的心可以放下了。

搬家进省城的这两年来，她已经习惯了女儿早出晚归的生活规律。可是今夜好像有点儿异样，隐隐约约地听见抽泣的哭声，刚才放下的心又悬了起来。

她披衣起床，蹑手蹑脚地穿过客厅走到女儿卧室紧闭的门前，贴耳细听，果然是女儿在哭泣，而且能够感觉到哭声里透出极度伤心的痛。

邓德惠想推门进屋去抚慰一番，又怕进去以后言不及义反增女儿的痛苦。她踌躇在门前，独自在黑夜中黯然神伤：我女儿苦啊，心累心苦哦。

在她的意识里，传统意义上的结婚生子，无疑被女人奉为“宗教”，也被视为完美人生的经典生活方式，可女儿这没有名分的婚姻和非婚生子，就不是圆满的人生，至少是对这种“宗教”的亵渎。

这一夜她几乎没有安睡，睁着眼终于等到天亮，就迫不及待地进到女儿的房间来探个究竟。

此刻，邓德惠坐在牛静床边，掀开她的被头，用纸巾擦拭她那双红肿得如核桃一般的双眼里汩汩淌下的泪水，尽量压低嗓门说：“小静，妈不说你了，没结婚有孩子，没名分有爱情，没拜堂有洞房，作为女人，够了，整夜地哭，整日地伤心，何苦呢？有什么事说出来，别憋屈了自己，哭坏了身体，小妞妞怎么办？”

“妈呀。”牛静猛地扑在邓德惠怀里，被子被掀到了旁边，露出耷拉着乳罩的大半个身子，白晃晃地扎眼。

“哭吧，哭吧，哭出来就好。”邓德惠紧紧抱住牛静，用手轻轻地摩挲着她的头发，一个劲儿地安慰她。

哭声由小声抽泣变为号啕大哭，直哭得让人撕心裂肺，仿佛溃堤时暴发的洪水般波翻浪滚。

“迎亲，拜堂，结婚，名分……跟谁要哇，人都没有了！我，我命苦啊。”呜咽声中，牛静几乎是接不上气地说道，“这世道，怎么这么不公平啊？”

“什么？你说什么？人没啦？”邓德惠从她背后抽出手来，摸摸她的额头，冰凉，“你这孩子说胡话呢，什么人没了，胡乱说，乌鸦嘴。”

“什么乌鸦嘴，凤凰嘴也说不活他……罗泽西死啦。”

“什么，死了，罗……死啦？真死啦？”邓德惠像是突然间被一道雷电击中，脑袋轰地炸裂了，眼前陡然一片黑暗。

天塌了。在邓德惠的思想意识里，每一个家庭都有自己的一片天，有自己的一块地，男人就是在中间顶天立地的柱子。一旦这根柱子折了断了，天就会坍塌下来。这天塌了下来，地上的一切活物还有活路吗？

“罗泽西，你个王八蛋，恨死你，我要你死。”牛静在哭声中突然狠狠地咒骂，近乎歇斯底里地吼叫，“你该死，报应啊，报应。”

懵然呆坐在客厅沙发里的牛世奎一个劲儿长吁短叹唉声叹气不知所措，侧耳听见罗泽西的死讯和两个女人抱着一团的哭声、骂声，甚至是声嘶力竭的吼声，搅成一团含混不清的声浪，充斥在这套就是摆放了应有尽有的实木家具豪华电器也会显得空空荡荡的花园洋房里，惊诧、悲凉、彷徨、恐惧一起袭上心头。

他曾经固执地认为“猪羊不同食，该吃什么食儿就吃什么食儿”这个朴实而正确的理论颠扑不破。于是，他坚定不移地固守“土猪”的立场和层级，瞧不起甚至鄙视武大强、罗泽西之流的“洋羊”们和他们的生活方式，我行我素地奉行“土猪同槽而食”的生活方式及行为准则。

但是，仅仅是因为返城，也就是弃“猪食”而吃“羊草”那么一点点诱惑，武大强居然面对他在人生最低谷的时候爱得死去活来的初恋情人毫不犹豫地选择转身离弃，这对邓德惠的打击是刻骨铭心的，对牛世奎这个土生土长的农民的刺激又何尝不是看在眼里烙印在心里呢？

二十多年后，眼瞅着“猪羊同食”升级版的剧情，又要在他这个尽管生在农民家却是在百般呵护中长大成人的女儿身上重演，他以一贯奉行的理念来衡量，倍增苦恼乃至愤怒，但渐渐地却在罗泽西喂食“洋羊”们的“青草”——软中华、茅台、五粮液、豪宅，以及那些听起来不知为何物而穿在身上才知是服装的阿玛尼、古驰、波士等高大上的品牌，甚至罗泽西的满脸媚笑，近乎强迫给予的种种许诺的精神类“草食”面前，一步一步地放弃抵抗，直到溃败，溃不成军。

但是，昨夜，不，就在今天黎明，就在省城这座豪华小区的花园洋房里陡然传出他女儿又悲又痛的吼声，他仿佛看见宝贝女儿泣血的心在痛苦地挣扎。

听到罗泽西的死讯，他仿佛又重新唤起在心底的“猪羊不同食”的理念。在他渐渐陶醉在罗泽西进贡的“草食”面前的日子里，不知多少次半夜惊醒，披衣下床，徘徊在客厅外面宽大的阳台上，眺望皎洁的月亮，心中充满一连串的问号：这世道真变了样儿？这人心咋就变了质？

这时，他突然一激灵，终于悟透了：这世道没变，是人心变了，猪们羊们仍旧各得其所。

他毅然从沙发里站起来，走进女儿的卧室，对着她们娘儿俩语气坚定地说：“天不会塌，地也不会陷，我们回家吧，过自己该过的日子，该怨该恨的都是咱自己。”还有一句“早知今日，何必当初”的话被他压在嘴里没有说出来，他不想让更多更大的刺激伤透她们娘儿俩本已千疮百孔流淌着鲜血的心，使这个家彻底走向毁灭。

岂料，迎接他的反应是，女儿布满泪痕的脸上怒目横瞪，咬牙切齿的嘴里蹦出一句恶狠狠的话：“我恨死他啦，我想他死，更有人要他死。他死了，他倒是一了百了，我怎么办？妞妞怎么办？他就是死了，也不能这么便宜了别人。”

牛世奎像遭遇重创一样头发蒙。在快速变幻的世相面前，他确实看不清楚弄不明白，只能无可奈何地哀叹。

第九章　我没有杀人

秋雨似密密匝匝的细线从天空垂直落下，凛冽的风一会儿横扫过来把直的线拽成斜的线，又快速地横切过去将斜的线摇曳成曲的线，如此反复，颇似无数苗条细腰的青春少女在空中翩翩起舞。

如此美妙的景象，在赵印眼里却是风雨交加的混沌图景，因为此时的他正处于进退维谷的尴尬境地。他像半截枯槁的木桩伫立在井南市强制戒毒所办公楼里一扇玻璃窗前已有大半个时辰，满眼的风和雨搅得周天寒彻，也搅得他思绪紊乱心绪不宁，带点儿凄苦，有点儿哀伤。他一支接着一支地抽烟，其身后烟雾缭绕，好像童话里的仙境。

“不行，我得换时间，换地点，换方式，老子抄他的后路。”赵印喃喃自语，似乎下定决心另辟蹊径。

他毅然转身，将手里的半截烟头揿灭在烟灰缸里，移步坐到办公桌前，拿起笔在笔记本上奋笔疾书。

打蛇打七寸，侦讯抓“死穴”。因此，他在每次讯问前必拟出一套合乎案情、合乎案侦条件、合乎案犯人性弱点的侦讯方案，这是他多年侦讯工作养成的习惯之一。

此外，他还有两个习惯：一是讯问嫌疑人之前，尽可能多地搜集该人的情况，重点是涉及该人的案情，甚至是旁人看来无关轻重的细节；二是结合已掌握的信息，梳理出该人的软肋，以备在讯问过程中实现致命一击，一举拿下案犯或者澄清嫌疑。

这一次在侦讯狗三娃的过程中，多年积累养成的习惯做法如双剑齐下，却没有撂翻狗三娃，反倒似将锋利的刀刃扎进泥沼，拔不出来又搅动不得。他和助手小庄借住在戒毒所的办公室已整整三天，进行了三次讯问，过招几十回合，但不见丝毫进展。

这是赵印和小庄住在戒毒所的第四个晚上。

刚吃过晚饭，狗三娃被两名民警带进了赵印借住的办公室。

一个年轻民警说："赵老师，人给您带来了，没事我们先走了。"

赵印微微一笑，点点头。两名民警转身离去，走时轻轻地掩上了门。

房间里只剩下赵印和狗三娃，偌大的办公室静悄悄的。

赵印给狗三娃端过来用玻璃杯泡着的热茶，浅浅一笑，和颜悦色地说："刚泡的，滇西凤庆大叶红茶。你去过云南，知道自古以来云南茶马古道分东西两线，西线的凤庆在滇西很早就有'山有多深，水有多深；田有多高，茶有多高'的说法，有'滇西茶都'之称。你看这杯中茶，条形匀称，汤色如玛瑙般红润明亮，喝一口滋味浓郁，口感鲜爽。来来来，先喝上一口，感觉感觉，怎么样？"

苟新材獐头鼠目，身高腿长，有些佝偻，消瘦的驴脸少肉多骨，显得有些卑微。

此刻，他蜷缩在沙发里，手里端着茶杯，眯起一双细眼，像在认真端详杯中茶色，心中却忐忑不安：以前提讯都是在白天，今儿个怎么会选择晚上？平日里提讯一进门就是一连串疾声厉色的提问，让人感到剑拔弩张的紧张之气，今儿个赵警官倒有闲情逸致聊起茶经来了。这里面恐怕有诈，还是想套我，我得提防，不能进套儿。

赵印伸手梳了梳头顶显得有些稀疏的头发，似乎看透了苟新材的心思，若无其事地继续说："三娃呀，不要紧张，跟你较劲儿我也累了，放松放松，我们聊聊天。人活得太累了，不值，简单、轻松、有点儿人生体验就好，不是吗？就说旅游吧，我去一个省基本上都要把这个省的主要的城市、景点、线路走到，一边走，一边细细看、细细问、细细品，用现在时髦的话叫作'深度旅游'。就说云南吧，东西两线的特色我都看够了，什么大理、丽江，什么思茅、西双版纳，苍山洱海还有点儿浪漫的破事儿。咦，我还去了缅甸，那界河干涸的时候就一条水沟，一脚就跨过去了，掸邦军的头目还接待过我，黑膏（鸦片）、白粉、大麻，让我开了眼。对了，我还尝过烟叶裹起的大麻烟，点上火冒黑烟，抽上一口呛死人，哪里去找欲仙欲飞的感觉，还上瘾，憋死人啦。"

"不是人人都享得了这份天福的。"说起吸毒，勾起了苟新材的心瘾，嘴里的哈喇子都差一点儿流了出来，忍不住插话，"我去过云南，也去了缅甸，刚开始吸毒绝对不舒服，多整几次，适应了才行。有一点我可以告诉你，有的人因为个人体质的原因一辈子都不适应。"

"我是游客，掸邦都有人跟我联系，说是花白粉的最低价，把它们带回去翻五倍没有问题，要货，拿钱，没问题。"

"那些龟儿子可恶着呢，没得硬通币想拿货，门儿都没有。有一回，我和几个兄弟带了二十万，说是按最低价算的最大量，回来才晓得被坑了。"

"赚到钱没有？"

"钱是肯定要赚的，只是赚少了，还有兄弟自己吞了的。粉跟钱一样，黑了心的人像瞎子见光一样见粉眼开。"

"这种人我倒是见多啦。"赵印接着聊，"我以前有个朋友就不地道。他的一个很要好的哥们儿经常外出做生意，他就乘虚而入，说是上门帮他孩子补习功课，干点儿家务，帮衬帮衬，结果把哥们儿的老婆给睡了，把哥们儿家里的几十万块钱给黑了，拿到云南边境去买粉贩到四川去卖，赚了钱发了财，又拿着用人家的钱去赚来的钱来大献殷勤，讨好人家的老婆。这个傻婆娘，人倒是有几分姿色，打扮起来也是十分妖艳，可是绣花枕头一个，赶上这么一个主儿，真是心花怒放，动情动到心底呢，两人做起床上那点儿破事儿的时候，还不忘记指天发誓海枯石烂永结同心白头到老……”

“你有这种朋友？”苟新材斜着一只眼，脸色诡异，闪烁其词地问。

“当下社会，物欲横流，人欲泛滥，各个现实得很，啥人没有？”赵印反问道，接着又说，“这种黑了心肝的人哪里都有。”

“后来呢？结果怎么样？”苟新材似乎被这个故事勾起了兴趣。

“老实说，我见过我朋友的朋友的老婆，确实漂亮，鹅蛋形的脸白白净净，高挑儿的身材，该凹的凹，该凸的凸，北方人，一口京片子，是男人见了没几个不动动念头的那种女人。她跟他好上了，动了真情，想做永世的夫妻，眼前的一切都成障碍了，得想办法排除了。每次翻江倒海的浪潮平息之后，这对奸夫淫妇就谋划起种种除障的计划，最后碰到一块儿：奸夫灭了淫妇的亲夫。”

“灭夫？灭了吗？”

“灭了。她亲夫被奸夫拧断了脖子，身上被捅了几刀，还被抛尸至荒郊野外。”赵印戛然而止，眼睛直直地盯住苟新材的脸，仔细捕捉着他哪怕是最细微的表情变化，“他身上的血窟窿流了好多血，好惨哪……”

苟新材不见悲戚，反倒乐呵呵的，轻松而自然地笑了笑：“编，你编吧，赵老师，编故事的水平很高哇。”

“我编？编什么了？这可就是发生在我身边真实的故事。”

“真实的？你见过？”苟新材开始挠耳抓腮，语气里透出几分狡黠。

“当然真实，绝对真实，连细节都是真实的。奸夫淫妇第一次身体接触就是从抱她的小儿子开始的，第一次碰手如触电，那感觉好哇。”赵印的目光变得凌厉起来，直逼人心，“不过，我要告诉你，这个奸夫不是我朋友，这个故事是一桩我亲自经手办的案子。”

“案子？”苟新材装出一副恍然大悟的样子，面部变得苍白。

“苟新材，还装吗？装得下去吗？”赵印猛地断喝一声，底气十足。

无语。苟新材佝偻着身子，脸上掠过一丝惊慌，下意识地紧抿着嘴，哑然。

沉默，赵印噤声，直直地端坐在苟新材对面，双手抱在胸前，直直地盯住苟新材的脸。

两个人的造型似青铜铸成的雕塑杵在那里，一动不动，看上去颇有些怪诞。

夜阑人静。房间里死一般静寂，只听见屋顶白光锃亮的日光灯发出嗞嗞的电流声。

静。

令人压抑的安静。

许久，苟新材迟疑许久，方才吞吞吐吐地说：“偷人是真实的，男女关系遍地都是，不存在问题。偷钱也是真实的，可人都给你了，用点儿她的钱还算是偷吗？灭人嘛……”

“灭人怎么啦？快说。”赵印容不得他吞回去下半句话，紧逼着喝问。

苟新材迟疑半晌后很干脆地说：“吴文豪绝对不是我杀的。”

“不是你杀的？他该死，他黑了人家的钱，还逛窑子，他不死谁死?”

“我再说一遍，吴文豪绝对不是我杀的。”苟新材少肉多骨的脸上几乎没有任何表情，语气是从来没有过的强硬。

这时，小庄推开门走进来，手里拿着两沓材料，把其中一沓递给赵印。

赵印接过材料，攥在手里抖了抖，厉声说道：“狗三娃，你看，你看，梨花妹都说了，说得清清楚楚，人家对你真情真意，你对人家梨花妹可是不仁不义，男子汉大丈夫做事要敢作敢当嘛。”

苟新材怔怔地望着赵印，又斜着眼瞅了瞅小庄，过了一会儿，收回目光，盯在茶几上泡着大叶红茶的玻璃杯上，把佝偻的身子坐直了，有些动情地说：“梨花妹是真的爱我，她不可能栽赃陷害我。总之，我没有杀人。”

“偷人偷钱你坦白，吸毒贩毒你认账，灭了人家的老公你却不敢承认，你这是避重就轻耍滑头啊。想赖账，赖得了吗?赖到这份儿上了，还想赖，还想要滑头，小儿科嘛。”小庄狠狠地说。

“10月26日晚上，你在哪里?”赵印紧追着问。

“在梨花妹的被窝里。”苟新材毫无顾忌地说，摆出一副玩世不恭的样子。

“人家不承认，你怎么说?”

“她不承认，我认。”苟新材干脆利落，一口咬死。

“你认，没用。得她认，得有旁证，有证据才能脱得了干系。”

“那、那，我、我上哪儿去找，找证据?那天，半夜三更，黑灯瞎火的，鬼影儿都不见，只听见狗叫……”苟新材虽然语不成句，但从他因为着急而扭曲的表情看，他是认真的。

赵印心中再次生出疑问，一时也无法判断他俩谁在说谎。

讯问又一次走进死胡同，只得到此结束。

苟新材被押走之后，小庄瞅着赵印疲惫而沮丧的神情，端起茶杯，新冲了开水递过去，安慰他说：“您喝杯茶，师父，您辛苦了，您绕着山包侃大山，盗窃、贩毒的罪都给狗三娃坐实了，他连偷人偷情都如实招供，也算是收获大大的。”

赵印闻言一扫满脸阴霾，郑重其事地说：“通过今天的审讯，我判断狗三娃与梨花妹之间必有隐情，但是狗三娃是不是‘10·26’案件的真凶，得打一个大大的问号。至少，我持保留态度。”

“我也是这么想的。”小庄点点头，“师父说过，这案子嘛，没有疑问就不成其为案子。”

“学无止境呀。”赵印用指头指着自己的鼻尖，心情沉重，压低嗓门说，“不过，有一点我得承认，这个人，我确实没有摸准他的‘脉搏’，没有抓住他的‘死穴’，老马失蹄呀。我看极有可能是梨花妹在说谎，这个中原因嘛，我也没想好。”

第十章　情侣般窃窃私语

当警察可以在公安机关内的不同警种、不同岗位干不同的具体工作，理当术业有专攻，要当好警察到底是个技术活儿。但是，要当公安机关不同层级的领导，就理当为各种各样形形色色的案件，尤其是有影响、有分量的案件“买单”。反过来讲，负责管理社会治安和打击犯罪的公安机关不破案、不能破案、破不了案，是民心不允、责任难逃、天理不容的。早在十五年前，罗红旗当上井上县最偏远的偏岩乡派出所所长的时候，就是这么认识的。

如果说平日里抓学习、强基础、带队伍、练战术是为了打造磨砺一把锋利的宝剑的话，那么，遇上乱麻一团的疑难案件，就是检验这把宝剑是否过硬、是否锋利的试金石。干公安这二十年来，他是这么想的，也是这么干的。可是现在，这个想法、这种干法的正确性在他心中有些动摇，有点儿值得怀疑了。

罗红旗终于偷得半日闲，可以静静地一个人坐下来思考一下问题，整理一下头绪。这半日闲也来之不易……

昨天晚上的专案碰头会一直开到今日凌晨。会上，他据理力争，坚持让白日黑夜连轴转了十余天的专案组民警休假一天，大家都静下来仔细思考一下前期工作中可能遗漏的细节、疏忽的环节和下一步的工作方向。尽管案件侦查工作呈现泥沼一团的胶着状态，但松弛一下也许会激活新的切入口，突破思维的盲区。实际上，他真是想让这个庞大的专案组的民警休息一下，以利再战。

他始终认为，再高大英武的形象，不管怎么吹捧，怎么自吹自擂，也造不出一个神，骨子里终归是人，只要是人，就得道法自然。

可是，代表省厅赵儒僧厅长来井南市督察专案的省厅纪委副书记钱新亚，并不同意对专案组的民警放假的请求，反倒提出要求连续作战，要求全市公安民警全警参战，要求趁着周末在全市出动公安、武警开展跨区域联动作战，大范围清查搜捕黑恶犯罪分子和“10·26”案件的罪犯，而且要迅速启动预警方案，连夜行动。

北山区公安分局局长杨思平实在按捺不住，霍地站起身，一头银发在日光灯照射下泛光，很是扎眼，一连串的责问从他嘴里发了出来：“新亚委员，专案对象只有刻画条件，没有明确对象，怎么搜查？黑恶势力没有事先摸排明确人头，怎么搜捕？而且已经在全市拉网式搜查好几次了，除了虚张声势，就是做表面文章，搞形象工程，既扰民又浪费警力，效果也不好，再搞，有这个必要吗？”

钱新亚闻言，几乎没有思考他说的话是否合情合理，只是感到他不容侵犯的神圣权威受到严重挑战，不由得脸色突变。

他原本很小的眼睛立马怒目横瞪，喷出令人恐怖的怒火，咄咄逼人地说：“你是谁？你是干什么的？你这个局长不想当了是吧？那好，现在你被解职了，明天你就去省厅的学习提高班参加培训。形象工程怎么啦？搞表面文章又有什么不好？我告诉你，没有面子就没有里子。我就是要让全市警察都动起来，要让全市人民都看到人民警察在忙碌，在破案，在‘打黑’，在巡逻，在保卫他们的安宁。你案也破不了，人影儿也不见，怎么交代？

“我告诉大家，这个案件就是一起涉黑案件，是黑社会有组织犯罪。这不仅是我的分析，更是儒僧厅长的高瞻远瞩的英明判断，这不会错，只能是正确的，也是符合井南市当前的治安状况的。不开展声势浩大的‘打黑’风暴是不可能破案的，是不能建设平安井南的。在现在这种特殊时期，井南公安，特别是领导干部居然还有这种声音，说明认识上存在很大问题，必须严肃追责。儒僧厅长提出的‘一个声音，一个动作，一个思想，一盘棋’的‘四个一’的要求，要贯彻到每一个民警，要落实到行动中，要做到政治上一锤定音，业务上一票否决，否则，要严厉追责，决不搞下不为例。”钱新亚情绪陡然高涨，从座位上站起来，一边疾言厉色地讲话，一边不停地挥舞双手，就像不断地与空气中的烟雾抓扯搏斗。

钱新亚这一番话，不啻一发发重磅炮弹射向杨思平的心窝，猛然打得他不知所措，晕头转向。

杨思平愣怔在那里，像一截粗糙的黑皮疙瘩树桩杵在众目睽睽之下，凝固，僵直，许久没有动弹。他发现自己的身体正朝着一个巨大的黑色旋涡里滚落，背脊发凉，虚汗直冒，漫无边际的恐惧感涌上脑际，顿时感到天旋地转，眼前一黑，便失去了知觉。

“杨局长晕倒了，快扶住他。”杨思平旁边的几个人赶快将他扶住。

罗红旗对柴华林说：“你负责通知医院派救护车，抓紧抢救，决不能出意外。”

这时，三四个民警进来将杨思平抬了出去，会场一阵骚动。

钱新亚面对这场景，不为所动，视而不见，只作稍稍的停顿，便继续慷慨激昂地做指示：“这种人只会一派胡言，有判断力吗？有承载力吗？敢于担当吗？有责任感吗？这样是不行的，是错误的，这种人就得拿下，这种错误就得批判，这种无责任的状态就得追责。同志们，战友们，这是一个特殊的时期，是一个英雄辈出的时代，我们就是要讲政治，听招呼，懂规矩，顾大局，就是要拿出拼命的精神，拿出国内争一流开创现代公安局面的勇气，干一番事业，干一番成就，树高大形象，要使‘五加二’‘白加黑’成为一种常态，这样才能对得起这个特殊的时代，对得起我们神圣的职业，对得起我们伟大的事业。”

说完，钱新亚余兴未尽地坐了下来，喷射出火焰一样的目光扫过每个与会人员的脸，这确实让人不寒而栗。

“按照新亚委员的指示，市局办公室会同专案指挥部连夜拟出方案，明天是周六，明天晚上八点……”罗红旗下意识地抬起手腕看了看表，“不，现在已经是凌晨一点，是今天晚上八点，全市开展大清查行动，务求取得实效，散会。”

会后，罗红旗一头扎进值班室，瘫倒在床，昏昏沉沉睡至大天亮。

起床后，他什么也没干，只是泡上一杯浓酽的茉莉花茶，点燃一支烟，静静地坐在办公桌前陷入了沉思。

自全省开展“打黑除恶”专项行动以来，尤其是回想起昨天夜里一幕一幕的情景，他深感不安。岂止不安，是诧异、质疑、惊讶、恐惧在心中不断翻滚搅动，发酵膨胀，不仅理不出头绪，而且是越想越混乱，仿佛芒刺在背，仿佛四周都是一双双绿得发亮的眼睛盯着自己。定一定神，仔细辨认，的确是一双双狼的眼睛在凝视自己，冷不防这一只只狼就突然扑了上来……他不敢再往深处想下去。

此时，桌上正在充电的手机发出短信提示音。

他急忙划开蓝屏，一条短信跳出来：“中午十二点，上岛咖啡南城店，请您吃西餐。林。”他禁不住笑出了声，真是心有灵犀一点通啊。这十多天不知白日黑夜地忙得团团转，几乎没有正常人的生活了，正好今天偷得半日闲。

于是，他回信：“好的，准时到，不见不散。”

办公室主任柴华林敲门进来报告："杨思平局长经过一夜抢救已经脱离危险，医生说是因为高度紧张，导致高血压陡然升高而昏迷，经过治疗，现在趋向正常血压，需要静卧休息一段时间。"

罗红旗说："那就好，那我就放心了。你告诉他，叫他安心休养一段时间，暂时不要出院，血压正常以后要继续保持稳定，不能再出意外。还有，叫他不要胡思乱想，不要想得太多，过两天我去看他。"

说完，罗红旗直盯着柴华林，眨了眨眼睛。

柴华林会意："明白。"

"还有，"罗红旗接着说，"你通知政治部郭主任，叫他在今天晚上大清查行动之前去北山区公安分局。一是召集一次分局党委会，明确一下在杨局长住院治疗期间，由分局党委副书记、副局长张经纬负责分局的日常工作，班子要团结，工作不能出现失误；二是坐镇指挥北山区今晚的行动；三是请他代表市局党委先去看望慰问一下杨思平同志。另外，你要亲自给各区、县局主要领导打电话，用公安专线，告诉他们今天晚上的行动既要有形式有声势，更要有重点有目标，尽量少扰民，不要影响群众的正常生活。"

柴华林得令而去。

罗红旗走出办公大楼，自己驾车驶出市公安局大院，拐进井南市城区主干道南山大道向南城方向驶去。大道侧旁的紫丁香、桉树、梧桐树、银杏树等树下随风浮动着枯萎的落叶，身子骨仍坚挺着翠绿的生命力，深秋的阳光洋洋洒洒直泻下来，一派和煦慵暖轻松惬意的气象扑面而来。

此时的罗红旗，心境却同眼前的景象格格不入，始终沉浸在阴郁的重重雾霾之中，艰难跋涉，苦苦挣扎。蓦然，他沉甸甸的大脑中一个接一个地跳出来"得、过、且、过"四个硕大的黑体字，像闪电般突兀而现，让人猝不及防，不仅没有闪电般消失，而是像刀凿斧斫般镌刻在了脑底，怎么也挥之不去。

只要你每天稍稍进步一点点，只要你在事业的进程中每次稍稍比别人优秀一点点，你就有可能赢得更多的机会，而种种可能、种种机会的叠加和积累最终会成就美好的未来，通达成功的彼岸，这是罗红旗自我总结并且平生奉行的人生信条。因此，他视进步、优秀为日常行为的目标，视事业、责任为自己的职业生命，经年累月、殚精竭虑、以苦为乐、孜孜不倦地挖掘自己的潜能，以奉献给警察这份神圣的职业。“得过且过”的念头冒出来，让他自己都大吃一惊。

这是怎么啦？公安工作该这么干吗？有这么干的吗？他不断地拷问自己。

他为自己居然产生这么庸俗甚至荒诞的念头而羞愧不已，更为自己的推想而惊恐不安。

南城上岛咖啡店对罗红旗来讲，虽然算不上轻车熟路，但确实去过好几次。他不喜欢喝咖啡和吃西餐，也不欣赏那仿青铜色显得有些沉重的格子门窗、冷色重幛的窗帘和幽暗的灯光，总觉得这一切仿佛都弥漫出迷离甚至有些暧昧的味道，有别于他光明磊落的心境。

但是，林静娴喜欢，她把她独居的两居室的住宅也布置成这种风格，自然也散发出这种慵懒迷离的味道，他也只好勉为其难地接受。因为他喜欢和她相聚，而且是单独地一对一地聚，尤其是当他从井上县调到市里以后，忙完工作以后的第一个念想，就自然而然地想到她，想到他俩的相聚。

推开菱形大木格镶着雕花玻璃厚厚的大门，服务生看见他，像是很熟悉地径直引领他向大厅深处靠墙角的一个厢座走去。偌大的店堂内稀稀疏疏，没几个顾客，即使人再多也是蛰伏在各自的厢座里喁喁私语或轻轻吮啜着那乳白色、酱色或黑色的液体，轻快悠扬的背景音乐在高顶宽绰的大厅里回旋，厚重的镌刻着艺术花样的玻璃门窗将大街上车水马龙的喧嚣隔绝在外，因而很是静谧。

罗红旗穿过圆形的吧台，绕过一组环岛型的组合厢座。长长的路径，使他感受着幽静的氛围，烦躁的心，如张扬的尘土渐次落地般平静下来。

罗红旗心里想，心随境转呀，难怪林静娴喜欢这儿。

林静娴斜靠在蓝底白花的布艺沙发的一角，一个伸出大弯弓钢柱的落地式台灯，把嫣红氤氲的暖光从她头顶上洒下来，正落在她捧着的一本厚厚的书上。

她读得太专心，以至于罗红旗来到眼前都未察觉。这幅安详宁静的画面映入罗红旗眼帘，醉染在罗红旗的心底。

“学者，教授，专家，美女，呵呵，如此闲适，好不舒适！”罗红旗极不忍心打破宁静，轻声说道，“不揣冒昧，不该打扰吧。”

“嘿嘿，罗大官人驾到，小女子恭候多日了。”林静娴抬起眼，微微一笑，眸子里一下子闪射出热情的光，“请坐，先来杯什么？南山咖啡，炭烧的，好吗？”

服务生点点头，转身离去。

“好，好，遵命。”罗红旗在她对面的沙发上坐了下来，伸手挪了挪长条茶几上放置着方糖和咖啡伴侣的瓷盘，笑了笑说，“不好意思，让您久等了，不过，也才迟到几分钟。”

“请注意，罗大官人，我说的是恭候多日，而不是恭候多时。”

“对不住啊，林大人，实在对不住，这段日子在下确实公事缠身，忙得团团转。”罗红旗双手抱拳拱在胸前，故作不无夸张的谦恭状。

“为何团团转？”林静娴身体前移，躬身把头往茶几前凑过来，端起咖啡啜上一小口，眼睛却没离开他的脸，自问自答地说，“只因绳未断。”

嗯，有点儿禅味。罗红旗也往前凑了凑，两个脑袋就差一点点碰了头，眼睛里的光不无困惑：“绳拴在那里，怎么断？打黑，专案，上峰又这么急躁，好像要在一夜之间杀他个白茫茫一片。这一根根绳摆在那里，每根绳都缠死人，怎么断？真是个剪不断理还乱呀。”

林静娴平静的眼里跳出一丝犀利的光，缓缓而沉稳地说：“绳吊在那里，拴谁不是拴，套谁不是套，非得拴了你才是拴？套了你才是套？再说了，自己有心往套里钻，便是心甘情愿，结局自然就是咎由自取。”

此言入耳，罗红旗心底一颤，若有所悟，两眼直勾勾地望着她，心中在细细地品味，良久不语。

服务生端着托盘走过来，将托盘里的咖啡、牛奶、方糖、伴侣一一放在罗红旗面前的茶几上，向他伸出右手做了一个“请”的姿势后悄然而去。

罗红旗端起了咖啡杯，撮着嘴噗噗地吹气，像是急着吹凉滚烫的热浆，也像使劲想吹散心中的混沌之气。

“喝水，喝茶，喝咖啡，或者什么都喝，或者什么都不喝，无非是人的取舍。”林静娴柔声细语地说，“就说喝咖啡吧，是直接品味浓郁苦涩的原味，还是加点儿糖，加点儿‘伴侣’，品尝带甜味奶香的酱汁，这都是个人的选择。”

罗红旗似乎如醍醐灌顶般豁然开朗。

如果说进门之前，他还在为脑子里突然冒出得过且过的念头而自责，为纠结的心绪而惴惴不安的话，那么，现在他的心灵，已经上升至取舍或者选择的明智心态，心底里自然是一片空明的宁静。

“吃饭吧，罗大官人，小女子饿了，民以食为天嘛。”林静娴伸直手臂，露出厢座，纤纤手指轻轻一勾招来服务生，“我点牛排，六成熟的，水果沙拉，两个法式羊角面包，一点儿奶油，你呢？”

罗红旗缓过神来，心静了，也觉得肚子里叽里咕噜有了饥饿感，忙说：“我要大份的牛肉面条，加一个香辣包，自己加味。”

“呵呵，还是土猪刨食的老样儿。”林静娴斜睇着他，说话不无揶揄。

这让罗红旗想起老家的俗语：猪羊不同食，土猪拱槽，洋羊啃草。同气质高雅的她相比较，他相形见绌，确实如土猪一个，禁不住扑哧一下笑出声来。

罗红旗对眼前这位身材修长、外表说不上美丽却显出端庄清秀，浑身散发出聪慧气质的女人，是从骨子里折服的，从情感上的爱慕以至于精神上的仰慕。在她面前，他似乎永远都是卑微渺小的。罗红旗直到今天也是这么想的。

他们俩曾两度同窗。早些年在县城读中学的时候，她父母因为是省城大学的教授，被作为反动学术权威下放至井上县的农村进行劳动改造，这才使得他和她有缘就读一个学校，在同一间教室里坐同一张课桌。同学三年，他发现她确实与别的女孩子有许多不同之处，究竟有哪些不一样的地方，他说不清楚，懵懂少年总是被她的一举一动一颦一笑所吸引，而不知为何如此。高中毕业，她考取了京城的一所著名大学，他考取了省公安院校，从此杳无音信。

多年以后，罗红旗当上了井上县公安局局长，作为处级后备干部被省委组织部安排到省委党校青干班学习。报到的第一天，他与她邂逅，这时她已是省委宣传部理论研究室主任。长达半年的学习时间，共同研究探讨问题时的相同见解，使他俩走得更近更紧。但不管情至多深，还是志同道合，谁都坚守住了最后的底线，谁都不愿越雷池一步，以至于让林静娴戏称为柏拉图式的什么……

林静娴出生于典型的书香门第，父母都是大学教授，父亲是博士生导师，也是省内外知名的理论学术权威。或许是受父母的遗传、家庭的熏染，她从小酷爱读书，凡事都喜欢独立思考，从而使她似乎全身都散发着一股书卷气，时时处处表现出聪慧高雅的气质，当然也显得老成、孤傲。

其实她的内心是恬淡安宁的。从她父母被下放到井上县农村进行劳动改造的经历中，从她作为被打倒的反动学术权威的子女而备受歧视的境遇中，从她失败而痛苦的婚姻中，从她耳闻目睹的人世沉浮中，她总结出生活的真正意义并不在于事业的成败，也不在于仕途的穷达，更不在于占有金钱的多少，而在于能够体验痛苦、体悟快乐的真实心境。正如孔子所说："子之燕居，申申如也，夭夭如也。"她因此而知足无忧，胸怀坦荡，淡泊安宁，从不计较官位得失和个人私欲，一边钻研学术，一边安享着美好的生活。

她自己都不能理解的是，只是对罗红旗倒是有一点儿执着，她从心底里喜欢自然，也就有点儿爱上罗红旗，从中学的同桌开始，就在心里萌动着这点儿东西。

记得有一次在教室外的楼道里，她不小心绊倒了一位高年级的女同学，四五个高年级的男生女生围了过来，对她又打又骂，是罗红旗冲了上来挺身护着她，那副大义凛然的模样至今烙印一般刻在其脑海里。

回到教室，他悄悄对她说："别怕，有我在。"她顿时觉得周身像被温水浸了一遍，温暖而熨帖。挨打挨骂的时候，她没哭，这时却直想掉眼泪。

她总是强迫自己忘掉他，可是越是强迫自己抹去这段记忆，他的形象却越是清晰，越是可爱。她搞不懂自己究竟喜欢他什么，是他干练而淳朴的形象，是他吃苦耐劳、刻苦向上的精神，还是他认真较劲的倔脾气？抑或是兼而有之吧，只好在心底里坚守住这点儿情愫。

时值中年，她依然在心里保留或者说是坚守着这一点儿弄不懂的情愫，就喜欢和他在一起，甚至心甘情愿地为他付出一切。

她怀疑当年与丈夫仅仅结婚一年就挥手分离，是不是有他的因素在心底作祟，以至于她与丈夫离婚时没有像别的女人那样痛苦。她不知道自己在坚守什么，就那么丁点儿情愫，人家已是有妻室有子女的人，情愫也就是一个美丽的辞藻而已。

无奈之余，她只好把“柏拉图”埋藏在心底，裹得严严实实，专心致力于党建党史的理论研究，竟然还硕果累累。

后来，当组织上决定让她外调任职征求她的意见时，她竟毫不迟疑地选择了井南市。

在井南市委党校召开的干部大会上宣布她任党校副校长后，当天下午，她试探着给他发了一条短信，没到一分钟就得到他的回复：“意外。惊喜。上帝之意。”

是夜，他们相约上岛咖啡南城店，也是这个厢座，也是在这幽暗的灯光下，谈起童年的幻想、青年的理想、中年所处的现实状况，相谈甚欢，直到午夜分手的时候尚余味无穷。

之后的每次约会，不是南城上岛咖啡店，就是在她独居的依然是上岛咖啡店风格的家里。每次相约哪怕就是相视无言，久久发呆，两人心底也甘之如饴，但每遇交谈中出现不同意见，争执起来，均以她的见解占上风而告终。

罗红旗大口大口地扒拉着面条，嘴里发出叽里咕噜的响声，脑门儿沁出一层细细密密的汗，一副大快朵颐酣畅淋漓的样子。

林静娴慢条斯理动作娴熟地用餐刀切开牛排，分成小块，然后用银质餐叉一小块一小块地叉上，慢慢地送进嘴里，吃一块瞟一眼他，细细地咀嚼。她吃得少也吃得慢，却很喜欢他无论吃什么都显得很香很甜的样子，她欣赏他工作上很专业很细心，生活上却是什么都可以凑合大大咧咧的风格。

“急，死人啦，别吃这样急，土猪刨食啦。”林静娴呵呵地笑，开心地说，“谁抢你的啦，土猪也不是一顿就吃肥的。别急，罗大官人，生活的本质就是健康快乐地生活，你这三下两下吞下去，什么味道都没有品出来，值吗？”

说完，她把眼前的一盘水果沙拉推到了他的筷子下面。

“值，值，填饱肚子就值。”罗红旗说话间已经把碗底的汤料喝得干干净净，然后用胸前洁白的餐巾擦了擦嘴，“羊羊羊，慢慢吃。”

四目相对，不禁会心一笑，两人心底充满了开心愉悦。

那天下午，他们谈了很多，谈至深处，两人几乎是耳语加手势，两个脑袋凑在一起，就差碰响了头。

旁人看来，绝对是情侣之间无比亲密的窃窃私语，岂料两人谈的都是眼下省里市里的时局，以及自己的分析和看法。

林静娴毕竟是省委直属机关下来的，又身处党的宣传教育系统，获取的信息和材料更丰富，层面自然也高一些。

她告诉罗红旗，“打黑”确实打掉了一批涉黑涉恶犯罪分子，但是内涵变了味儿，外延扩大化，也打掉了一批民营企业家，打掉了一批党政干部，打垮了一批民营企业。这样延伸下来，这样蔓延开去，后果难以想象。这里边至少暴露出两个问题：“打黑”是公安政法机关的职能职责范围内的专项工作，“反腐”主要是为党的机体健康而进行党内肃纪并运用党纪国法对贪腐问题予以惩处的专项工作，这两类不同性质、不同范畴、不同主导机关的问题不能完全混淆在一起；再者，都呈无边界的泛滥态势，这样，必然破坏党的基本原则和纪律规范。

她紧蹙眉头，两眼露出一丝忧郁，不安地说："我也没有想透，总觉得有些东西像是那场内乱的翻版，沉渣泛起，再这么搞下去非常可怕。"

听着她的分析，罗红旗觉得合情合理，有理论有见解，自愧弗如。他没她站得高看得透，她能透过现象抓住问题的实质。

"上面要求撰写遵命文章，要成立专门的写作小组，论证这是一种社会管理的创新，是社会变革，要寻求理论依据。"林静娴指了指放在茶几上那本厚厚的书，有点儿无可奈何地说，"您瞧，我这不是在刻苦学习，在认真寻求理论支撑吗？"

"绳怎么断？套怎么解？"罗红旗的心绪被搅得乱糟糟的，如同一团乱发，一时半会儿理不出头绪来，越发苦恼。

"该干的还得认真干，不该干的就得学会应对。这里边不光有一个智慧问题，还有一个基本立场、基本常识的问题，得作出正确与否的判断。"林静娴柔和的目光难得地出现坚硬，"你不以为有的别有用心的人不是在忽悠你？不是在忽悠社会？"

"古人说，人生烦恼识字始。我看有思想有认识更痛苦，有思想有判断而不能改变现状，更是痛苦加无奈，不是吗？"罗红旗凄迷的眼神透出疑问，像是问她，也像是问自己。

"这就是你思想不够成熟，是智慧不够的表现。"林静娴的口吻里充满了教训人的味道，"法国有一位著名思想家，叫作帕斯卡尔，他说过：'人只不过是一根苇草，是自然界中最脆弱的东西，但他是一根会思想的苇草。人因思想而伟大。'我思故我在，你体会体会吧。"

"下官一不会投机，二不会钻营，三不会口是心非，谄上媚下。

眼下这时节，怎么过得去呀?”罗红旗一半是辩解，一半是自我解嘲。

“既然下官是这等人物，如何做得了‘上官’，恐怕连‘下官’都保不住。”林静娴瞥见他无可奈何的窘迫模样，忍不住笑出声来，不无调侃地说，“你回去再读读《庄子》，老先生对持经达权明道说得可透彻啦。他说：‘知道者必达于理，达于理者必明于权，明于权者不以物害己。’够明白了吧，学问不是故纸堆，得会用。我若是‘上官’，决不会用你这等不知权变的‘下官’。”

“不用就不用，大不了解职为民，当一个木偶警察或者卡通警长，再不济，解甲归田。”

“罗红旗，你自己个人进退是小，撑起井南公安的局面是大。这个时候你趴下了，井南公安的局面就会变得不可收拾，多年的基础工作就会毁于一旦。你得要有责任感，得撑起来，要坚定信念，相信组织。”

罗红旗脸色活泛，严肃地说：“明白。这一点，我比你坚定。”

依依不舍地话别后，走出咖啡店门口，阳光早已收敛了最后的光束，深秋的夜来得早些了，天上堆满黑压压的云头。

罗红旗抬头看了看天，心里反倒豁亮起来：该干的得干好，这是责任；不该干的会应付，这是为官之道，至少是眼下不得已而为之的为官之道。

是夜大规模的清查行动，出动上万名公安民警、武警官兵，仅仅抓获十余名盗窃案犯，查处赌博、卖淫嫖娼等几十起治安案件，依然未发现李山涉黑团伙案骨干人员的踪迹，依然未发现“10·26”专案的新线索。

如此一张有大窟窿的漫天大网撒下去，期许捕获的大鱼龙虾，并没有也不可能落在网底。

第十一章　闪亮登场

所谓“旁观者清，当局者迷”，这话放在王万山身上再贴切不过了。

王万山曾经在下面干过县长、县委书记，也曾经辉煌过，辉煌得光彩夺目熠熠生辉。但在井南这个国际化大都市，尽管在市委任专职副书记这两年管着党建群团和科教文卫这两个大口儿，毕竟只是些按部就班的事，与他期许的主抓全市经济社会发展的“主业”隔着门呢，落下个市级主要领导的虚名，做得也不顺心遂意，眼里瞅着心里痒着甚至嫉恨着罗泽西他们干得生气勃勃笑逐颜开。当然，在这个过程中，他把他们干事中出现的“短板”盯得很紧，也看得明明白白。不想这天降大任的机会就这么快这般意外地降临了。省委任命他为代理市长，他犹如久旱逢甘霖一般，终于盼来了可以大展宏图的机遇。从雅南书记找他谈话之后，他几乎是在睡梦中都撸袖伸拳，想大干一番。

王万山对自己是有深刻认识的，就说他的名字演变吧，他出生在“大跃进”时期，父母望子成龙心切，耳闻目睹满街满城满眼红歌浩荡红旗飘扬，一门心思期望儿子今后时时处处都红红火火，红得鲜艳，红得亮堂，于是就给他取了个“王万红”的大名。王万红倒也不负父母厚望，从小学习刻苦，好读书手不释卷，志存高远思做官，读到蒲松龄的《聊斋志异》中《夜叉国》关于“官”的描写时，还曾钩玄提要笔录在案：“出则舆马，入则高堂，上一呼而下百诺，见者侧目视，侧足立，此名为官。”他时时处处想着出人头地做大官的气派，倒也练就出一些伟人气质。读中学时便团人结社，舞文弄墨，吟诗作词，不时邀几位文学社同学登上大青山岭，指点江山，吟诗诵词，风雅一番，曾吟出“看今朝儿郎，且把万山红遍，吾志永不休”的豪迈词句，自然也是发自肺腑之誓言。考上大学，学问渐深，视野渐广，方知世界之大，体悟到人生当有进退之道，且将自创名句改为“把万山看遍，高峰回转连绵，吾自巅峰在观”。他把名字也自改为“王万山”，意为千山万峰之中，能独站一峰也就风光无限了。进入职场以后，久经官场历练，他对进退之道悟得更深更透了，当年的诗情词意的意气风发也湮没在尘世中，取而代之的是韬晦之术、博弈之招、攻防之策的官场学问。

潜藏在骨髓里的因素或者是生性亢奋的遗传基因，碰上合适的条件是要激发出巨大的潜力的。

王万山要大干快上了。

他主政市政府工作的第一天，在举行新一届政府第一次常务会议上就抛出一系列项目，首先是尽快启动香城 CBD 建设。他阐述了在南城区新建核心项目对经济社会发展的效益和意义，点名批评了国土、规划、建委、招标办、拆迁办等市级部门在过去的工作中裹足不前、迟疑懈怠的状态，要求三个月内必须开工，第二年年底前完成一期工程，给井南人民一幅恢宏画卷的美丽开篇。其次是打造规模化的旅游产业。要梳理全市范围内的名山、古刹、观光农业、纪念园林等资源，形成十六条集休闲、观光、娱乐、食宿功能于一体的旅游线路，招标发包给若干公司实行规模化经营。随后，他又推出工业企业节能减排，在已具规模的工业园区划出整体地块招商，以电子技术产业为龙头的高新技术企业入园，还要加大对教育、社区医院建设和几个区县特色农业的政府性投入。他谈得很多，也谈得很激动，好几次挪动身子移步到身后墙上巨大的井南市地图前指指点点，甚至用拳头重重地砸在某个重要的部位。末了，他又站起身，右手攥拳举得老高，庄严地说："市政府的决策要立即化作各级政府各个部门的整体联动和实际行动。一要召开政府部门干部大会，统一思想，统一认识，做好部署；二要制订具体方案，做到切实可行，责任落实到人、落实到项目，方案要呈报市人大批准；三要加强宣传，要让全市人民群众都知道市政府的工作，也让大家来监督我们是在为人民做事，表明我们建设廉洁、高效、服务型政府的鲜明态度。事业要上去，干部队伍也要健康成长。我们新一届政府必须赢得广大人民群众的支持，我们的目标一定要实现，我们的目标一定能够实现。"

掌声，热烈的掌声。参会的市政府常务会议成员用掌声迎接这位新的掌门人，也纷纷表示赞成他的决策部署。

第二天，他又马不停蹄地主持召开了全市政府部门的干部大会。会前，他指示会务部门在市政府大礼堂主席台后方制作了一个巨大的背景板，上书他亲笔手书"求真务实再造辉煌"八个遒劲有力、光彩夺目的大字，在主席台两侧还准备了两个巨型投影屏幕。在讲话中，他仍旧慷慨激昂地阐释宣讲他新的执政理念和工作措施，还不时起身走到他精心准备的 PPT 前，指点江山，挥斥方遒，生动地描绘勾画着井南未来的宏伟蓝图。在话语滔滔的过程中，他根本没有提到前任市长张高乐外逃事件和前任常务副市长罗泽西被害事件，他知道否定前任不仅不能提高自己的声望，巩固自己的地位，反倒会惹出许多不必要的甚至是想都想不到的麻烦。只有向前看，抓发展，短时间内出新出彩，取得省委、市委的赞赏，市里四大班子的认同，全市干部群众的认可，才是尽快摘掉“代理”二字而顺利坐上市长位置的唯一出路。

他处心积虑精心谋划的闪亮登场确实让人耳目一新，颇具震撼力。

井南报纸、杂志、电视台、官方网站等媒体频频报道他忙碌的身影和他高调激越的声音：视察香城CBD项目规划，到拆迁户群众家中座谈，深入大型工业企业调研，跋涉山区到田间地头查看特色农业……短时间内，他声名鹊起，人们啧啧称赞连连叫好，都知道新市长要大干一场了，香城似乎一下子越过秋冬马上将迎来春天。

当然，私下里也有人议论：“这家伙出格了，风头盖过了书记，突出了他个人，《井南风采》的封面上他的大头像确实有风采哦。”还有人说：“强势，不按规则出牌，算个性官员吧。哼，结局难说啊。”王万山闻之，不以为然地说：“走自己的路，让别人说去吧。我要的是取胜，而胜利者是不受谴责的。”

这天下午，他刚出席了一个大型化工项目落户江北工业园区的盛大典礼，回到办公室，碰上著名民营企业树森经贸集团公司董事长简树森登门造访。

简树森手里拎着一个纸袋，哈着腰走进门，肉嘟嘟的脸上堆满了笑容，一边敬上一支香烟，一边打起哈哈，觍着脸说：“王书记，不，王市长，好久不见面，天天在电视上见您这么忙，真不好意思上门打扰啊。”

“不客气，简董事长百忙之中大驾光临，有什么事找政府？该不是我们为企业服务不到位吧？政府还有哪些工作没做好？望不吝赐教。”王万山接过烟，简树森慌忙递上打着火的打火机给点上。

王万山说这话时，冷冰冰的脸上说是微笑不是微笑，说是阴笑不是阴笑，是装出来的笑。他用手指头指了指沙发：“您这么大的企业家，忙的事多，请都请不来，真是难得呀，坐吧。”

“哪里，哪里，市长管全市人民的大事，为全市人民操心操劳，太忙，太忙。”简树森在沙发上坐了下来，双手合掌举在胸前，说话语调卑微，“听了市长的施政报告，我们备受鼓舞，可以说是情绪高涨，热血沸腾，市长为全市人民描绘了宏伟的蓝图呀！在市长的领导下，香城的未来一定会更美好。”

“呵呵呵，简董事长都热血沸腾了，这意思是说我煽情呢，还是蛊惑人心呢？”王万山正襟危坐，口气依旧冰凉。

话不投机。简树森脸色有点儿慌乱，双手直摆，像是有点儿哆嗦，脑袋摇得拨浪鼓似的：“不，不，不，不是那个意思，王市长，我的意思是市长讲得很好，振奋人心，鼓舞人心，深得民心。我们这个小小的民营企业都激动起来，想为香城人民作些贡献呢。”

“树森集团都动心了？难得啊。想作什么贡献呢？”王万山明知故问，官腔十足。

“既然市长这么关心，我就开诚布公了。王市长，您是知道的，关于香城CBD项目，我们公司跟踪了很久，做了大量的准备工作，也参与了前期的拆迁、整治地块、规划等工作。如果市长考虑把这个项目给本公司来做，将会是本土的树森集团最大的荣耀，我们将不胜感激。”说到这里，简树森起身将放在茶几下面的纸袋拎起，移步过去放在王万山的办公桌后面，回到原位，接着说，“知道王市长为全市人民操劳大事，熬更守夜，没粮草不行，就给您准备了两条烟，不成敬意，望市长笑纳。”

王万山眼皮都没抬一下，对简树森的举动视而不见，依旧耷拉着脑袋，像是在沉思着什么问题，待简树森转过身子回到了他对面的沙发上，才慢条斯理地说：“这是一个大项目，全市，不，全省瞩目呢，容不得半点儿马虎，资金、设计、建设、招租、招商、招售，等等，你测算过没有？有没有把握？你的集团有没有游刃有余的实力？可不能勉强呀。”

“这些问题，市长不必操心，我们都认真谋划过，我们集团公司具备方方面面的技术人才，就资金一项我们举全集团之力，加上融资和筹措，我们就可以运作超过投资三分之一的资金，绝对保证项目的建设。其他方面，也保证及时跟进到位，只是……”简树森欲言又止。

“什么？只是什么？”

“有两点意思，不知当讲不当讲。”

“说吧，有什么就大胆地说。”王万山的话里现出了一丝丝热气。

简树森眼睛盯着茶几上摆放的一盆绿灿灿的水竹，一簇簇新叶正抽出翠翠的绿，抬眼透过茂盛的绿叶，瞥见高高在上的王万山雪冷的脸色起了浅浅的红晕。

“不太好讲。”简树森似乎有些尴尬，表现出顾虑重重的样子。

“讲吧，是不是有什么困难？还有什么问题？但讲无妨。”王万山似乎被吊起了胃口，不无关切地催促道。

简树森早已谢顶的脑门儿连同肥嘟嘟的头都冒出一层细细密密的汗珠，油腻腻地锃锃亮。他故意挑起话题，是逼着自己打破尴尬的窘境。作为生意人，以谋取最大化利益为目标的生意人，他必须走出原有的由罗泽西主导的井南市经济建设格局，打破眼前的尴尬，走近这位新任的政府一把手。

他说：“主要是想得到您、得到市政府的全力支持。有了您的认同和支持，我们绝对全力以赴，按您的要求保质保量，而且尽可能快地完成项目建设，为香城添彩，为香城人民造福，为市长您早就高位奠基。”

“这个没问题呀，我在全市干部大会上都讲了，政府全力支持私营企业的健康发展，政府全力抓好招商引资工作，政府全力为经济建设服务。这不仅仅是讲讲，也是我代表市政府作出的郑重承诺，这个不用怀疑，我全力支持你。不过有一点我必须讲明，什么工程项目都得走程序，必须实行公开招投标，走公开公正规范的路子。”王万山像是背诵演讲稿一般流畅地回答，还是有点儿公事公办的味道。

“当然，当然，必须按程序办，这样才公平公正。”简树森头点得鸡啄米似的，以示十分赞同，心底却盘绕着“未必”这两个字。

“还有什么问题?”

“还有，还有，”简树森稍稍思忖一下，有点儿口吃地说，“还有就是请市长充分考虑我们集团公司是本土企业，可以造福桑梓，对工程项目终身负责。其实，有一点我不好意思讲，今天看到王市长这般公正、大气、大度，我就挑明了吧，这些年张高乐市长、罗泽西常务副市长一直关心支持我们集团公司，看重的就是我们是本土企业，税收、规费都在当地，解决老百姓的就业，包括募捐、举办公益活动、参与公益事业建设，我们都没有离开过井南市，都想着为家乡人民尽点儿绵薄之力。所以，还望王市长继续眷顾一下。”

嗡嗡，嗡嗡，口袋里的手机在振动。王万山掏出来一看，来电显示是孔小梅，眼前顿时晃动起她那双像是会说话的忽闪忽闪的眼睛和两条白皙修长的大腿，一股热流直冲上头，禁不住心猿意马。

不过，他很快就稳住了神儿，用手指点了一句“我还在开会，有事发短信”的字样发送出去，便将手机放回兜里，抬起头对简树森平静地说：“我注意到了你说的两个问题，也就是你用的两个词：支持和眷顾。我想说的是，既然前两任市领导都支持，而且你们又是本市的企业，我也理解你简董这二十来年在井上县也好，在井南市也好，艰苦创业、曲曲折折、坎坎坷坷的发展历程，很不容易，备尝艰辛，才做大做强成这样规模的集团性企业，当然，也为井南市的经济社会发展作出了贡献，那么，从情感上、政策上我也会支持你和你的企业。这个，请你放心。”

王万山这番话以颇具外交辞令的口吻开始，以颇具情真意切感人肺腑的语气结束，让简树森深受感染，也可以说是感动不已，喜色在脸，嗫嚅不停地说着“谢”字。

其实，王万山心里也始终缠绕着“未必”两个字，尤其是听到简树森说到张高乐、罗泽西对他的支持是看重他和他的企业是本土企业时，他想，这里边没有猫儿腻，没有贪腐，没有龌龊的权钱交易，鬼才相信呢！张高乐席卷上亿元资金逃往国外，这里面会没有树森集团的黑金？罗泽西死于非命，是因为贪得太多让人眼红而动了杀机，还是权钱交易利益分配不均所导致的结果？这些都很难说。但有一点可以肯定，他几乎是绝对相信自己的判断，罗泽西与眼前这位简董之间百分之百存在极深的利益关系。

想到罗泽西死的惨状，王万山不寒而栗，背脊间顿觉阴森森的，这个近在咫尺的如一段截断的又短又粗的树桩一样的秃头男人，会不会就是这起命案的主凶、恶魔或幕后推手？

这很难说。

脑袋里思考的想法、嘴上说出来的言语，与手上所干的事情，可以是互不相干甚至是完全相反的三套系统，好比三驾从一个原点出发而各奔东西的马车，能够同时在王万山身上运用自如。没有游走官场几十年的用心体悟和潜心实践是做不到这一点的，这是他自以为高明的过人之处，也是他认为能够如鱼得水、游刃有余地行走在官场的“独门绝技”。操此技，可以保官；用此技，能够升官。

嗡嗡，嗡嗡，手机在口袋里发出振动提示。王万山掏出手机，划开蓝屏，跳出一行字："晚餐：鲍鱼+小米。夜宵：叉烧+甜心。小梅花恭候!"他想都没想就回复"OK"。他的脑子里立马浮现出她灿如绽放的梅花一般的笑脸和那双修长、白皙、有质感、肤如凝脂的大腿，不禁下体有些燥热，那不是天使又是什么?

一寒一热之间，激灵了一下，他有所顿悟：眼前面对的可能是恶魔，脑子里闪现的可能是天使，或者两者都不是，或者都不是真实的存在，或者都是幻象，只是此时此刻据他的判断是一种真实，那么，我是谁?我是天使?不，我的一言一行做不到天使所做的善行。我是魔鬼吗?扪心自问，我确实有一些晦暗阴险的想法和做法，但我绝不是十恶不赦的魔鬼。那么，我只能一半是天使，一半是魔鬼。

简树森眼瞅着王万山说话的嘴和接发手机短信的手，完全不能从他不动声色的脸读懂他的内心世界。

他说："非常感谢市长，非常感谢，大恩大德，日后必报。我们同为井南人，同为造福桑梓的目标，我们更应当多为家乡做一点儿事。"

"是吗?"王万山反问，语气里有一丝让人不易察觉的鄙夷。

"当然，市长为建设我们的家园操劳操心比我们多多啦。"

王万山伸手端起茶几上的茶杯，揭开杯盖，吹了吹热气和漂浮在水面的茶叶，啜了两口，又盖上杯盖，有端茶送客的意思。

简树森乃老江湖，立马意会，热情地说："我们还有一个小小的请求，今晚我们备了一杯薄酒，恳请市长赏光，不知领导意下如何?"

王万山脑子里晃荡着孔小梅瓷实嫩白的身影，略显不耐烦地站起身来伸伸懒腰，假装热情地说："情意到了，心领啦，简总。来日方长，宴请就免了，今晚确有公务，谢了。"说完，伸出手去。

简树森明白他这是送客的意思，心头不悦，但也无奈，连忙起身伸出双手紧紧握住王万山的手，嘴里说："好，好，来日方长，来日方长。"

送走简树森，掩上门，回到办公桌后，王万山拖过桌子下面的纸袋，拿出上面的两条包装得黄澄澄的九五至尊南京牌香烟，看见底部躺着六捆百元钞票，一捆十万元，捆钞上银行的封条粘得熨帖崭新。

他把两条香烟扔进抽屉里，把钱放入座位背后的保险柜，暗自思忖，这个简树森深谙人情世故官场往来，很会来事，但太不自量力，太小看我了吧，人家闽商林玖金的见面礼是一百万，你又想拿工程，又想淡化与张高乐、罗泽西的关系，还想跟我套近乎，六十万，太小气了吧。

咔嗒，转动密码，锁上保险柜，王万山脑子里突然冒出娉婷婀娜飘飘欲仙的天使模样，转瞬间又是张牙舞爪狰狞恐怖的恶魔形象，眼睛直勾勾地盯住办公桌正面墙上那张省委主要领导题赠的写着"一要干事，二要干净；当清官是大智慧"字样的条幅。

我是谁？他又是谁？他不禁为自己的想法，尤其是突兀冒出这样的问题而胆战心惊。

当天的晚宴仍旧设在金鹰大酒店三楼挂着"VIP 1"仿铜质招牌的豪华大包间里，除了林玖金以及闽商金鹰集团公司的几位老总、市建委主任刘井元、孔小梅之外，王万山还特意叫上了市公安局副局长李剑锋。

下车后走进大堂，王万山在服务生的引导下走进包间。

这个时候，该到的人都已经在酒桌边入座静候了，看见他气宇轩昂地走进来，齐刷刷地站起身做欢迎状。

王万山只是对着刘井元下意识地点了点头，便绕过圆桌，走向林玖金安排的主宾位置。

酒过三巡，王万山不愧是酒局高手，三下两下很快就渲染起了闹酒的氛围。他与李剑锋对视了一下，嘴角向上一努，示意了一下，便起身移步到了旁边的休息室，李剑锋亦步亦趋屁颠屁颠地跟了进来。

王万山在沙发上坐下，拿捏住稳稳的腔调问：“剑锋，好像很久没看见你啦。”

李剑锋闻言，忙弯下腰做鞠躬状，脑袋鸡啄米似的点，心慌慌地说：“市长，主要是您忙，怕打扰您，不敢造次。”

“那，你忙什么呢？”王万山问。

“还是在局里分管治安，另外这段时间忙着查李山涉黑团伙的轨迹。”

“进展怎么样啊？”王万山接着追问，官腔十足。

“在下无能，在下无能，就是没查到新的情况。”李剑锋长长的身子弯下去压得很低，脖子伸得老长，差一点儿头就磕在地上了，活脱脱一只大虾米的样子。

“哦，你坐下谈。”王万山把左腿抬起来压在右腿上跷起二郎腿，耷拉下眼皮，嘴角往上挑，居高临下，官相十足。

李剑锋趋步上前，坐在沙发上往王万山身边靠了靠，只有半边屁股挂在沙发上，接着便汇报了近期市公安局的工作情况，末了，说：“好不容易，是市长给了机会汇报工作，就想多听听您的指示。”

“坦率地讲，我对公安局的工作很不满意。”王万山官相支撑着官腔，“几项重点工作都没有进展，没有起色，刑事案件高发的势头压不住，市里领导、人民群众很不满意，上访的、闹事的、群体性事件天天都有，还有堵路堵桥的，你们怎么维稳，怎么破案，怎么打击的？你们没做好，让市委市政府领导很操心呢。”

“是、是、是、是，市长批评得对，市长批评得好。”李剑锋听闻王万山对罗红旗不满的看法，心中很高兴，一个劲儿地点头哈腰，“请市长多批评，多指示。”

王万山举起左手张开指头，对着屋顶灯来来回回地欣赏，漫不经心地问：“那个专案侦办得怎么样啊？”

李剑锋答：“目前还没有进展。”

“‘10·26’专案的重点要放在围绕罗泽西生前关系上来，不要老是在那个农民包工头儿身上做工作。我说的意见不是说罗的分量重、地位高，而是罗身上汇集的矛盾多、焦点多，容易获得实质性的进展。罗泽西究竟为什么死？这个问题不仅对破案很重要，而且对揭开井南市很多问题的盖子也很重要。所以，得转移和抓住重心，知道吗？”其实，王万山心里很纠结，他与罗是官场对手，这在井南是明白人都能看懂的事实，他俩之间的事外人有很多猜测。调查罗案是否会牵扯到他，是否会拔出萝卜带出泥，他无法判定，但眼前的他急于求成，更看重的是查明罗案的杀人动因，尤其揭露罗本人身后的丑闻，对他尽快摘掉官衔前面的“代理”帽子更为有利。

“知道，明白，我尽力吧。”李剑锋像是心领神会，也急于想挑明自己的心思，“我只是一个副职……”

“这可就是你管的事，不要什么事都往罗红旗身上推，要当官，要升官，就得干净，敢干事，敢担当，动不动就推口称什么副职，副职怎么啦？副职就不干事、不管事、不负责任啦！”王万山故意顿了顿，端起茶杯小啜两口。

李剑锋愣怔一下，血往上涌，染红脸面直到脖子根，说：“是我的错，请市长明示。”

“香城 CBD 项目工地至今还有一百多个拆迁户没解决安置问题，好几户挑头闹事，有的纯粹是无理取闹、漫天要价。有个叫王小丁的，听说还是个村主任什么的，从中串联，挑动群众堵路，阻止拆迁，多次组织到区、市政府群访；还有一个叫张进联的，坐过牢，口口声声要借拆迁捞一把，要包揽土石方工程，要拼命……这些不都该你管吗？”

“是、是、是、是，该我管，我来想办法解决。”李剑锋又是一阵捣蒜似的点头。

“今天人多嘴杂，我就不多说了。不过，兄弟，有一句话我可告诉你，不干事就成不了事，你给我记住了。好，你过去喝酒吧。”说完，王万山起身了。

“好、好、好、好，一定按市长指示办。”李剑锋诚惶诚恐，诺诺地退出休息室。

王万山回到餐桌旁，发现孔小梅的座位上没了人影，摆放在桌边的手机闪烁着短信提示的绿幽幽的灯光，忙用指头划开蓝屏，现出一行字：“情哥哥，我在床上等您，您的梅花。”

放下手机，他端上酒杯，重新调动情绪，高声说：“来呀，大家一起再干上一杯，不能冷场啊。坏了林总的雅兴，其罪大焉，简直是罪不可赦啊。”

酒足饭饱，曲终人散。

林玖金在送王万山进电梯的时候，顺手递给他一个精致的礼品袋，嘟起嘴往上努了努，便挥手离去了。这一切他做得很自然很得体，也让人不易察觉。

进了电梯，王万山打开礼品袋，里面有一个长方形紫檀木盒子，打开一看，嗬，是一条灿烂锃亮的黄金项链，连缀着一个雅致的桃心形琥珀坠子。酒醉心明白，他懂了林玖金的意思，为这个精瘦的男人良苦而细腻的用心感到熨帖。

叮咚，叮咚，王万山按响了总统套房的门铃。

房门开了一道缝，探出半个美人头，眨巴眨巴两只楚楚动人的眼睛，细碎的金屑点染的长长的睫毛随着眼睛的张合而忽闪忽闪，像是在柔声细语地说话，浅浅的笑意写在脸上，能让人读出无限娇羞。

王万山轻推房门，孔小梅松开门把，轻盈地踏着碎步往后退。今晚她是刻意打扮了的，脸面上的浓妆艳抹且不说，上身精心选穿了一件做工考究的雪白的细绒衫，凸现出玲珑有致的身板，下穿一条黑色薄如蝉翼的下垂至脚跟的纱裙，脚蹬金黄色的高跟皮靴。随着她扭着腰肢往后退的碎步，两条白皙修长的腿在黑纱里婀娜曼妙地晃动，若隐若现，惹人产生无尽遐想，整个人影在她刻意调整的若明若暗的灯光衬托下犹如仙女下凡般飘逸，撩人心弦。

此时无声胜有声啊，王万山在这幅勾魂摄魄的景象面前傻了眼，一阵本能的冲动涌了上来，霍地猛扑上去，迎着她张开的手臂，猛地将她抱在怀里，两人一下子倒在了绵软的羊毛提花地毯上。厚厚的地毯，人压上去，虚飘飘的。王万山跨上她的身体，捧起她的脸，喷着酒气的嘴贴上她的脸。她情不自禁，激动地呻吟……

云雨初霁，风平浪静。两人精疲力竭，静静地躺在地毯上，一声不响，目光盯着装饰豪华的屋顶，像是在细细地反刍偷情欢愉的余味，偌大的客厅里只听见微弱的喘息声和中央空调喷出热气的咝咝声。

不知过了多久，王万山懒洋洋地爬起来，走到门边，拿过进门时扔在那里的礼品袋，取出黄金项链，回到了孔小梅身边，搀扶起裸露着身体的孔小梅，悄悄地将项链戴在她白皙颀长的脖子上。

也许是受冰凉的琥珀的刺激，她极不情愿地睁开惺忪的睡眼，突然发现这价值不菲且十分中意的宝贝，孔小梅霍地坐起身子，低头抓扯起金光锃亮的项链，嘴里不由自主地发出愉悦的赞叹：“唔啊……哇，好漂亮，好漂亮。”

她站起身，赤裸着身子小鸟般奔向墙角的大镜子前，反复地仔细端详着胸前的宝贝。

此时，王万山听见他的手机发出短信提示的声音，忙起身从一片狼藉中翻找到他的上衣，从兜里掏出手机，看见是老婆发来的短信，就是问他今晚回不回家，末尾写了一句：“小喵喵想你了。”

他怦然心动，脑子里浮现出他女儿蹦蹦跳跳张开小手向他扑过来的活泼可爱的身影。但他舍不下眼前的快乐，疾速回复：“今天工作很多，不回家了。”

他摸了摸自己微微隆起的肚子，踌躇自得，冲着还在大镜子前左顾右盼孤芳自赏的孔小梅轻轻地呼唤：“小梅花鹿，欣赏够了吧，跳过来吧，给我抱抱。”

“大哥，太好了，该怎么谢您呢？”孔小梅回头一笑，百媚生艳，像一只欢乐的小鸟飘过来，胸前那条金灿灿的项链和翠绿的桃心形琥珀坠子在她白皙瓷实的两个乳房之间荡荡悠悠的，煞是撩人心旌。

她扑进王万山的怀里，柔若无骨，倦鸟归巢一般依偎紧贴在他身下。渴求又如干柴烈火，两具白花花的肉体枝缠根绕，在厚绒绒的地毯上又滚成了一团。

是夜，在被窝里，孔小梅把头贴上他的胸脯，嗲声嗲气地问：“好哥哥，香城CBD项目花落谁家呀？”

王万山虚与委蛇地说：“馨香的梅花落在谁家呀？多情的梅花鹿进了哪个窝呀？”

“我吗？我不是落在您家吗！我问的是项目。”

王万山偏过头去，躲开孔小梅热辣辣的目光，明知故问：“你爱的是我吗？还是爱香城？还是爱香城CBD项目？”

“肯定是您呀，我的市长哥哥。”孔小梅双手使劲扭过他的头，纤纤玉指点着他的鼻子，百般妩媚百般娇羞地说，“您知道吗，梅花要长大需要阳光、水分和土壤，梅花鹿也得吃草呀。”

“知道，知道。”王万山嘴上乐呵呵地应承，心里却咯噔一下沉重起来。

在他的人生旅途中，阅人无数。他明白，在时下物欲横流的社会里，如飞蛾扑火一般扑向已婚男人的青年女子无非冲着“权、钱、性、情”而来，对他而言，大多无“情”字，更多的是爱他手中的权。但孔小梅例外，在他销魂的时刻，也就是他“情令智昏”的时候，他还坚信她爱他的“情”。

此刻，耳旁嗲声嗲气的语音未落，他自己的梦境被击碎了，孔小梅百般妩媚百般娇羞的背后简直就是百般迎合百般献媚，以至于撩拨起性兴奋，直到赤裸裸的肉体之欢，丝毫没有情爱，没有灵与肉的融合……但肉欲的强烈刺激、欲仙欲死的快活使他看得破，但禁不住诱惑，哪怕他是一个自以为修炼至深的理性人。

第十二章　婶求你一件事

“咔嚓”一声，他按下打火机点火键，用忽闪忽闪的火苗点燃一支香烟，铆足劲猛吸两口，让馨香在口腔里回旋两圈后吞咽下一口，而后噗地呼出呈直筒状的烟气。接着，他又吸上两口，猛地吐出来。就在这一吸一呼反复循环中，他感受到了神经受刺激抑或是刺激之下的麻木舒适的状态，这就是罗红旗抽烟的特点。

他曾为自己吸烟的经历而得意扬扬，为自己的烟史而自命不凡。当年他从省公安院校毕业就分配到了井上县公安局刑警队，带着他上山下乡查证据走街串巷摸线索的师父，是以“熬鹰”破大案著称的老干探，更是全局闻名的老烟枪。连续数夜的苦战，终于使罗红旗在一个寂静的深夜忍不住老干探的“诱惑”开口吸了第一支烟，一串案子破下来，竟然成瘾。

然而，此时的罗红旗，虽然也是一支接一支地吞云吐雾，却绝没有闲暇时的轻松。

他眉头紧蹙，心急如焚，情绪低落。

坐在他办公桌对面的柴华林不知是被他的二手烟呛的，还是眼前繁杂的工作带来的忧虑所致，也是愁眉苦脸的样子。

两人每人面前都摆放着两页纸，上面密密麻麻写满了近段时间全局性的工作安排，有省厅布置的跨区域联动破案战役、“打黑除恶”专项行动、突出的治安问题的专项治理安排、重点地区整治方案、食品药品打假联动打击行动、打击贩毒整治新型毒品犯罪的行动、“网上追逃”专项行动，此外还有抓队伍建设的精简机构方案、遴选领导干部方案、开展“走出‘胜在起点，败在终点’怪圈大讨论”活动、关于落实省厅主要领导批示的意见、启动对在警务活动中失误失责行为追责的方案……为指导督促这些方案、行动的落实，省厅还派出了相应的工作组、督导组，共计五个批次十二个组。对此，市局得在抓好相关工作的基础上，还必须安排相应的工作接待班子并撰写汇报材料。省里的布置已经让人眼花缭乱、不堪重负，市里布置的事情还有一大堆，什么处置闹访缠访问题的方案、民工维权问题专项工作，什么参与“三进三同”活动的安排、整治交通秩序的措施……

柴华林从上面从局内各警种搜集整理出来的需要罗红旗关注和安排的事儿竟有一百多件，这怎能不让他俩此时此刻煞费苦心地思虑应对之策呢？

“别想什么新思路，别想什么出新出彩，能应对好这些莫名其妙的东西就阿弥陀佛了。装腔作势，假大空，形式主义……江南的警察怎么会这么倒霉，摊上这么个主儿。”柴华林刻意压低声音的话语里带着隐隐的哭腔，像蚊子一样嗡嗡叫，但还是被罗红旗的耳朵听到了。

“行啦，别哭丧着脸。”罗红旗立即截住他的话头儿，狠狠地将燃着的半截烟摁灭在烟灰缸里，“还是那句老话，老婆婆纺线一手一手地来，我们一项一项地分解安排，再苦再愁还得干。怎么办？没退路。不过，得分轻重缓急，我的主要精力还是要放在‘10·26’案件的侦办上。”

说完，他拿起笔，在面前的工作任务项目表上，一项一项地与柴华林一道划分给局党委成员或牵头警种，并商议出每项任务的重心、完成的时间。

罗红旗以不容置疑的口气说：“柴主任，你去传达分解任务的时候，务必要向这些头儿解释清楚，强调特殊时期马虎不得，必须认真对待。”但他心里却想，这简直就是一些形式主义的东西。当官一声令，当兵跑断气；上峰一句话，下属累折腰。唉，有什么办法呢？都是被逼的。

柴华林深谙其道，说：“好，我一项一项地去落实。”

“你的任务是安排、督办、统筹进度和结果，发现问题及时向我报告。”罗红旗再三嘱咐柴华林不要陷入具体的工作，要保持头脑清醒，不要疏忽了每一项工作。

罗红旗又点燃一支香烟，若有所思地说：“专案没有突破性进展，我看主要原因还是在罗市长的死因上调查不充分不深入，你告诉申晓兵，今天晚上的专案碰头会，我就不参加了，由他主持，有进展及时向我汇报。我呢，早就该上门去拜访一下罗市长的夫人米婶了。”

“局长，还有什么吩咐？如果没有，我先下去了。”柴华林站起身说道。

罗红旗点了点头，又拿起打火机点燃一支烟，直喷出一口烟气，看着柴华林走出办公室，消失在腾腾弥漫的烟雾里，脑子里不由得回忆起被他尊为标杆奉为榜样的罗泽西……

他想起他还在读小学的时候，有一天，他背着书包放学回家，刚进村口就感受到村子里像过节一样的喜庆气氛。

他问他娘，村里有啥喜事啦？

他娘喜气洋洋地说，大家不是刚迎接你泽西叔叔回来吗？

在这个大部分人从未走出过山沟沟的村子，能够走出井上县大青山西边最大的垭口去到县城，去到市里，上省城，那可是村里人中间不得了的大事喜事。像罗泽西这种在县城高中毕业后参军到北京干了三年的人，更被村子里的人看作是见过世面闯荡天下无所不知无所不能的大人物。

在罗红旗这班罗氏宗亲家族小字辈的眼中，罗泽西就是一个可望而不可即如圣人一般了不起的人物。罗红旗同一帮年龄跟他差不多大小的孩子，像毛毛虫一样成天围着这个英雄般的人物身边转悠。

罗红旗与其他孩子不同的地方，就是他迷恋上了罗泽西从部队带回来的两大箱子书籍和杂志。他一本一本地借回家仔仔细细地读，遇上不认识的字或者读不懂的地方就去请教罗泽西。他从这些文字里知道了大山之外偌大的中国、辽阔的世界……最重要的是读了这么多长知识的书籍，顺理成章地养成了爱读书思考问题的良好习惯。

罗泽西呢，对这位至少三代之内没有血缘关系只是宗亲家族的远房侄子却是另眼相看，除了觉着他嘴巴甜甜的，人前人后脆生生地叫他叔，更喜欢他总是有一股打破砂锅问到底的韧性和骨子里透出来的聪慧。所以，他总是耐心地教育他，帮助他，呵护他。

罗泽西对罗红旗的人生影响是巨大的，他把罗泽西视为引路的红旗、前进的灯塔、人生的楷模，对他心生羡慕，心存感激，在心底里对他更是顶礼膜拜。

傍晚，秋风刮得正紧，细雨被急遽的风推搡着断了线似的往下洒，寒意侵骨。

罗红旗提着两大袋保健品和水果，敲响了罗泽西家的门。

闻声开门的是保姆罗晓娟，她也是井上县黄土镇烂泥沟村的人，是罗氏家族中比罗红旗更晚的小字辈，罗红旗对她自然很熟悉。

她开了门见是他，高兴地说："罗叔，您可来啦，好久都没见您了。"

罗红旗问："婶呢？在家吗？"

"在，躺在床上呢。"

"怎么啦？病了吗？"罗红旗进了门，放下手中的东西，脱下皮鞋，换上罗晓娟从鞋柜里拿出的棉拖鞋。

"是红旗来啦，屋里坐，我穿上衣服就出来。"客厅一侧的卧室开着门，传出了米家丽的声音，有一丝喑哑。

"婶，是我，我来看看您。"罗红旗一边应道，一边走向客厅，坐在皮沙发上。

罗晓娟熟练地给罗红旗端上一杯刚泡上的龙井茶。

米家丽穿着绛红色的棉质睡衣睡裤，趿拉着厚绒的棉拖鞋，从卧室缓缓移步来到客厅，齐肩的长发有些散乱，满脸憔悴不堪。

罗红旗心中一惊，往日容光焕发精气神十足的叔母仿佛一夜之间变了样儿，忙不迭地起身搀扶着她缓缓坐下："婶，打扰您了，您坐，慢点儿。"

"红旗呀，婶老了，你叔走了之后，心里老是拔凉拔凉的，唉……"米家丽长长地叹口气，泪水涌了上来，在明显浮肿的眼眶里打转。

屋子里的空调不停地喷出暖气，发出呼呼的响声，窗外的寒风裹挟起雨点，噼噼啪啪敲击着厚厚的玻璃。

罗红旗身上感觉到燥热，心里却陷入无限的悲凉。

米家丽一声长长的叹息，更让他在冷热冰火不断变换的感受中，体会到了沧海桑田物是人非的变化。

看来，权势的存在与消亡都是立马可见的，人心的势利程度都有着与之相称的表现形式。从前，他虽说不是罗泽西家里的常客，但自从他调任市公安局副局长以来，逢年过节或者罗泽西家里来了烂泥沟村的长辈而召唤到他，他都会恭恭敬敬地上门拜访，那时不管罗副市长在家不在家，记忆中的这套四室两厅的住宅里总是充满欢声笑语，造访的人说不上川流不息，至少也是络绎不绝。如今，门可罗雀，只有小保姆陪着米家婶子独守空房。

罗红旗在偶尔的深呼吸中还隐隐嗅出屋里尚存的苦涩的中药味道，不由得脑子蹦出“孤苦伶仃”这个词来。

“婶，您不老，身体硬朗得很。只是叔这一走，您得节哀顺变，保重好自己的身体，不要把烦心的事往心里搁。叔在的时候常常教育我们，说不管发生什么事情，生活还得继续。”罗红旗接过罗晓娟端来的装着白开水的玻璃杯，递给米家丽，“婶，喝口水，我早就该来看您，就是为叔这桩案子，忙得昏天黑地转不过身来。不过，婶，您放心，就是挖地三尺我也得把这凶手查出来为叔报仇，不然的话，甭说是叔，就是我也死不瞑目。”

“别提他了，他该死。他活着的时候心里没有这个家，死了这个家倒落得清静，挨千刀的，遭报应，浑蛋。”米家丽竟然破口大骂，眼眶里已经没了泪水，干涩涩地射出两道骇人的光，不知是出于愤怒还是恐惧。

罗红旗愣怔在一侧，感觉手脚都不知道该怎么放。

以往在罗红旗眼里，米家丽是一个生活在幸福阳光里的女人，举止优雅，谈吐平和，有着大家闺秀的范儿，以前从未见过她如此低俗如此暴戾如此失态，这使罗红旗感到不可思议，因为他对她太熟悉了，就像熟悉他罗叔一样对她了如指掌。

米家丽的父亲早年在井上县黄土镇当工商所所长，母亲在镇中学当教师，这种家庭在那片封闭偏僻的大山沟里边，怎么也称得上官宦之家或书香门第。米家丽还有两个弟弟，父母便对这个女儿宠爱呵护有加。读初中的时候，米家丽就对农家少年罗泽西情窦初开，时不时把家里带来的肉片、馒头添到罗泽西从家带来只有玉米、土豆的饭盒里。放假时，罗泽西带着米家丽下河汊捉泥鳅，上山采松榛，叽叽喳喳，无话不说，好不快乐。两人双双考入井上县第一中学读高中的时候，米家丽还把从父母那里骗来购买书籍的钱接济罗泽西做伙食费。那时米家丽的父亲已升任县工商局局长，母亲调到县中学工作。她母亲在一次检查女儿的作业时发现了她与罗泽西相互传递的情书，少男少女之间充满稚气的爱慕之词让父母脸红心跳，愤怒不已，就以反对早恋为名千方百计阻止他们交往。高中毕业后，罗泽西报名参军去了京城，米家丽参加工作进了工商系统。虽然有千山万水的阻隔，父母又坚决反对，两人却鸿雁传书，爱之弥深。当罗泽西退伍回乡依然做他的农民时，米家丽却毅然决然地投入了他的怀抱。

罗泽西领着一帮穷哥儿们建起了几孔砖窑，就地取材办起了页岩砖厂，随后又兼并了简树森的几孔小煤窑，开办了股份公司，让烂泥沟村的八百多户泥腿杆子在耕田吃饭的同时，又到企业打工，并成了大大小小的股东，一时间村子里闹腾得红红火火。罗泽西成了全村农民致富的带头人，被选为村主任、村支书。后来，罗泽西将企业托付给了简树森，出任黄土镇的镇长，仕途顺风顺水，不出十年便当上了井南市的副市长。米家丽相夫教子，仍努力工作，后来也当上了井南市工商局商标处的处长。

就在罗泽西当上副市长的第一年，在举家团聚的除夕年夜饭的桌子上，早已赋闲在家的米家老爹举起酒杯对罗泽西和米家丽说：“老爸这一辈子好歹也算历世甚深，阅人无数，但怎么也没有料到你俩会走到今天。是意外，还是我老眼昏花，这不重要，重要的是将来，将来的路上，一定要站稳脚跟，一步一个脚印，把路走稳。来，我敬你们三杯酒：第一杯，我该说声对不起，这是罚我的酒；第二杯是我祝福你们的酒，你们走上领导岗位，要站稳脚跟，绝对不能出意外，家庭还得照顾好；第三杯，我和你们老妈一起敬大家，一家子甜甜蜜蜜，和和美美，健健康康。”说完，三杯白酒咕噜咕噜一口气干下去。

罗泽西涨红了脸，忙说：“不敢当，不敢当，谨记岳父大人的教诲，我会对家丽一辈子都好的。”

米家丽呢，眼里噙着泪花，甜蜜的幸福感溢于言表。她站起身恭恭敬敬地对爹妈三鞠躬，说：“是我对不起你们，从小就受爹妈的宠爱，接着又受泽西的爱护，还有两个弟弟的帮助，今生今世受福太多，我感到歉疚哇。”

从前耳闻目睹中的米家丽，与现在这个憔悴粗鄙的半老太婆简直判若两人，罗红旗不禁惊愕万分。

他想，也许是她受罗泽西意外之死的刺激太大。

“婶，您节哀，您息怒。我不该来打扰您，是我的错。”罗红旗有些心慌。

“不，红旗，今天就是你不上门，我正琢磨着去找你。”米家丽啜了一小口白开水，稍稍平静了一点儿，低声说，“前几天你们局里的人来找我了解罗泽西的情况，我告诉他们，10 月 26 日晚上，罗泽西送走了前来参加菜博会的省领导回到家的时间大约是八点半。到家后，他放下公文包就进他屋里换上运动服运动鞋，说是去滨江公园跑跑步，然后就出门了。第二天晚上，才知道他被人杀死了，其他的我一概不知。今天你来，我还是说这些，其他的，我一概不知。”

“不，不是的，婶，我今天来是看望您的，不是办案子。”罗红旗忙不迭地解释，他不愿意看到她生活在不堪忍受的痛苦回忆里，“涉及案子，您知道什么就说什么。不过，您放心，我一定会把这个案子破了，查到凶手。”

“凶手？谁是凶手？”米家丽提高了嗓门，声音清晰而响亮。

“我们成立了专案组，正全力侦查，相信不久就会查出谁是凶手。”

正在厨房里忙活的罗晓娟突然跨进客厅，大声嚷嚷：“罗叔，您要赶快破案，抓住凶手枪毙了他，给大爷报仇，那才解恨。”

“凶手？凶手是谁？查出凶手又怎样？”米家丽喃喃地问。

罗红旗没有理睬罗晓娟，只是对米家丽的话感到纳闷儿。

他接着说：“婶，您不用担心，我们一定会破案，会抓住真凶。两条人命啊，怎么也得判他死刑。”

“晓娟，别嚷嚷，你去，把厨房收拾干净。”米家丽找个借口，想避开罗晓娟。罗晓娟冲着罗红旗做了一个荒诞的表情，极不情愿地缩着头回厨房去了。

米家丽转过头来，一把抓住罗红旗的手臂，急促地说：“红旗，大侄子，你说你叔你婶对你咋样。”

“好呀，婶，叔对我很好呀，关心关爱我，比对小哲还好。”罗红旗说道。

“好，婶求你一件事，你那个案子是不是可以打住？”

“什么？婶，您什么意思？公安部要求命案必破，省里市里这么重视，不破，交不了差。再说，破了案才能给罗叔报仇雪恨哪。”罗红旗不明就里，耐心解释道。

“不，我说的意思是，顺着你罗叔这条线查下去，就是破了案也没多大意思。懂了吗？”

“不懂。”罗红旗脑子里一片茫然，仍怀着对职业的执着——死者与凶手之间肯定存在一定的因果关系，不顺着死者的关系去深入排查就找不到线索，可以说是破不了案。

“红旗，大侄子，你是真傻呀还是装傻？”米家丽抓住罗红旗手臂的手有些颤抖，像是在抽搐。

罗红旗噎住了，僵在那里，不知该说什么。

“万花筒好看吗？”米家丽又问。

“好看，里面花花绿绿的。”罗红旗小时候玩过这种玩具。

“打碎了，有什么？还好看吗？”米家丽恼怒了，霍地站起来，“你走吧，我要休息了。”

告别米家丽，罗红旗听见身后传来她断断续续地念叨：“打碎了，碎了，碎，完了，玩完了……”声音喑哑，听起来格外刺耳瘆人，这让他感到有些吃惊。

一头雾水的罗红旗驾车驶出市政府家属大院。

夜晚的大街，在一阵紧似一阵的秋雨抽打下失去了人流车流的喧嚣，显得寂静而空旷。他心中充满了疑问，仿佛看见五彩缤纷的万花筒被一股强大的力量击碎了，花花绿绿的纸片从半空中洒落下来，漫天飞舞，突然又被一个巨大的黑洞吸附进去，化成快速转动的旋涡，沉向无底的深渊……

惊悚之间，他清楚地看到罗泽西的身影在巨大的旋涡里拼命挣扎，发出尖厉瘆人的呼叫……

第十三章　三年铁窗生涯

“不玩啦，烦。”

李山突然将面前的麻将牌往桌子中间一推，哗啦哗啦，桌子上码得整整齐齐的麻将牌纷纷倒下，一片狼藉。接着，他拉开桌边的抽屉掏出一大沓百元钞票扔到桌上，十分烦躁地说：“你们拿去分了，我不玩了，你们该干什么干什么去。”

明丽丽、张红、李兴财三人陪着李山玩麻将，滋味正浓，鏖战正酣，突然被李山毫无由头的恼怒和突如其来的冲动吓蒙了，愣怔半晌回不过神来。

“怎么啦？老大，手气这么顺，清一色，龙七对，大福大利，赢了这么多，还生气呀？”张红首先开口，小心翼翼地问。

“老大，别想烦心事了，今朝有酒今朝醉，明日有事明日应，想那么多干吗？”李兴财如同李山肚子里的蛔虫，对他的心事了如指掌，连连劝慰，“干咱们这行的，想多了不就是自寻烦恼吗？眼下的日子不也很滋润嘛。”

“行啦，老大不高兴啦，那就不玩了呗。”明丽丽站起身，伸出指头拈了几张钞票，将其放进口袋里，起身过来挽起李山的手臂，柔声细语地说，“走，老大，我陪您喝酒，消消气，顺顺心。”

明丽丽挽着李山从三楼的棋牌室出来，坐上电梯直达十五楼的豪华套房。

她从卧室的抽屉里拿出一包白粉倒在一张锡箔纸上，掏出打火机点着火在锡箔纸下面来来回回地炙烤，纸上细细的白粉腾地化着缕缕青烟散发出幽幽的馨香。

李山凑过脸来用鼻子猛吸两口，顿时觉得神清气爽。明丽丽也将锡箔纸举到鼻子前使足劲吸进两口……过足瘾，李山瞪着两只布满血丝的眼睛，冷冷地说："丽丽，打电话叫花大汉上来。"

不一会儿，门铃响起，明丽丽走过去打开门。

花大汉推门进来，点头哈腰地走到客厅里，佝偻着身子站在坐在沙发上的李山身边，掏出一支三五牌香烟，用打火机给他点燃，躬下身子，递了过去，惴惴不安地说："老大，我来了，有什么吩咐？"

李山猛吸一口烟，悠悠地团拢着嘴一口气呼出两个大烟圈，说："花大汉，最近公安有什么动静啊？"

"没有，没有，到宾馆的例行检查都没有。老大放心，这儿就是您的家，这宾馆就是您的家业。"花大汉忙不迭地回答。

"花老板，老大烦心着呢，三五个月窝着藏着，这难受的日子有完没完……"明丽丽在一旁插话，就差没把"丧家之犬"四个字说出口，"唉，花老板，你派人去西安给我买衣服，回来没有？"

"去了，去了，估计也该回来了，丽丽娘娘一百个放心。眼看着要过年了，我还叫他们给老大带了洋烟洋酒，采购了一些小县城买不到的年货。好不容易把老大请来了，得让弟兄们好好聚一下，过一个热热闹闹的年。"花大汉对着明丽丽说话，眼睛却偷偷瞅着李山。

李山对明丽丽说："你先下去，招呼弟兄们准备开饭。"

明丽丽扭着水蛇腰，知趣地姗姗而去。

李山向下努努嘴，示意花大汉坐下来，低声地问："这边没动静，井南那边呢？情况怎么样？好久没声音啦。"

"江南省动静闹大啦，'打黑'打得很生猛，打疯了。井南市也开始起风了，光大范围的清查就好几次，风声紧得很，也抓了不少人。"花大汉说。

"李剑锋怎么样？和他联系没有？"

"井南市公安局叫他在负责追捕您，查您这起案子。有时候晚上我同他通电话，他没事儿，副局长的位置坐得稳稳的，风传他还有升的可能。"

"这狗日的，看他怎么消化这桩案子。"李山动了粗口，心中烦躁不安。

"这家伙还不错，有李剑锋罩着这桩案子，至少目前还风平浪静。听说他跟现在的市长王万山走得很近，这也是好事呀。"

"但愿吧，但愿他能撑得住，不会像张高乐那些王八蛋，大把大把捞我们的钱，捞够了，腰包揣满了，一溜烟跑到国外潇洒去了，真他妈的王八羔子。"李山破口大骂，毫无顾忌，在他心中花大汉才是最信得过的人，"他妈的，我们玩着命地挣钱，为的是什么？都他妈的进贡去了，把这些警察、高官养肥了，他们过得有滋有味，老子倒像耗子一样四处躲藏，弄不好，还遭白眼狼反咬一口。"

"是的，是的，养一条狗还知道守门看家给主人报恩呢，这家伙恐怕不会辜负您吧。我不认识他，但是几次电话通下来，我看他还是比较稳重比较靠谱的人。哦，最近听他说，已经把被打死的徐大棒子的尸体火化了。"

"唔，这家伙还不错。"

"可是，徐大棒子的婆娘不依不饶，到处上访要严惩凶手，还喊着要去京城告御状呢。"

“凶手？凶手他们不是抓了吗？明娃子在牢里已经认罪了，还抓什么凶手？拿钱，拿钱去摆平她，她不叫唤了，李剑锋那里压力就小一点儿。”李山伸出十个指头，“你马上派人送一百万过去，五十万送给李剑锋，五十万送给徐大棒子的婆娘，叫她闭嘴，不然就黑了她，叫她死于非命。”

花大汉郑重其事地点点头：“立马就办。老大，我还听说江南省公安厅新来的赵厅长是个厉害的角色，对您这个案子他批示要限期擒凶，要把您抓捕归案枪毙，还专门派了一大帮人到井南市，把您这桩案子收到编号为‘01’的专案组，作为省里的挂牌大案督办。公安给您编了七大罪名：杀人、组织容留妇女卖淫、黑社会性质组织犯罪、私藏枪支、伪造证件、贩毒、赌博，已在全国范围内发了通缉令，还在网上追逃……”

“够了，够了，你什么意思？你是逼老子去自首呢，还是自杀？你他妈的浑蛋，滚，快滚。”李山恼怒万分，腮帮子的肌肉一鼓一瘪地抽动，圆瞪着双眼喷出骇人的火焰。

花大汉被吓得惊恐万分，掩门而去。

房间里静得出奇。

李山移步走到落地窗前，看见窗外稀稀疏疏满天飘洒着雪花，白花花的一片银色的世界，一阵风横吹过来，搅动雪花乱飞狂舞。时至深秋，南方省份只是寒风吹拂雨飘零，而在秦岭深处北方省的这个小县城里却早早地落下白色绒花般的雪，寒冬早早地降临了。

尽管隔着又厚又重的玻璃，身处暖意融融的豪华套房之中，李山感受到的却是彻骨的寒沁心的冷，惊慌、惧怕、恐怖也一起袭上心头，禁不住悚然一惊，哆嗦起来，战栗不止。

花大汉传递的信息，李山何尝不知何尝不晓，心头自然清楚得很，只是心底里的痛被他触动了，阴冷渗透到骨髓里去了，听着挠心窝火，气不打一处来。出逃这几个月，虽然蜗居在这距井南千里之外的秦岭大山下的小县城，可他每天都从网络、电视、报纸上关注着江南省和井南市的点点滴滴的信息，知道江南省的“打黑”打掉了上千个团伙，对他这伙人的追捕一刻也没放松。井南“10·26”杀人案件发生后，他曾希望这桩惊天大案会转移警方的视线，至少会放松对他的抓捕力度，但没料到，省里又来了个赵儒僧，盯住他不放。

“咔嚓”，李山点燃一支三五牌香烟，悠悠地吸上一口，又悠悠地吐出几缕成螺旋状上升的烟雾。

他竭尽全力控制住自己的情绪，使自己平静下来。是福不是祸，是祸躲不过。大事不妙也得应对，天塌下来也得担当。他踱步来到沙发旁，缓缓坐下，把两条腿翘上茶几，瞅着缭绕的烟雾，长叹一口气，脑子里漫无边际地遐想起来。

其实，在他带着几个亲信出逃到这个山旮旯，切断同井南的一切联系，暂时安顿下来的这几个月时间里，没有了黑道上的尔虞我诈打打杀杀，没有了商场上的你算我计锱铢必较，心底里倒是安静了几分，也趁着这段平静的时光把自己四十来年的人生来来回回思考了个遍：人生、事业、家庭、爱情、婚姻、生活，包括历练弥久染指弥深的黑道、红道、白道生涯。

李山也有备受宠爱甜蜜幸福阳光灿烂的童年。他父亲是井南市直机关的干部，母亲是市人民医院的外科医生。出生在这样的家庭，从小就拥有了他小少爷一般被呵护的地位，娇生惯养，百般宠信，养成了他打小就以自我为中心说一不二必尽己意的秉性。读书的时候，他是老师眼里好学上进品学兼优的好学生。

十五岁那年，他正读初中三年级。有一天，放学出来，在校门口看见几个高年级同学正在欺负一个他的同班同学，为首的一个大个子对他的同学拳脚相加，他的同班同学被撂倒在地，仍躲不过雨点般的拳头砸在身上。李山挺身而出，力图制止暴行。不料，那大个子掏出一把水果刀向他逼过来。他一下子被激怒了，不知从哪里冒出来的勇气和力量，猛扑过去，以迅雷不及掩耳之势夺过水果刀，反刺在他的大腿上，大个子惨叫一声，捂住大腿仰面倒地，血流如注……他为此被判刑三年，从天堂落入地狱，人生轨迹由此改变。

在两个警察的押解下走进监狱的大门，踏进高墙电网内的监舍，随着一道又一道沉重的铁门在身后咣当咣当地关闭，他感觉仿佛步入了万劫不复的人间地狱。失去了父母，没有了亲人，没有了朋友、同学、老师，没有了自由、阳光、鲜花、未来……最可怕的是，他失去了生活下去的勇气和信心，他想到了死，想找一个干干净净的地方结束自己的生命。哀莫大于心死。一个对死亡都无所畏惧甚至充满向往的人是令人悲哀的，但更是让人恐惧的。

入狱第一天，当他被警察推搡着进入监舍，迎接他的是牢头铺天盖地的拳头和不堪入耳的谩骂，他甚至压根儿就没有争辩过什么，就毫无畏惧地拼命反击过去，两人狠命地厮打，翻滚在床板上，接着，又滚落在地上。

他只想到死，他不再想找一块干净的地方结束生命，他就想在这块邋遢肮脏的地方以死相搏。在同这个人渣的搏斗中，他像狼撕咬猎物一样，想置对方于死地，同时也结束自己的生命，用手用脚用头用嘴，一切都用了上去，而且毫无顾惜地爆发出生命的一切能量，从抵御转为抗击再转为攻击直至搏杀……他也受伤也流血，但他感受到的是酣畅的愉悦感而没有一丝一毫的痛苦。

当对手满身伤痕血肉模糊哀号跪地告饶时，他依然没停下暴风骤雨般的拳脚，是花大汉凑过来拽住了他。

第一天第一仗他旗开得胜，彻底打败了这凶神恶煞般的牢头，震慑住了一帮狱霸，坐上了这间羁押着十余名少年犯的房舍里的第一把交椅。

就在他喘息着舔伤止血的时候，陡然升腾起了强烈的求生欲望，似乎顿悟出这个弱肉强食的世界里的生存逻辑：讲道理的怕不讲道理的，不讲道理的怕耍横的，耍横的怕不要命的，舍命的人是让人恐惧的，谁都怕，谁都不敢惹，谁都惹不起。

高墙电网之中的三年牢狱生活，不算短也不算太长，他数着日升月落，计算着日子。这个不谙世事的少年，从自己的内心深处出发去打量眼前这个遍布野兽的丛林世界，也苦苦思量大墙外面那个身体自由却内心困苦的人的世界，生与死、正与邪、光明与黑暗、天使与恶魔两种形象两种力量在他心底反反复复较量，来来回回地搏杀。博弈的结果是邪恶、黑暗、魔鬼像幽灵一样占据了他的灵魂。

这三年中发生的两件事情，绝对出乎他的意料，而且刺痛他血流不止的心。

一件是他父亲因为埋怨母亲对他的娇惯而与其离婚且弃他而去，三年时间只到监狱探望过他一次。他清楚地记得他唯一的那次探监。他是和母亲一起来的，他告诉他与母亲离婚了，母亲只是哽咽，一句话都没说，看得出痛苦不堪的样子。

李山的心碎了，碎成一块又一块的乱石片，石片尖锐的棱角扎痛了他的魂，他大声地一遍又一遍地哭喊着乞求父亲："不要离开妈妈。"可他的父亲回应他的是近乎狰狞的脸、冷漠冷酷的表情和一句狠狠的话："我没有你这个不争气的儿子。"

从此以后，每次例行探监的时候，都是他的母亲一个人孤苦伶仃地拎着大包小包的衣物食品来探望他。

每当他恶毒地诅咒他薄情寡义的父亲时，善良的母亲总是强忍着泪劝慰他："不要记恨你爸，他有他的追求、他的理想、他的事业，我们不能成为他的累赘啊。”

他却骂道：“这个狗日的，他不是我爸，什么事业，什么理想，通通是骗人的鬼话，他就是想拼命往上爬，想升官，想出人头地，想显摆，有狗屁价值。”从此，他彻底断了对父亲的念想，每每看到母亲形单影只的样子，就会在心里怒骂诅咒这个负心的不是人的东西。

据说他父亲离婚后，娶了一个小他十几岁的女人，生了一个男孩儿，然后主动申请，交流到南方一个地级市里当了副市长，以后又升任省交通厅厅长，最终在这个职位上因贪腐落马被判无期徒刑。

另一件是入狱两个月后的一天，管教干部通知他有个叫李兴财的同学来探监。

他听到李兴财这个名字，就愣怔了好一阵子，莫非就是那个被他刺伤的大个子高年级的同学追到监狱里讨要赔偿来了。

他不想见李兴财，可又不能违背管教干部的指令，只好忐忑不安地走进会见室。

李兴财看见李山在警察的带领下走进来，立刻兴奋地扑过来拉住李山的手，又一下子拥抱住他：“兄弟，是我错了，对不住你呀。”说话时带着热情，夹杂着哭腔。

李山满脸疑惑地望着他，双手本能地往外推他：“你来干什么？你的医疗费我老爸不是赔给你了吗？还来要赔偿吗？”

李兴财一个劲儿地说：“弟弟，是我错了，是因为我的错才让你坐牢哇。”说完，抽出拥抱着李山的手，使劲掴自己耳光，泪水挂在了腮帮子，“我不对，我该死……我爸妈都来看你了，原谅我吧。”

此情此景，如一抹春风吹进李山的心田。在他入狱以来心情最糟糕的日子，在他痛不欲生的时候，李兴财这个曾经被他重重伤害过的人，给他带来生的希望和对生活的向往，他动情地叫了他一声“哥”。

李兴财的父亲是一个普普通通的工人，母亲是一个地地道道的农民，当他俩看见两个孩子哭泣着抱成一团，都在责备自己的过错。

李兴财的母亲欣慰地笑着说：“都是好同学、好兄弟，今后都要好好做人。”

他爸蹲下身子拉住两个孩子的手说：“财儿，你在学校要好好读书，听老师的话，不能再对同学动手动脚欺负人，你要经常来看看你弟，把课本送过来，让弟弟自己补课。山儿，在少管所要听干部的话，服从管理，抽时间把课本念了，怎么也得做个好人，懂了吗？”

两个孩子懵懵懂懂地点头。

李兴财父亲的这番话使李山感到温暖而熨帖，就差一点儿跪下来叫他一声爹。

李兴财告诉他，他和父母登门到了郭蓉家去认错去道歉，郭蓉已经原谅他了，她爸调去当什么厅长啦，她也转学去了省城。

李兴财提到的郭蓉就是被他欺负而被李山保护的女孩儿，李山脑子里浮现出那个扎着两根羊角辫子、一笑就露出两排白净整齐的牙齿的小女孩儿的样子，甜甜的，可爱极了，他说不清楚为什么就喜欢她，仿佛觉得自己生下来就应该像护花使者一样保护她爱护她。

那次会见之后，李山回到牢房就一再回味，他没想到自己的父亲如此绝情，更没想到李兴财和他的父母这般重情重义，他羡慕甚至有些嫉妒李兴财生长在那个普通但温暖的家里。他常常梦见一个翘着嘴角笑起来露出两排整齐白净的牙齿的小天使，从远远的天的尽头翩翩飞来，依偎在他的身边，窃窃私语，不离不弃。梦醒时分，他清楚地记得梦里的天使就是他的同学郭蓉，他一直希望她会来看她，会突然出现在他面前，扑进他的怀里……

然而他失望了，越来越强烈的期望演变成渴望，一次次失望逐渐积累而变成愤怒……

在沉思遐想中，香烟燃尽，烧到过滤嘴，烫痛了他的手指。他狠狠地将燃剩的烟头摁灭在烟灰缸里，狠狠地骂了一句："这狗日的，无情无义的东西，再漂亮也是个白骨精，长大了也就是个婊子。"

李山又点燃一支烟，把身体陷进宽大柔软的皮沙发里，像一条受伤的老狗一样蜷缩成一团，又继续遐想，这是他独处时的一种生活方式。在井南市人的眼里他算是一个小有名气的人物，但坊间传闻中描绘出来的却是欺行霸市打砸抢掠无恶不作的恶魔形象。

三年铁窗生涯，当他升腾起希望，种种低俗丑陋龌龊的形象又将他的希望击碎，如此由希望到绝望的反反复复，将他幼小心灵中美好善良的东西予以彻底摧毁，剩下的只有仇恨、贪婪和狠毒的念头。

刑满出狱的时候他还不满二十岁，监狱大门外迎接他的只有母亲孤零零一个人。

人高马大的他，母亲只能踮着脚才能搂住他的脖子。母亲动情地说："山儿，从今以后，我们好好过日子，你要好好做人，好好生活。"

他点点头，一声不吭，眼睛一眨不眨地仰视瓦蓝瓦蓝的天。

揣着一颗仇视社会的心，他拉上几个街头小混混四处惹事，后来投奔到当时井南市城区一个名叫丁世达的黑恶头子门下，参与走私、贩毒活动。由于他心狠手辣出招恶毒，很快就成了黑帮里的骨干成员。

就在他二十四岁那年，有一次随丁世达到中缅边境购买毒品，因为毒品的成色问题与境外黑帮发生争执，丁世达被对方一枪毙命。他逃命归来，便被拥立为黑帮老大，在井南市呼风唤雨独霸一方，好不得意，李兴财、花大汉就是在这个时候被招进了他的行帮，成为他最信得过的喽啰。

久走夜路会撞鬼，这是山野村夫的说法。多行不义必自毙，这是书本上的提法。李山何尝不知道这些道理。当他干上黑帮老大以后，就改变了丁世达的玩法：继续走私、贩毒，同时也开设宾馆、茶楼、电玩城和夜总会大把敛财；大肆挥霍黑金，腐蚀拉拢诸如张高乐、李剑锋之类的党政干部、政法系统的官员，既寻求保护伞，也漂白自己的身份，谋求政治上的发展。

接下来，他通过种种关系亲自出面联络市里的头头脑脑，在市政协里谋得个常委的名分，而且在市中心取得了一个面积达五十亩的地块，建起了一个集娱乐、健身、餐饮、住宿功能于一体的四星级酒店。

落成剪彩的那天上午，鼓号齐鸣，爆竹声声，市长张高乐率一些政府高官出席仪式，对他这位民营企业家给予高度评价。

在张高乐的大力支持下，他组建了利山集团公司，包揽了一个又一个政府的建设项目，使公司扩张性经营，日进斗金，声名日隆。当然，这幕后少不了他与市长之间高达数百万元的权钱交易。

李山走上他所谓的事业的巅峰，风光体面，自鸣得意。他曾多次对他公司的核心成员说："你们知道宋江吗？纠集江湖强盗，杀人越货，破坏社会秩序，还口口声声说是替天行道。巴结朝廷，接受招安后去杀别的强盗，这也叫替天行道。"说得那帮狐朋狗友鸡啄米似的连连点头啧啧称道，伸出大拇指迭声喊："老大，高啊，实在是高。"

谁也没有料到，他们的老大在得意扬扬之外，还潜藏着更深的心机。

李山明白，尽管他自认为是行走在黑白两道之间玩无间道的高手，但是，既然他自比宋江，就不能不想到兔死狐悲鸟尽弓藏或者被罢弃于市的悲惨下场，于是他指使花大汉携巨款潜回北方省的家乡置办实业，给自己留条后路。

一年后当闻知张高乐率队出访国外考察轻轨建设项目时离团而去滞留美国不归的消息，他害怕他巨额行贿之事被揭穿，慌忙出走，在井南销声匿迹。他躲藏在花大汉开办的宾馆里，待井南市风平浪静之后，再风风光光地回到他的老巢。

没想到，不出一年，他又一次蜗居在北方秦岭大山脚下的小县城里。他想，这次恐怕是回不去了，惶惶然如丧家之犬的日子什么时候是个头儿啊。

于是，他又开始痛恨明娃子这狗日的。

生意和事业都做到了这份儿上，他这个做老大的都西装革履戴上了无框眼镜，一副文明绅士的派头，头顶政协常委、企业家的桂冠，怎么会对徐大棒子这样的人舞刀弄枪，而且会把他打死在街头？那血淋淋的一幕至今仍在他眼前，历历在目。

徐大棒子也是混迹于井南市多年的江湖黑帮分子，早些年间纠集一帮街头流氓地痞欺行霸市收取保护费，一旦遇上打打杀杀的场面他都会挥舞一根又粗又长的木棍冲锋在前大打出手，久而久之，宵小们叫响了他的绰号“徐大棒子”，他的真名徐山地反倒鲜为人知。

徐大棒子在江湖上是个不可小觑的角色，虽没读几天书识字不多，诡异的道道却不少。他最早在井南市开起了北方人喜爱的大澡堂子，取名叫明珠洗浴中心，里边开设了许多小房间，除了搓脚、擦背、洗浴，当然暗地里还做些皮肉生意，一时间生意出奇地兴隆。

接着，他又盘下了洗浴中心楼上的两层，一层开起夜总会，一层做丰俭随意的餐饮服务，形成娱乐、餐饮、休闲、洗浴一条龙的产业链。生意做得风生水起，日益兴隆。

没想到半道上杀出个程咬金，李山的利山酒店如庞然大物一般突兀矗立在距他的明珠休闲城不远处的十字街头，同样的经营项目却有更抢眼球的娱乐方式，这抢去了他一大半的生意，两家的保安、小姐、“妈咪”自然时不时地发生一些摩擦。

徐大棒子不仅心狠手辣，而且有着不服输的倔脾气。他花重金收买了利山酒店夜总会的“妈咪”花花妹，暗中指使小姐们把客人引导到明珠休闲城去消费。

这事被李山的铁杆兄弟管理夜总会的头目明娃子发觉，他命令手下将花花妹捆起来拷问。

花花妹忍不住拳头打烟头烫，只得从实招来。

这可惹恼了明娃子，他大叫一声“操家伙”，就带上几十个打手冲出去围住了明珠休闲城，气势汹汹，叫嚷着要与徐大棒子算账。

徐大棒子更不肯示弱，带上人马冲了出来，双方在街头上剑拔弩张刀枪相对僵持起来，围观的人群把整个十字交通要道都阻断了，一场血拼在所难免。

李山闻讯带着保镖火速赶到现场，此时的他坐拥数亿资产，在井南市也算得上有头有脸的人物，确实不愿再作冯妇。

可是一切都晚了，当他拨开人群，走向明娃子时，只听砰的一声枪响，徐大棒子脸上身上被无数颗铁砂击中，眨眼间血肉翻飞，直挺挺地仰翻在地上。

徐大棒子的几个喽啰围在他身边，有人抱起他的身子，有人用指头探探他的鼻息，大声惊叫：“老大，老大！不好啦，大棒子死啦！”

李山眼睁睁地看着这血腥的场景，因为没能制止而十分懊悔，转而恼怒地指着明娃子的鼻子骂道："明娃子，你他妈的闯大祸了。"

明娃子正在气头上，极其愤怒地说："他该死，这个狗日的，敢跟咱们大哥作对。"

李山说："作对，作对也不能把他打死。"

明娃子仍不服气，说："大哥，你不是恨死他了吗？你不是口口声声说要把他拿下吗？"

李山说："兄弟，拿下不是把他打死。别说了，赶快闪人，警察马上就到了。"

说完，李山掉过头来吩咐李兴财去安排让明娃子逃跑的事，说是跑得越远越好，一辈子都不要见人。

枪声惊散了围观的人群，随着李山大喊一声"闪人"，他手下的人立即作鸟兽散，马路上只剩下徐大棒子手下的一帮人围着他的尸首大呼小叫乱作一团。

俄顷，一队警察快速围了上来。当晚天刚擦黑的时候，明娃子在高速公路城北入口处被设卡检查的警察擒获。

是夜，李山率几个亲信落荒而逃。

路途中，明丽丽哭着嚷着说不愿意离开井南，要李山去找人捞出明娃子，李山气得一耳光扇在明丽丽脸上，恶狠狠地说："这是命案，谁有本事去捞人，你他妈的跑得掉，就算是福大命大。"

在北方省落脚的这些日子，李山一伙仿佛一叶孤舟隐匿在大海深处，切断了同外界的一切联系，但他时刻关注着江南省和井南市的消息，特别是涉及内幕和案子的事情，他只让花大汉与李剑锋之间保持着单线联系。

从各个方面综合的情况来看，目前他的处境是安全无虞的。狡兔三窟的安排，使他在落难之时依旧锦衣玉食美女相伴，可仍无法隐藏被通缉的心虚和恐惧。

他时不时地追问：这日子何时才能结束啊？梁园虽好，也不是久留之地哦。

丁零零，床头的电话突然响起。他猛地一惊，走进卧室拿起听筒，里边传出明丽丽娇滴滴的声音：“大哥，在干吗呢？弟兄们都在楼下餐厅等您吃饭呢。”

这时，李山才发觉房间里的光线暗了下来，肚子已经咕咕叫唤，讪讪地说：“好，我马上下来吃饭。”

放下电话，李山披上黑呢子大衣，走到落地穿衣镜前，照照镜子，理了理衬衣和外套，伸手捋了捋有点儿稀疏的头发。他时刻都没忘记老大的做派，尤其是在眼下，绝对不能在手下面前表现出一丁点儿失魂落魄的神态。

打开房门，出现了他没有料到的场景：李兴财、花大汉、明丽丽、张红在门外的过道上齐崭崭地一溜儿排开，见他出来，都伸出左手做了一个请的姿势，整齐地说：“有请，老大。”

李山昂首挺胸稳步走过去，四个人随后簇拥着他走向餐厅。

走进金碧辉煌的豪华包房，灯火通明，十几个帅哥美女围桌而坐，每人面前的高脚葡萄酒杯中已经倒上小半杯干红，珍馐佳肴已经摆上大圆桌，散发出诱人的香气。

李山刚在主座坐下，灯火齐暗，两个礼宾小姐推着送餐车走了进来，小推车上放着一个精美的大蛋糕，上面插满红红绿绿灯火摇曳的小蜡烛，蛋糕中间插放的莲花灯扑哧扑哧喷出焰火，忽地弹开花瓣奏出“祝你生日快乐”的清脆琴声。围桌而坐的十几个人纷纷站起身子，和着音乐的伴奏拍掌，一起歌唱起来：“祝您生日快乐，祝您生日快乐。”

李山迷茫了，忙问：“这是怎么回事儿？今天谁过生日？”

明丽丽大声回答："大哥，今天是您的四十八岁生日呀。"

"啊，"李山惊讶得嘴都合不拢，"今天是我的生日，我都忘了，你们还记得。"

"怎么不记得，去年老大的生日在香城利山酒店操办的，来了好多贵宾，热闹得不得了。"李兴财赶紧附和。

"呵呵，今天是我的生日，亏兄弟们想得到啊，谢谢了。"李山站起来，双手抱拳一一点到，讪讪而应颇有些感动。

说话间，飘曳着烛光的蛋糕车被推到了李山身边。大家七嘴八舌地嚷道："老大，许个愿，发个宏愿。"

房间里顿时安静了下来。李山双手合掌，低下脑袋，闭目凝神，默默许愿。许愿？许个什么愿呢？

他心中琢磨着，就愿逃脱牢狱之灾吧，或者宏图大一点儿，上天保佑，让我重振雄风，再创大业，或者再现实一点儿，寄居在这里，平平安安吧，或者愿在家乡的老母亲健健康康，长命百岁吧。

他犹豫不定，睁开眼睛，抬头望了望大家，问："可不可以许两个或者三个愿呢？"

"不行，只能许一个愿，许一个才灵验。"大家众口一词。

"那好，我就许一个愿。"这时，他脑子里突然一激灵：这辈子遭灾出祸恐怕就出在自己愿望太多。

于是，他虔诚地颔首，心中默念：上天保佑我躲过牢狱之灾，平安度过这一劫。

连续默念三遍后，他张大嘴用储积的一口气，吹灭了蛋糕上的四十八支蜡烛上的火苗。

全场响起一阵掌声和欢呼声，灯光开启，通明红火。

"来，大家举杯，共同祝福老大生日快乐。"李兴财端起红酒杯，高声提议。满桌举杯，又是一阵欢呼声。

“大家举杯，一起祝愿大家有个好的未来，大家有难同当，有福同享，一起荣华富贵。”李山也端起斟满矿泉水的酒杯，大喝一声，“干。”

饭局结束以后，一群人又到五楼的 KTV 包房，唱歌，跳舞，调情，猜拳行令，又喝了几瓶洋酒，酒精起了作用，这群疯狂的人一直折腾到深夜才曲终人散。

一群人前呼后拥到了套房门口，李山挥手让众人散去。

走进门来，他发现穿着暴露身材修长的两个美女恭候在卧室内，心想：这花大汉就是会来事儿，人高马大的人却心细如发，事事安排得妥妥帖帖。

明亮的灯光下，他仔细地打量了一番，两个美人都有着高挑儿的身材、修长的大腿，这种女人在北方倒不少见。当两个美女故作娇羞状靠近他身旁挽手搂背把他拥进怀抱的时候，他仔细端详了这两个美女的脸，如玉一般的脸庞上镶嵌的五官十分精致，鹅蛋脸形，眉清目秀，透着清新。

这大自然可真奇妙啊，逶迤的秦岭界断中华大地的南方北方，南北两面的冷暖、植被、生态迥然不同，连人种乃至人的秉性都有所区别：北方人高大魁梧，脾性粗犷豪爽；南方人个儿小玲珑，生性聪慧清秀，女人尤为典型。李山今夜幸遇的是他最喜欢的女人类型——南方妹秀丽的脸蛋和北方妹修长的身材，如此和谐自然地契合成天仙一般完美的女人。能和这般美女拥衾而卧，双双入梦，共度良宵，他的心像是比美酒浸淫了还醉，渐入销魂的时刻……

是夜，当他精疲力竭酣然入睡时，梦见自己突然掉入了一个让人惊恐万分的大陷阱：从天而降的一个面目狰狞张牙舞爪的怪兽直扑过来，一把抓起他的身体扔进一个深不见底的黑洞。就在他疾速下落的过程中，怪兽猛扑下来，用尖利的爪子“刺啦”一下子撕开他的胸脯，挖出鲜血淋淋热气腾腾的心脏，忽地将其吞进它的嘴里，鲜红的血随着他的身体还在下落，他拼命挣扎想抓住什么止住下落，可是不行，他什么也没抓住，他还在下落……

销魂之后是噩梦，噩梦醒来是虚脱。惊恐万分，一身虚汗把被窝弄得湿漉漉的，他不无沮丧地叹息："这日子，这辈子，唉。"

盯着窗外黑沉沉的夜空，浑浊的眼珠子在他不大的眼眶里骨碌骨碌地直转，他眉头一皱，计上心来。

第十四章　紧急市委常委会

“轰隆隆”，阵阵巨响，庞然大物一般的大楼突然从四面向中间坍塌，激起一股股灰尘泥土的巨浪向四周喷发，弥漫翻滚至半空中，聚起一团团尘雾，历久不散。

“不好啦，大楼塌了，赶快救人。”工地上响起一片惊叫声。随后，骂娘的、惊叫的、呼救的、诅咒的……各种声音搅和成一团乱糟糟的声浪，谁也听不清楚谁在叫什么，现场一片狼藉。

险情就是命令。顷刻间，警车、消防车、救护车呼啸而来，公安、安监、建委、质监、医疗卫生等部门各路人马接踵而至，救援、抢险、勘查工作迅速展开。

此时，市委常委、副市长朱达人正聚精会神地聆听市委书记张雅南的讲话。

张雅南讲得声色俱厉，语速平缓，几乎是一句一顿，吐字干净利落，整个市委常委会议室只有他一个人的声音在回荡。

他说：“昨天晚上十一点，我被省委主要领导召见到省委大院一号楼约谈，参加约谈的还有省委政法委书记吴德贵、组织部部长林达清、纪委书记王风和刚刚当选的副省长、公安厅厅长赵儒僧。约谈的主题就是针对井南市在市政改造、植树绿化、农转城、医保社保等多项民生工程上落实省委的部署措施不力步伐缓慢，与井南市作为全省经济社会发展排位第二的大城市的地位不匹配，还有‘打黑’行动不够深入，表现在案件不多、团伙不多、抓捕的犯罪分子不多，尤其是抓出黑社会犯罪的保护伞和摧毁黑社会组织的经济基础两个方面明显不足不深。省委主要领导明确表态，对这些问题，井南市四大班子、纪检监察、公安政法部门必须立即抓紧整改落实，对不想干不愿干不敢干的干部要启动组织措施和纪检监察措施，交流、撤职、问责和司法手段一起上，短期内见效果，近期内有起色。下个月，省委主要领导将率领相关部门领导来井南市视察。”

他原原本本地传达了省委主要领导约谈的全部内容，包括每一个参加约谈的领导的插话和补充谈话，接着说道：“今天凌晨一点从省委大院出来，我就往回赶，路上就在电话里和市委秘书长张晋渝商量召开今天的常委会，准备了相关材料。在车上颠簸了几个小时，回到办公室，我也一直在思考怎样更快更好更有力地贯彻省委领导的指示，但没有想好，也不成熟，所以决定，早上一上班就召开常委会，请大家一起来议一议，集思广益，同时呢，也是一个统一思想统一认识的过程。”

张雅南话音落地，会场静寂得有些瘆人。

大家都感觉到了省委主要领导约谈的分量。

朱达人裤兜里的手机突然剧烈地振动，手机贴着大腿，振动使他浑身起鸡皮疙瘩，搅得他心惊肉麻，急忙掏出来划开蓝屏，见是建委主任刘井元的来电，心想，他知道我参加紧急常委会，不是要紧的事不会打扰。

他赶紧起身走出会议室大门，摁下接听键，刘井元的声音慌里慌张地蹦出来：“矢市长，不好啦，城南安置房工地有一栋大楼塌了。”

朱达人慌神了，竟不敢相信自己的耳朵，大声问：“什么？你再说一遍，是哪里？”

刘井元说：“是城南，安置房中最大的那栋楼，突然坍塌，压着十几个民工，您快来吧，怎么办呀？”

从刘井元的声音里，朱达人明显感到凄凄的哭腔。他稳了稳神，强作镇定地说：“慌什么慌，你先安排救人，清理现场，最要紧的是不能死人，受伤的抓紧送医院，绝对不能死人。”

最后这一句，朱达人几乎在声嘶力竭地吼叫。

与此同时，坐在张雅南旁边的市委副书记、代理市长王万山的手机也接到了城南安置房工地大楼坍塌的短信。

看完手机，他脸色忽地变得苍白，侧身附在张雅南耳边告诉了他这一消息。

张雅南惊讶万分，此时，正好看见朱达人接完电话哭丧着脸走进会议室，急问：“达人，怎么回事儿呀？这怎么搞的，这不是明摆着添乱嘛。”

朱达人步伐凌乱地向他走过来，左顾右盼，迟疑不语。

张雅南情急之下动了粗口：“还他妈的保密吗？这么大的事儿你藏得起来，包得下去吗？在座的都是常委，什么情况？快说。”

朱达人苍白得没有一丝血色的脸一下子涨得通红，前额冒出一层细细密密的汗珠，在屋顶日光灯照耀下明晃晃地刺眼，心慌、恐惧使他说话都语无伦次：“几分钟前，城南工地安置房塌了一栋楼，从，从四边向中央坍塌的。”

“有没有死人？”张雅南问。

“坍塌的楼下面压着十多个民工，死伤的人数还没报上来。”朱达人回答道。

张雅南定了定神，稳稳地说：“常委会暂时休会。立即启动应急救援机制。快，大家一起去工地，救人要紧。”

张雅南一行乘坐考斯特商务车抵达现场。

工地周遭的围墙有的被彻底震塌，有的毁掉半截龇牙豁口一般现出残砖裂痕，警察已经沿原有的围墙界址拉上了蓝白相间标着“POLICE”的尼龙警戒线，线外人头攒动，熙熙攘攘，哭声骂声尖叫声议论声搅成一团。

一个穿着红色棉袄披散头发满身灰白尘土的中年妇女突然蹲下身子钻过警戒线，流着泪水喊叫着：“我的儿呀，你死得好惨啊，妈妈来看你啦。”一边哭叫一边拼命地往里跑，哭泣的呼喊声听着剜肉断肠般痛楚。

几个警察追了上去，拽住了她，劝慰道：“大娘，里边很危险，不能进去。”

她哭喊道：“我儿子呢？我要去找他。”

警察说：“你儿子，正在抢救，你进去也帮不上忙，只会添麻烦，就到线外去等等吧。”

中年妇女在警察的劝慰下回到警戒线外就一屁股坐在地上，双手使劲地拍打着地面，扬起阵阵尘灰，依旧哭叫着：“我的儿呀，我的天哪，我们娘儿俩的命怎么这么惨呀。”

外围执勤的公安民警和正在劝解群众的当地党政干部见到张雅南一行市领导从车上下来，立即聚拢过来将警戒线外的人群分开，形成了一条通道。两名警察举起手臂撑起警戒线让领导们通行。

张雅南一行穿过人群进入出事现场，等候在那里的市安监局工作人员给每位市领导戴上塑料安全帽。

市安监局局长李兆祥，市建委主任刘井元，市公安局副局长罗红旗、李剑锋一起迎了上来，后面跟随的还有一个吊着罗汉肚矮矮胖胖的汉子。这个汉子喘着粗气，步履蹒跚，一路小跑，显出很吃力的憨态，看上去有点儿滑稽可笑。他就是这个项目的经理邱阳明。

张雅南对着李兆祥问："人员伤亡情况怎么样？"

"受伤的十九个人已经送往医院治疗，从坍塌中心现场挖出来一人，已经送往医院抢救。目前，初步排查，里面还压着十二个人，都是施工人员和农民工。"李兆祥赶紧应答。

"施救的情况怎么样？"王万山接着问。

"消防、建委、安监都有专门队伍在施救，估计被压住的人……没有生还的希望。这……这栋楼有两万多方，是……是整体坍塌。"刘井元嘶哑地说道，像是在哭。

"你们怎么搞的，新建的楼，人都还没住进去，说塌就塌了。要是住进人了，怎么得了？"朱达人指着刘井元的手似乎在微微颤抖，雷霆万钧地大声骂道。

"什么原因？查了没有？"张雅南的目光依旧盯在李兆祥的脸上。

"查了，查了，质监、安监、建委和公安几个部门都在现场勘查了，排除了人为破坏的因素，初步判定为质量问题，是居中的几根大梁突然断裂导致整栋大楼整体坍塌。"李兆祥不敢抬眼去碰张雅南灼人的目光，低着头像小学生背书一样回答问题，旁边的罗红旗也肯定地点了点头。

王万山知道这安置房工程是张高乐一手操作的，与罗泽西有没有关系，不好说。但不管怎样，此时他不能把它挑明了，只能装着不明就里地表演一番。

于是，他似乎忍无可忍，怒不可遏地动起了粗口："他妈的，简直就一个豆腐渣工程，谁干的？混账，王八蛋！项目经理呢？包工头呢？罗红旗，你要把他们统统抓起来。还有，你们……"

王万山用手指着李兆祥和刘井元，近乎咆哮地怒吼："你们是怎么监管的？质量关是怎么把的？出事了，出大事了，人命关天，这是犯罪。且不谈党性、职能、职责，你们的责任心何在？良知何在？这是对人民的犯罪呀！”

“整个工程是利山集团中的标，这是项目经理。”刘井元扭转身子，指了指身后的邱阳明。

“扑通”，矮个儿胖子邱阳明一下子跪在张雅南、王万山脚下，身体筛糠似的打着哆嗦，脑袋不住地磕在地上，磕起股股尘土，嘴里嘟嘟囔囔地说：“我有罪，死了人，我有责，我有罪，书记、市长明断，我们绝对没有偷工减料，市长息怒，我有罪，不过……”

“不过，不过什么，你还有什么可狡辩的？你就等着坐牢吧。”王万山紧紧追问。

“如果不是你们逼得太凶，李山就不会跑，李山不跑，这工程也许就不会出问题……”邱阳明战战兢兢地解释。

张雅南怒从心起，断然吼道：“混账逻辑，岂有此理！”

张雅南脸上的褶皱如同雪后冰川一般冷峻，额头上的抬头纹如横亘的高山深谷。他骨子里根本就看不起奸诈狡猾只会斤斤计较一己私利的诸如包工头儿、政商掮客之类的不法商人。

做官也好，经商也罢，都必须要有一条原则，就是做人得有尊严，做事要见得阳光，做人做事都得堂堂正正。他把这条原则视为自己坚守的底线，有了这条底线，所谓成功与否、富贵与否、贫贱与否，都不过是俗人俗世而并非客观的一种看法而已，于己来讲都无关紧要。

对跪在地上捣蒜似的磕头的邱阳明他不屑一顾，根本就不予理会，抬腿继续向中心现场走进去。

眼见断壁残垣一片废墟，想到大片断裂的钢筋水泥柱子和残砖尘土下埋压着十几个民工，张雅南的心被一双无形的手抓住，一阵一阵地使劲绞压，揪心的痛，倏忽之间血往上涌，顿时头晕目眩就要昏倒，但他很快就自己控制住了。

他定住神，对市委秘书长张晋渝说："去，把大家叫过来，我们就在现场开常委会。"

抓住问题，决不放过，并且说干就干，雷厉风行，本来就是张雅南一贯的工作作风。此时此刻，他的心被绞杀一般痛，但更沉重的是深深的自责。这是一个在井南史无前例规模最大投资过亿的政府性民生工程，眨眼间变成史无前例的豆腐渣工程，仅仅是质量问题吗？工程背后有没有贪腐？或许井南政坛会由此揭开盖子，会引发一场官场地震，这怪谁呢？他是井南的一把手，当然难辞其咎。他虽然生就一张铁面，也做到了无私，但他缺乏一副铁石心肠，对党政干部的管理教育，讲求自觉自律的多，追责以严肃处理的少，宽容有余而威严不足。

他在心里慨叹：慈不掌兵呀。对党政干部队伍的管理失之于宽，失之于软，由此豆腐渣工程的深入调查会拉开反腐的大幕，不知有多少干部会滑入万劫不复的深渊，这不是自己的失职失责是什么？从这个意义上讲，自己也是罪孽深重呀。

临时的紧急市委常委会就在一片残砖瓦砾的现场召开，就在一片狼藉的废墟上紧急决策，常委们或蹲或站，有人干脆一屁股坐在满是尘土的水泥桩上。

"常委和现场的部门主要领导都到齐了。"张晋渝向张雅南报告。

"好，同志们，因为事发突然，事情紧急，事故也忒大，我们要赶快定几条工作措施先期处置现场问题。"张雅南就站在一截断裂倒地的水泥墩上，满身满脸都是灰白的尘土，大冷天里渗出的汗水吸附着灰尘黏附在鼻孔里，痒得难受，但也顾不上擦，只是打了个喷嚏，清清嗓子就开始讲话，"第一要务是救人，人命关天啊，目前这种状态不行，人工清理废墟，救人的速度太慢，必须调用生命探测仪和大型机械，同时要保证不能再出伤人死人的次生事故，还有，送到医院救治的民工要全力抢救，决不能再死人。这事由市长王万山负责，行不？”

王万山忧心忡忡，闻言疾速点头：“行，没问题，我马上办。”

“如此重大的事件决不能瞒报迟报，张秘书长负责整理情况迅速上报省委省政府，公安局以这个报告为基准上报省厅，注意定性要基本准确，人员伤亡数字要绝对准确，明白了吗？”张雅南说完，张晋渝、罗红旗先后答道：“明白。”

张雅南接着部署，死者的善后处理、伤者的救治以及家属的安抚赔偿这块工作由朱达人负责。他盯着脸色苍白的朱达人，加重语气说：“老朱啊，你负责的这个豆腐渣工程后果严重啊，如果善后事宜处理不好，引发上访、闹事形成公众热点事件，后患无穷啊。你应该知道分量，要全力以赴，用足政策，不惜代价把事情处理好。”

“行，行，好，好，我一定全力处置好。”朱达人一脸尴尬的神情，脸色由白转红，又由红泛青，手足无措，不住地点头。

张雅南接下来又安排了舆论掌控及宣传口径，要求对当事人立即予以控制，防止其脱逃，立即组织专门力量调查事故原因。

末了，他征求大家意见，与会者纷纷表示赞同。

他最后说：“大家立即行动，抓紧抓落实，特殊时期遇上这么大的事故，来不得半点儿马虎，否则就是对人民的犯罪，必须落到实处，散会。”

张雅南轻轻缓了一口气，动身离开现场，想去市人民医院看望慰问一下正在抢救的重伤员。

刚走到现场警戒线旁边，人群中有人认出了他，起哄叫喊的声音顿时呼啸成一片。

“市委书记，他就是市委书记，井南最大的官。”

“老大来了，不能让他走，死了这么多人，他得给个说法。”

人群忽地一下子围拢过来，把他和秘书长张晋渝困在中心，几个伤亡者家属哭喊着跪在他面前，有人指指点点地叫骂，有人呼喊着有些离谱的口号，什么杀人者偿命，什么政府草菅人命，还有人推搡着人群往前涌动，现场混乱不堪。

几十名公安民警和工作人员奋力拨开人群想冲进去护驾，无奈人少力单，冲了好几次都被挤退了回去。上千人一层又一层往中间涌动，把张雅南、张晋渝围得水泄不通。

罗红旗见几次冲进人群的努力都失败了，急红了眼，速将民警和工作人员分成两组，手拉手形成两道人链。他带头在前面奋力拨散人墙冲进中央，又围成一圈将张雅南、张晋渝保护起来。

张雅南大步跨上一块水泥墩子，举起手臂做了一个往下压的姿势，声嘶力竭地喊道：“乡亲们，同志们，大家不要拥挤，不要乱挤。”

人群依旧吵吵嚷嚷，乱哄哄一片。

罗红旗叫一个民警给张雅南递上手提话筒。

张雅南借助话筒声音洪亮起来：“我是市委书记张雅南，大家安静一下，不要拥挤，这里到处是砖头、石块，很不安全……听我讲几句，好不好？”

从话筒里传出来的声音盖过了乱哄哄的嚷嚷声，人群开始安静下来。

张雅南接着讲：“出了这么大的事故，民工同志受了伤亡，我的心情比大家更难受。刚才，市委已经开了常委会，已经安排了救援、抢救、治疗和对家属的赔偿工作。这里，我代表井南市委市政府给大家郑重承诺：不管涉及谁，不管他官多大，该怎么处理就怎么处理，死者的赔偿和伤者的治疗费用一定会及时到位。请大家相信我，相信市委市政府。”

“不行，不能相信他，他走掉了谁还管我们。”

人群中有人凄厉地尖叫，一块石头飞过来，跃过张雅南的头顶，砸中他身后的一名妇女。

“哎呀”一声，那名妇女头顶冒血蹲下身子。

“有人受伤了，不得了了，出血啦。”有人惊叫，引发一阵骚动。

张雅南用手指着扔石头的方向说：“我看见你啦，你带头闹事，扔石头砸伤了人，我警告你，你要为后果负责。”

话音刚落，从另一个方向扔过来一块棱角尖利的石头，刚好砸在张雅南的额头上，鲜血顿时顺着他的脸颊流了下来。

罗红旗立即站上去把他搀扶下来，随后，率领一队警察强行推开人群冲了出去。

上车之后，张雅南用一张手巾纸捂住伤口，忍住痛对罗红旗再三叮嘱：“要尽快组织力量疏散人群，但是绝对不能使用武力，绝对不能再扩大事态，再伤人再流血。”

张雅南去市人民医院清创以后包扎了伤口，头上缠着白色的绷带，到了重症监护室看望那个从泥土里刨出来受了重伤的民工，又去大病房一一看望受轻伤的民工，嘱咐他们好好养伤，政府会解决他们的问题。

最后，他一再叮咛陪同的医院领导要全力救治伤员，不惜一切代价保证不能在医院死人，要为市委市政府分忧。

回到办公室，张雅南僵坐在办公桌前，隔着绷带用手抚摸隐隐作痛的伤口，郁闷、自责、失望、痛苦、愤懑，还有说不清楚的什么感触都一齐涌上心头，恍如灭顶之灾压了下来，就差压死骆驼的最后一根稻草那么一点点纤毫之重将要使他的大脑崩溃，他快疯了。

这时，秘书王离推门进来报告：“省委省政府主要领导的批示已经传下来了，主管安全的李德玉副省长带领由相关部门组成的工作组已经从省城出发。”

张雅南摇了摇沉重的头，眨巴眨巴眼睛，稳住神，说：“你把材料放在桌上，待会儿我认真读读。你出去，挡住任何来看我的人，叫他们到出事工地去救人。我受伤的消息不准告诉任何人。”

说话间，张晋渝敲门进来，径直走到办公桌前，说：“书记，给您报告，现场已经平静，相关涉案人员都已控制，两个砸石头的人已经被公安刑拘，死伤人员的家属由市信访办集中安顿在一家商务酒店进行安抚。目前网络舆情反应不多，驻省城的中央媒体、省级媒体派了记者赶到井南，宣传部正在接待。初步反映，媒体对我市的处置情况比较满意，但要求尽快查明原因，惩处背后权钱交易的贪腐行为。”

“好，好，你来得正好，我正要找你。”张雅南略感欣慰，心想眼下就是再苦再难，哪怕就是泰山崩于前，哪怕就是盲人骑瞎马夜半临深池，也必须稳住。如果一把手垮了，下面的事情就会变得无法收拾，况且事情仍处在可控的范围，也正在向好的方面转变。

他提振了一下精神，说：“张秘书长，你安排一下，叫政府那边叶本川秘书长率队到高速公路口，迎接李副省长率领的事故调查组一行。另外，通知常委和所有副市长，今晚七点三十分接着开常委扩大会，先说说今天上午事故及处置情况，也算是给省里工作组汇报，接下来再议上午常委会的内容。”

入冬，西伯利亚的寒流由西北向东南席卷过来，大地一片萧瑟。傍晚的香城，天色早早地暗了下来，夜空中飘起小雨，起了雾，水意迷蒙，往日灼目闪耀的花花绿绿的霓虹灯在雨雾中若隐若现，失去了许多光芒，阴郁而沉重。

偌大的市委常委会会议室，灯火通明，座无虚席，与会的还有李德玉副省长和他带来的省级相关部门的领导。

会场显得有些拥挤，但浸透着冷飕飕的寒气，人们的脸色都是冷冰冰的。

张雅南陪同李德玉副省长一起走进会议室，在长长的宽大的会议桌主席位置落座。

张雅南侧身轻声地问李副省长：“可以开会了吗？”

李副省长点了点头。张雅南坐正身体，清清嗓子，敞开嗓门宣布开会：“今天市委常委扩大会第一个议题，就是向李副省长一行领导汇报并研究今天上午发生的安置房坍塌的事件。大家先认真汇报真实情况，同时提出工作意见，再研究下一步工作措施，最后请德玉省长和省里的其他领导做指示。”

会议按照张雅南的安排有条不紊地进行，内容很充实也很紧凑，有关部门汇报一个方面的情况，大家议论的工作措施立即跟上，几经磨合，很快形成决策。省安监局、建设厅、民政厅、信访办、消防总队领导对井南市的抢险、救援、治疗、善后等处置措施表示满意，没有提出新的问题，也没有发表新的意见。

这时，省委省政府工作组成员之一，省公安厅党委成员、纪委副书记钱新亚挺直腰杆昂起头，示意主动要求发言。

待李德玉、张雅南点头同意后，他说：“副省长，省公安厅党委书记、厅长赵儒僧同志早就有批示：‘点点滴滴百姓利益，举手之间人命关天。’之前，他对井南市‘打黑除恶’工作有过严厉的批评，指出尚未进入深水区，没有挖出保护伞，没有摧毁黑社会组织的经济基础。今天发生的豆腐渣工程事件，充分说明了就是黑恶势力在作祟，证明了赵副省长的判断是英明正确的，这里面还隐藏着党政、政法公安领导干部充当黑社会组织保护伞、权力寻租、权钱交易的贪腐问题，也证明了省委主要领导肯定的‘打黑+反腐’的模式是英明正确的。赵副省长决定，由我率领省厅各个部门和从其他市公安机关抽调的精英力量，省武警总队也调动一批人员，接管和主导井南市‘打黑除恶’各个专案组的工作，包括对李山涉黑团伙的追捕和彻查，也包括久侦未破的‘10·26’案件的侦查破案工作，看李副省长和张书记有什么意见没有？”

李德玉瞪大眼睛，铁青着脸，有些吃惊，无奈而悻悻地说：“我个人没什么意见。”

张雅南心里咯噔一下，这不是全面接管井南的公安工作吗？这还要不要案件的管辖权之类的司法程序？这么多问题的症结都只归结为黑恶分子作祟？纪检监察部门和检察院的职能职责怎么体现呢？心中陡然升起一连串的问号，但他明白时下不能也不敢提上桌面，只好违心地说：“没意见，没意见，按赵副省长的指示办。”

“如果大家没有新的意见，”张雅南环视了会场一圈，眼见其他人都没有了发言的意思，“那么，就请德玉省长给我们作重要指示。”

李德玉铁青着脸，仿佛一尊出土不久又被人擦拭得锃亮的青铜器，亚光，凝重，说话语气也很压抑很沉重：“同志们，我的心情很沉重，出这么大的事故，十几条人命，都是民工活生生的生命呀，其中还有一名大学生技术员，一下子都毁在这样一个豆腐渣工程下面，怎么不令人痛心？一栋大楼的坍塌，仅仅是质量问题吗？各方面的成体系的监管到哪里去了？难道就没有责任部门和相关领导同志的失职甚至是贪腐问题吗？省里已经接到举报，我看材料写得有根有据有事实。我这次带工作组来井南，就是要按照省委省政府的决定，彻查此事。我看，随着调查的展开和深入，一批党政干部会落马，会去另一个为人所不齿的地方。他们受党教育多年，又经过自己的努力奋斗积极奉献才走上领导岗位，就因为贪图享受满足私欲而在一夜之间滑落，怎么不令人痛心？这次事故惊动了中央，党中央、国务院领导都做了批示，并指派国家安监总局牵头组织由相关部门组成的工作组到井南来指导协助工作，估计明天一早就会到达。”接着，他全面详细地部署了工作。

“围绕这次事件开展的各项工作，井南市各部门各区县必须无条件地服从中央和省工作组的安排，必须认真按职责开展工作，整个配合工作由市委副书记、代理市长王万山负责。德玉省长，您看这样行不行?”张雅南说。

“行，我看行。这样吧，我带工作组的同志回宾馆再碰碰情况，你们接着开常委会。”说完，李德玉站起身来往外走。

张雅南也站起身来，说：“晋渝、本川去送送德玉省长，把领导们的后勤服务安排好。其他的市领导该忙什么忙什么去吧，我们接着开常委会。”

会议室里只剩下十一个市委常委和市人大常委会主任、市政协主席，一下子就显得空荡荡的，张雅南心里也变得空荡荡的，很不踏实。

当晚的常委会一直开到凌晨三点方才结束。

回到办公室，张雅南头痛欲裂，一边用手不停地摩挲着缠着绷带的额头上的伤口，一边用手轻揉着太阳穴，走到休息室的床边，躺进被窝，冰凉的感觉又袭上身，老半天不能入睡，不禁悲哀地长叹一口气，世人都说当官好，不知当官累得受不了。

他开始怀疑自己的执政能力，或许自己根本就不是一块当官的料，或许自己当初就应该留在省委研究室继续做点儿理论研究，弄不好会出几本大部头了。

大脑已经疲惫至极，思维却依然在不停地运转，今夜，不，今晨恐怕不能入眠。

他干脆拥着被子和衣坐了起来，呆呆地望着窗外黑乎乎的天和静静的夜，直到天边现出一抹鱼肚白，远处隐隐传来鸡鸣声，才昏昏睡下。

第十五章　灯塔意外毁灭

清明时节雨纷纷，
路上行人欲断魂。
借问酒家何处有，
牧童遥指杏花村。

银铃般清脆的女中音读一句，一群童稚的声音跟着读一句，琅琅的读书声从山坳里一排低矮破旧的平房中传出来，在云雾渺渺绿郁重重寂静默言的崇山峻岭间飘荡，格外响亮，余音悠远。

罗泽西带着县委常委、宣传部部长莫万军，县教委主任文雅君，在乡党委书记米家明、乡长王金书陪同下，来到井上县最偏远最贫穷的白云乡对教育工作进行调研。

正在白云乡屋极村中心小学调研时，一群人刚踏上用碎石和烧过了的炭渣铺成的篮球场，琅琅的读书声仿佛天籁之音飘进了耳畔，罗泽西循着悦耳的读书声带头走向教室。

说是教室，其实就是几间土木结构的低矮平房，屋顶镶着几片亮瓦，土瓦之间裂出几条大缝，逢雨必漏，两侧的窗户玻璃已经破损好几块，看得出来是临时用图钉将塑料袋和装过化肥用的尼龙袋钉上去的，风吹进来忽闪忽闪地飘起巾巾吊吊的皮儿。

三十几个小学生坐在石头和木板搭起来的凳子和课桌上，专心致志地捧着课本跟着老师念书，讲台上的女老师抑扬顿挫地读着唐诗。她身材高挑儿，上穿一件浅灰色的女式夹克衫，脖子上围着一条红色的羊绒围巾，脚蹬黑色高跟皮鞋，修长的双腿裹上一条合身的牛仔裤显得浑圆而挺脱，浑身透出青春的活力。

“她是我们乡唯一的大学生，省师范大学毕业的，放弃了留城，自愿回乡教书，叫牛静。”乡党委书记米家明抢先一步迈进教室向罗泽西做介绍。

“牛老师，同学们，县委罗书记来看望大家，大家欢迎。”乡长王金书站在门口大声喊道。

牛静在省城是见过一些世面的，看见一群人突然走进教室，领头的人气度不凡，又听见米家明、王金书诚惶诚恐的声音，便知道这个被叫作罗书记的人来头儿不小，就带头鼓起掌来，教室里立刻响起雷鸣般的掌声。

“起立，敬礼。”随着牛老师一声令下，学生们齐刷刷地站起来，挺胸抬头，举起右手行少先队队礼，齐声喊道：“叔叔好。”

罗泽西刚跨进门来就觉得眼前一亮，立刻被牛静高挑儿的身材、不俗的气质吸引住了。

就在牛静转过身子鼓掌迎接他时，他快速地打量了她一番，只见她白皙的脸庞眉清目秀，晶莹的双眼饱满圆润、清澈透明，从这里望进去似乎可以看见她朴素坦荡的灵魂，情不自禁地怦然心动，暗自思忖：山旮旯里居然还有这等气质不凡美貌如仙的姑娘，莫不是山沟沟里飞出了金凤凰？

熟悉罗泽西的人，无不佩服他的敏感和他的快速反应能力。此刻的一闪念令他快走几步，一下子就跨上了讲台，两眼放出奇异的光直勾勾地落在牛静的脸上，让她羞红了脸低下了头。

他双手不紧不松地握住牛静伸出来迎接的手，指头不老实地轻轻摩挲着她白皙的手背，嘴里说：“牛老师，辛苦了，您到这大山里来当教师，为了山里的穷孩子的未来，这么辛苦，委屈您啦。您为党的教育事业献身，为民族的后代辛苦，这种精神值得我们钦佩，值得我学习呀。”说到这里，罗泽西回头对着一大群随从说，“你们说，对不对呀？”

后边的人有的挤进了教室，有的就站在门外或窗户外，一起嚷嚷道：“对，对，牛老师辛苦，值得我们学习。”“罗书记讲得很对。”

面对县委书记和众人的夸奖，牛静心潮起伏，白皙的脸泛起两朵桃花似的红晕，更显绚丽出众。

她迅速将双手从罗泽西握住的手里抽出来，有些腼腆，不停地摆手说：“不，不，我都没做好，这是我的家乡，造福桑梓我心甘情愿。”

罗泽西走下讲台，来到孩子们中间，说：“同学们，牛老师好不好？”

小学生童稚的声音齐刷刷地响起：“牛老师好。”

罗泽西说：“牛老师哪里好？”

孩子们一下热闹起来，争先恐后七嘴八舌地说：“牛老师教我们可耐心啦。”“牛老师中午给我们热午饭。”“牛老师把她舍不得吃的鸡蛋给我们吃。”“牛老师送我衣服。”

一个女孩子坐在石板搭成的凳子上，在课桌上撑着右手，像是在静静地等候老师点名回答问题似的，一句话都没说，眼睛却瞪得大大的，望着大人们。

罗泽西留意到了她，走过去拉住她举起的手放在自己手里，满脸笑容，和蔼地说：“小同学，冷吗？衣服穿少了，你看手都皴了，叫什么名字？你想说什么？说吧。”

在罗泽西的鼓励下，小女孩儿噌地站了起来，小脸蛋涨得通红，说："叔叔，我叫石燕飞，这名字还是牛老师取的。以前我爸爸妈妈不让我上学，是牛老师到我家里，给爸爸妈妈讲了，牵着我的手到了学校。叔叔，我会好好读书的。"

罗泽西问："你爸爸妈妈为什么不让你上学呢？"

石燕飞说："家里没钱，只让哥哥读书，他们偏心、讨厌。"

女孩子噘着小嘴，天真无邪带着愠怒的神情，引得大人们呵呵地笑。

乡长王金书凑过来解释道："罗书记，我们这儿是山区，海拔高，按政策可以生二胎，农民家里穷，一般都把男孩子送去上学，女孩子留在家里。这屋极村是全乡，也是全县海拔最高的村寨。"

"屋极村，屋极村。"罗泽西低声沉吟，"是不是人们早年定居这里的时候，把房子盖到了大山可以建房子的最高处，再上去就找不到盖房子的地方或者说没有建房的条件，所以叫屋极村，对不对呀？"

"罗书记推测得太对了。我去过屋极村海拔最高的那家村民家里，草房背后就是陡峭的山坡，再后面就是大片的原始森林，这一段就是秦岭最东段的石嶂山脚。"王金书是本地干部，说起当地山川地理了如指掌。

罗泽西瞟了一眼牛静，牛静正好迎着他的目光，两眼对视，她躲开目光，嫣然一笑，面如桃花绽放。

他情潮涌动，为之动容，文思若泉，侃侃而谈："同志们，有这么一位年轻的小学女教师，放弃了留城的机会，自愿回到家乡，来到全县海拔最高、条件最艰苦的山乡小学任教，主动走村串户访问农家，动员弃学的家长送孩子上学。在教学上认认真真、兢兢业业，我们没做过多的了解，但从这些孩子的文明礼貌程度、孩子们认真读书的态度、满口标准的普通话、老师和孩子们这么融洽的互动，我们可以看出牛老师为这些孩子付出的艰辛，牛老师是优秀的山村女教师。如果我们全县的教师都像牛老师一样认真负责，为党的教育事业付出满腔热忱，何愁我们的教育事业不兴旺发达，何愁我们的子孙后代不兴旺发达，何愁我们中华民族不兴旺发达?”

罗泽西洪亮而激动的声音讲出来的一番宏旨大论让一行人振聋发聩。

县委常委、宣传部部长莫万军马上接着说：“罗书记一番话，真是让我们醍醐灌顶，我们还到处找教育战线的先进典型，眼前这位牛老师不就是活生生的典型吗?”莫万军指着随行的县电视台、县报记者做指示，“你们要记下今天这动人的一幕，要宣传罗书记、县委政府真情实意抓教育的措施，更要宣传像牛老师这样扎根山区献身教育的先进人物，要不惜篇幅，要深度报道。”

平素里莫万军那双掩藏在厚厚的玻璃镜片后面的小眼睛最善于观察和揣摩领导的意图，可以说他对罗泽西的一颦一笑一言一行都是心领神会的，没想到此时此地，罗书记大人根本就没理他的茬儿。

只见他躬下身子一把抱起小燕飞径直朝牛静走过去，小燕飞挣脱了他，扑进了牛静怀里。

罗泽西谦恭而真诚地说：“牛老师，我水平不高，也不是研究教育的，我始终认为时下社会的宣传或者说认识上，有一个致命的误区或者说是方向性的错误，那就是‘走出去式’的教育。您看啊，电视里，报纸上，网络上，主流的声音就是老师牺牲自己充满热情地把学生教好，为的是什么呢？走出大山。走出大山干什么呢？摆脱贫困，过上城里的生活，实现自己的梦想。我就想问，大山乃至大山深处，虽然贫穷，虽然落后，但是不是我们的家乡？是不是我们伟大祖国的山山水水？农村难道就不需要一代又一代有志有为有知识有文化的青年去开拓去建设去改变？教育造就精英，难道就不能产生大量的建设人才？这对孩子从小就是误导——学习的目的只有一个，就是为了走出大山，进城去享受现代的物质文明，出国去实现所谓的个人价值。长此下去，中华民族的未来怎么办？牛老师，您说呢？”

牛静聆听罗泽西高屋建瓴的长篇大论，可谓振聋发聩，心想这也许是一个有责任感有水平的官，真有点儿可爱可敬，甭说他无框的近视眼镜片后面闪烁着睿智的光，就是那张宽阔的嘴几乎开叉到了耳根子，厚厚的嘴唇无不表现出淳朴厚道，从这张嘴里说出来的字、词、句，使人感觉信之可靠。

他的这番高谈阔论，牛静听着感觉心有灵犀，熨帖心润。读师范大学的时候，只听一位哲学系的老教授讲过一次这样的观点，课后几位同学为此喋喋不休，争论到学校熄灯铃声响过仍然没完没了，都是热血“愤青”，谁也说服不了谁。她在学校的恋人是哲学系的研究生，就是最激烈的反对派，在争论中慷慨激昂地主张，教育就是要出精英，出领军人物，就是要弃原始文明，奔现代文明。他自持精英论，把对方斥之为土俗派。

牛静心底里依恋乡情，不管家乡多么贫穷愚昧落后，她惦念父母和乡亲。她爹妈身在屋极村这般山高水远的地方，做出把她哥留在家里种地而把她送出来深造的决定，这在村子里是惊世骇俗的，村子里七嘴八舌的议论，多是痛责惋惜，而对她来讲则是终生难忘的感恩。大学毕业后她本可以留校，也可以选择留在省城当一名中学老师。就在与省城市教育局签订用人合同的当口儿，她反悔了，决定回井上县当乡村教师，也与持反对意见的男朋友诀别而去。

今天听到井上县最大的官也有如此的见解，心中涌出强烈的英雄所见略同的感觉，至少，她的心与他拉近了距离。

她深有感触地说："对，对，罗书记，孩子们走出大山，是为了接受更好的教育，尤其是接受现代思想理论、科技文化的教育。有的去做精英，每个时代都需要精英，但更多的应当回到广阔天地去建设社会主义新农村。毕竟我们国家大多数人在农村，但农村还比较落后，需要现代文明的冲击和提携。"

"好，牛老师讲得好极了，不愧是高才生。"罗泽西由衷地赞扬，口气一转，用十分关心的口吻问道，"牛老师，今天我们就是来专题调研基层教育问题的，目前农村学校条件艰苦，有什么实际困难，个人的或者学校的？"

牛静的目光躲过罗泽西，瞅了瞅他身后的官员们，抿紧了嘴唇。

"不要怕，大胆地讲，我们今天就是调查研究教育问题，特别是基础教育问题，要听实情，大胆讲。"

不知是羞怯还是害怕，牛静低下脑袋，手轻轻拍着抱在怀里的小燕飞的后背，一声不吭。

"大胆讲，不要怕，我给您做主。"罗泽西继续鼓励她。

"大胆讲，大声讲，不用怕，他们谁敢欺负你，给你穿小鞋，我给你做主，你记一下我的电话号码，有什么困难，有什么问题，可以直接找我。"罗泽西一脸真诚，说话时带点儿乞求的口气。

犹豫半晌，她嗫嚅着说："本来，本来农村老师工资就低，今年春节都过了，去年下半年的工资才发一半，代课老师更惨了，一分钱都没发……"

"这个，这个，书记，我解释一下，乡财政确实捉襟见肘，入不敷出，今年乡里办了一个选矿厂，所有的资金投进去了不说，还欠了一屁股的债……"王金书慌神了，生怕书记动怒，迭声解释。

"那，县财政的呢？"罗泽西转头问莫万军。

"县财政是如数拨付了的，代课老师的工资该乡里解决。"莫万军不慌不忙地回答。

“还有什么困难？牛老师，您讲。”罗泽西底气十足。

“还有，还有就是校舍的问题。”牛静把小燕飞放到了地上，手指着教室，动容戚戚地说，“这些孩子就在这又漏雨又透风的房子里，怎么可能安心读书，学习得好？”

“还有什么问题？”

“没有啦。这两个问题，书记解决了，就是大恩人，我先代表乡里的老师，代表这些孩子们谢谢书记。”牛静颔首致意。

“不用，不用谢，困难和问题摆在面前，还没解决，谢什么谢。就是解决了，也是党委、政府该做的事情。”罗泽西转过身，对着县乡两级干部斩钉截铁地说，“我给你们讲，再穷不能穷教育，再苦不能苦孩子，这不是一句口号，得要实际行动，得看实际效果。回去之后，县委常委会立刻研究教育口的问题，屋板村的困难，县里优先解决，一定要解决到位。”

这时，米家明趋步上前凑近罗泽西的耳朵：“书记，乡政府还有事等您拍板呢，该走啦。”

“好，牛老师，感谢您，您是新时代最可爱的人。”罗泽西握住牛静的手，指头轻轻摩挲她的手背，久久不放。

牛静略一使劲，挣脱出双手，摇摇手，说：“感谢书记，书记再见。同学们，下课，都到操场上欢送叔叔伯伯。”

罗泽西一行走下一段山坡，钻进停在碎石铺成的机耕道边的几辆轿车，绝尘而去。

他摇下车窗，回头眺望着山坡顶还在摆手的牛静和蹦蹦跳跳喊着“再见”的孩子们，感慨地说：“这一趟下乡上山的调研，没有白来，收获确实不小啊。”

坐在车后座的莫万军干瘪清癯的脸上肌肉一抽，颇有深意地应答：“的确如此。”

第二天晚上，井上县电视台的《井上新闻》栏目中播放了罗泽西视察屋极村中心小学的新闻，接下来，电视上又播出了专题片《屋极上的最美女教师》，孩子们通过画面看到牛老师和他们自己的身影，顿时欢呼雀跃，奔走相告，孩子的家长们也跟着乐和，大半个村子热闹得跟过节似的。

第三天上午，邮差送来的县委机关报《井上报》以“山沟沟里的金凤凰——记屋极村优秀女教师牛静”为题在头版头条刊发了牛静的事迹。

第四天，县上送来的县委机关刊物《今日井上》以“大山深处的优秀女教师”为题大篇幅地报道牛静的事迹，内容比报纸更详实、更丰富、更具高度。

第五天晚上，井南市电视台又播放了记录这位山村女教师事迹的专题片。

一时间，在井上县一千五百八十平方公里的土地上，在井上县八十多万人中，牛静的名字和她的事迹被传诵开来，处处被人称赞。牛静一夜蹿红，仿佛大红大紫的明星一样走到哪里都引人注目。

牛静在村子里，无论走到哪家，迎接她的都是张张笑脸和热情的赞扬。牛静的爹妈、哥哥，就连平日里对她多有怨气的嫂子也都乐得合不拢嘴，说：“咱牛家妹子有出息，成名人嘞。”

老实巴交的爹自恃通过地道的农耕生活总结出来的人生哲学——“猪羊不同食”理论，悄悄地把她拉到一边，实实在在地告诫她：“牛家小妹子，千万不要昏了头，犯糊涂哇，该怎么做还怎么做，该做什么就做什么，教好娃娃们才是你的本分，才是造福桑梓的大善事，不要生出非分妄想啊。”

村里有个年老的长者，童颜鹤发，有点儿仙风道骨的模样，早年读过私塾，懂得些阴阳八卦看相测字。当村民凑在村头的大树底下一起对牛静啧啧称赞的时候，他戴一顶瓜皮帽的头直摇晃，插话说："这姑娘在大山里恐怕待不长啦。不过，也未必是好事哟。"

话音未落，立马招来大家一片讪笑，都说："这老头儿迂腐了，老套套已经过时了，这回恐怕算不准了。"

不管怎么样，牛静在白云乡十里八村可是个有名气响当当的人物了。这些天，牛静心潮澎湃，成天笑意盈盈，快乐得像树林里的小鸟。

七八天以后的一个晌午，春日的太阳从山巅上放射出来，照得青山绿水分外明丽，牛静接到了县委书记罗泽西的电话。罗书记告诉她，想请她到县委来研究一下教育方面的问题，还有一个全县近五年的发展规划想请她来提提意见，顺便还告诉她白云乡中学、十八个村小学老师的工资问题已经研究解决了。

牛静高兴得差点儿跳起来，罗书记晶亮闪光的镜片和宽阔得有些夸张的嘴以及他厚厚的唇在脑子里突现，可敬可爱的感觉油然而生。

牛静去向老校长请假，鬓发斑白一脸慈祥的老校长拉着她的手叮咛道："牛家妹子，走好路，注意讲分寸讲礼貌，顺便给罗书记催催把学校的校舍问题解决了，你就是这些山里娃娃们的大恩人呀。"

黑色锃亮的奥迪轿车静静地停在乡政府门口，乡上的领导瞥一眼就知道是县委书记罗泽西的专车。

牛静高高兴兴地下山来到乡政府，在乡上一群领导的簇拥下，钻进轿车。司机小陈早早地拉开车后座的门，等候在旁边，待牛静坐进轿车关上门，便跑去前门发动汽车。牛静摁下窗户，微笑着向乡领导们摆摆手说声"再见"，汽车便疾驰而去，车后扬起灰蒙蒙的一阵尘土。

轿车直接开进了井上县最好的阳光宾馆，莫万军在大楼外的庭院里接上了牛静，热情地说："书记在开会，您舟车劳顿也累了，先去套房里歇息一会儿，也洗漱洗漱，晚上一起吃饭。"

晚餐是在宾馆三楼的豪华包房里吃的。牛静心想，罗泽西是井上县的头号领导，她又是他亲自请来的先进人物，经过县、市媒体的宣传，大小也算个知名人物，这顿饭应该是高朋满座，大桌的珍馐佳肴，大碗喝酒大块吃肉，要喝得人人酩酊大醉丑态百出。她没想到除了主持饭局的罗泽西以外，陪餐的只有莫万军、副县长张俊杰、县教委主任文雅君三个人，偌大一张带着轮盘的圆桌上只摆放出三个冷盘和四个热菜，而且以果蔬为主，倒是个人的位菜是做得十分精致的海鲜——鱼翅、鲍鱼和生蚝。喝的酒据说是从法国原装进口的庄园红酒，绛红色的液体晃荡在高脚杯里，在杯壁上黏糊着，喝在口里有淡淡的香甜，下到胃里只稍稍有点儿酒精的刺激。

牛静从没喝过这么高级的红酒，不知优劣，只是感觉好喝，甘冽醇厚，滋润肠胃，不上头。

席间，罗泽西兴致很高，只是叫大家品酒，而不是像平日里大杯小杯地劝酒，而且一一评点每一道菜肴，品评这个品牌的法国干红，从酒庄酒窖的来历到一道道加工的程序，到营养成分及搭配，俨然底蕴丰厚的美食家品酒师。

谈到宴会的主题，他指着牛静说："你们知道她是我从最基层请来的乡村女教师，却不知道牛老师是省师范大学的高才生，在学校就对诗词歌赋研究造诣很深，牵头成立溪边诗社，在国家级、省级报刊都发表过很多诗作。眼下我县正在谋划打造集农业生产、观光休闲、产品营销于一体的旅游大县、果蔬产业高地、工业创业园区，没有美好的诗一般的元素糅合在里边，能美吗？我请牛老师到县里来，就是要就发展大纲向她讨教。牛老师，您可要不吝赐教哟。”

不待牛静答话，文雅君抢白道：“书记眼光独到，从山里发现了优秀人才，这可是我们教育界的光荣哦。牛老师，我了解您的事迹，真了不起，胸怀博大，志存高远，为了民族的未来扎根山区。现在，你可得用你丰厚的知识，为书记，为全县的发展出谋划策，添光添彩呀。”

“她可是您的顶头上司啊，三万教师的总教头。”莫万军谄笑着凑上一句，干瘦的脸颊用来堆笑的只是起了皱纹的皮，没肉。

张俊杰幽幽地递上一句：“不，是垂直领导，下面的可得听上面的招呼哟。”他是政府里主管科教文卫口的副县长，平日里话不多，常常是冷不丁凑上一句荤素搭配恰到好处的话让人忍俊不禁。此时他说的“垂直”二字在井南方言里通常是指男性的某个器官，谐音，故而话一出口，引得满桌喷饭。

“人家牛老师是文人，满腹诗书，今儿个是文人聚会，得文雅一点儿。”罗泽西对着张俊杰说话，敲山震虎，眼睛却望着牛静。

张俊杰是省城下来挂职的处级干部，历练甚多，见多识广，是个明眼人，罗泽西高大上的表面掩盖下的那点儿小九九早就被他收在眼底。但他假装眼睛瞎，不明就里地起哄：“文人？文人可都是酒仙哪。中国最大的文人就是诗仙李白，李白可是斗酒诗百篇哦。来，老大，牛老师，我敬你们俩一杯。”

罗泽西举起了酒杯，牛静有些迟疑，不愿多喝。

张俊杰只好自我解嘲，讪讪地说：“时下社会最能喝的已经不是文人了。”

文雅君已经站起了身子，高举酒杯，满脸媚笑，抢着说：“张县长，您说的能喝的人，在座的都不是啊。我来，我来代牛老师喝。”说完，一饮而尽，接着再稔熟地斟上一杯，酒满杯缘，荡荡漾漾，转身对着罗泽西说，“书记，我敬您一杯。您为全县人民谋幸福太操劳了，值得我们敬啊。”

牛静做梦也没想到，像县教委主任文雅君这么大的官儿会满脸堆笑抢着拍她这么一个卑微的小教师的马屁。初次见到她，是在牛静唯一的一次参加全县的教职工代表大会上，文雅君坐在主席台的中间，一本正经、高高在上的模样，满嘴口号式的讲话，自觉不自觉地让人产生可望而不可即的距离感。此时见她，竟显得如此卑微，反差如此强烈，心里便蔑视了她几分，加之莫万军、张俊杰含有几分讥诮的起哄，更衬托出她的虚伪和谄媚，以及掩藏在其背后的丑陋。

牛静装着没听懂这些，憨憨地对罗泽西说：“书记，您得管管这些大官。”

罗泽西立马会意，说：“文主任，喝红酒哪有你这种喝法，不能干杯，就喝一口。”

晚餐在愉悦的气氛中结束。

莫万军、张俊杰识趣地找个理由辞别，文雅君不知是不识局面，还是故意想展示她积极的工作态度，争着说：“书记，我陪陪您，我和牛老师一起给您汇报汇报教育战线的实情。”

不料，罗泽西张大厚厚的嘴，毫不客气地挥挥大手：“你去吧，把县委决定的事情落实好了再说。”

文雅君碰了一鼻子灰，呛得够惨，低下头转过身，心有不甘地悻悻离去。

牛静心里一丝快慰的感觉浮起来。

嘟嘟，牛静用磁卡打开房门，两人一起走进套房。

罗泽西随手掩上房门，走到客厅的沙发边坐了下来。牛静敏捷地从茶几上拿起茶杯，到卫生间去冲洗，又从柜子上拿出茶叶，沏了两杯清茶。

罗泽西醉眼蒙眬，盯着牛静凹凸有致曼妙灵动的身体走过来走过去，心旌摇荡，充满无限冀望，说："牛老师，忙完了过来坐坐，我们好好谈谈。"

牛静坐在了他的身旁，罗泽西眼睛落在了她白皙纤秀的手上，趁着她双手端过茶杯递给他的当口儿，他把茶杯和她的双手一起握住拉近胸前，说："牛老师，农村小学老师的生活真苦哇。"

牛静吃了一惊，没想到县委书记会这么突然地做出这样大胆的动作，想抽手出来又怕茶杯掉落下去，只好让他紧紧地握住双手，不知所措地僵着。

"不，不苦，就是苦，我也习惯了。"牛静急忙回答，动了动还是想把手抽出。

"不苦？条件这么差，说不苦是假话。你说苦习惯了，就不觉得苦，这倒是真话，失去比较了嘛。"罗泽西眼镜片泛着光，两手握得更紧了，指头不规矩地在牛静的手背上不停地摩挲。

"最苦的还是那些小孩子，家里穷哇，土里刨食，玉米、红苕、土豆喂饱了肚子，就没钱交学费，从小连衣服都没穿伸展。"每当念及农村的孩子，牛静就想起自己小时候在最寒冷的冬天也是光着脚丫子跑十几里山路去上学的情景，眼眶里噙满泪水。

"没穿伸展"是井南土话，意思是不整齐，还有点儿破旧的味道。罗泽西听起来也动容了。

"农村的孩子，农村的教育，高山区域农民的生活……唉，县财政那点儿钱少得可怜啊。"罗泽西长长地叹息，松开了手，把茶杯小心翼翼地放到茶几上，一副深有同感悲天悯人的样子。

牛静在沙发上坐直了身体，说："书记，您是个好官，您还惦记着山里的穷人。”

“我也出生在农村，是农村长大的孩子，小时候家里也穷，后来，公社推荐我去当兵，在北京，退役回来，看到父老乡亲们穷啊，憋不住了，就领着大伙儿挖煤窑，建砖窑，建机砖厂，建水泥预制品厂。我们烂泥沟村在山下，在黄土镇，地势平，发展的条件好一点儿，但是，干起事来，困难也多呀，也累呀，也苦呀。这十几年干下来，我真佩服小平同志说的话：发展才是硬道理。不发展，穷哇，苦哇，什么都改变不了。”说着说着，罗泽西伸手过去压住牛静放在沙发上的白嫩嫩的手，牛静使劲缩了回去。

“好啦，说到发展，就是我们今天的主题呀。”罗泽西起身从放在茶几边的提包里拿出一大本装订好的材料，将其放在桌面上，翻开扉页，对牛静说，“你看看，这就是我考虑的全县新发展的规划，很粗糙，你看了给提提意见。”

牛静埋头翻看资料，房间一阵寂静，听得见墙上挂着的机械钟嘀嗒嘀嗒的走时声。

罗泽西将手搭上牛静的后背，顺着抚摸下来，落到臀部，两个指头还使劲捏弄。牛静扭扭屁股抬起头，转过脸，柳眉倒竖，杏眼横瞪，嗔怒道：“书记大人，你喝多了！安静一会儿，行吗？”

“别叫我书记，还大人呢，以后就叫我泽西，或者叫大哥也行。”罗泽西愠怒道，“这井上县方圆几百里，八九十万人还没人敢跟我吹胡子瞪眼，就你敢跟我蹬鼻子上脸。嘿嘿，我就喜欢你，你知道吗？你这发怒的样子更可爱。”

罗泽西点上一支烟，安静下来喝茶。

牛静仔细地逐页读了这份资料，越看越上心。这份发展纲要立足点很高，谈到行业的发展有根有据，逻辑性也强，读来让人耳目一新，也令人信服，可以说是信心大振。

半晌，牛静抬头眯着眼打量起罗泽西来，仿佛审视一个不认识的陌生人。

罗泽西悠然地吸了一口烟，在口腔里鼓捣一圈忽地喷出来，说：“怎么啦？有什么话，快讲。”

“罗书记，不简单，真有水平。”说这话时，牛静微微一笑，翘起嘴角。

“叫我大哥好不好？”罗泽西听到赞扬，也高兴起来，“我准备叫‘两办’再充实一下内容，文字上再磨磨，打磨完了，报人大批准，成为正式文件后就开干。另外，我的在职研究生毕业论文就是这个选题，好不好？”

“好呀，当然好。”

“得到您的肯定太重要了，知道为什么吗？”罗泽西眨眨眼。

“不知道。”牛静摇摇头。

“因为我太喜欢您，太看重您，包括您的看法、您的意见。”

“不，不，不可能。”牛静的脑袋直摇晃，“我这水平，比书记差远了。”

“以后就会知道的。”罗泽西意味深长地说。

夜深了，寒气悄无声息地漫过来。

牛静站起身来，高挑儿的身材曲线毕现，跺跺脚说：“书记，天晚了，冷啦，您这么忙，早点儿回去歇息吧。”

罗泽西懒洋洋地起身，无可奈何地伸出手，跟牛静握手道别：“资料您带走，好好看看，多提问题，回头我再找您。”

牛静说：“好。”

回到学校，一有空闲，牛静就躲进宿舍的小房间里仔细地阅读罗泽西起草的全县经济社会发展纲要，一边读一边记下想到的问题，她准备读完之后形成一份完整的意见书报给他。

一天傍晚，牛静一家正张罗着准备吃晚饭，乡长王金书满脸堆笑地闯了进来：“嗬，正好赶上吃饭哦。”

“来来来，王乡长一起吃，家常饭，就怕乡长吃不惯。”

“什么吃不惯，本乡本土的。”

一家子热情招呼王金书，牛世奎吩咐老伴儿邓德惠去切一碗腊肉香肠。

王金书说：“乡里考虑让大哥牛创去乡里的煤炭选矿厂干行政工作。”

牛世奎说：“啥叫行政工作？”

“就是在厂子里干办公室的活儿。”

牛创说：“谢谢乡长的美意，我不去，也去不了。一来干办公室的活儿要写写算算，我这半拉子水平不行；二来呢，我的养猪场火头正旺，绿色生态的猪好销得很，我走了，谁干？”

“就你，离不开？乡政府考虑照顾照顾你家呢。”王金书乜斜着眼睛问。

“确实离不开，谢谢乡长的美意。”牛创说。

“那，这样吧，你媳妇儿去干吧，好歹每个月七八百块钱的工资。”王金书挠挠头，“这样，一家子就活络起来了。”

“好呀，好呀，可真谢谢乡长啦。”一旁的牛创的媳妇儿放下端着的饭碗，高兴得双手拍掌。

“娃儿咋办？”牛创问。

“带着一起去上班吧。”王金书说。

牛静安安静静地吃饭，没插一句话，心想：是米家明、王金书主动向我示好，还是向罗泽西献媚呢？我跟罗泽西没什么关系呀，那么，他们向我这个农民家庭示好，值吗？当时，她万万没想到，米家明就是罗泽西的小舅子。

第二天一早，牛创的媳妇儿带着儿子下山，乐颠颠地上班去了。

没过几天，牛静接到乡政府办公室的电话："罗书记的专车到乡政府来了，接你去城里研究工作。"

刚见面，牛静郑重其事地将修改意见和建议书像小学生给老师交作业一样交到罗泽西手里。罗泽西接过来往茶几上轻轻一放，却说："今天，我们不谈工作，好吗？谈什么都可以，就是不谈工作。"

那一夜，他俩聊了很多，渐渐地聊到了情感的深处，兴之所至，无拘无束，海阔天空，最后落在了一个"情"字上。

谈到身世，罗泽西高谈阔论："人人生而平等，不过是政治家理论家们提出的一种观念或者一种追求而已，事实是生而就不平等，不是吗？生在贫贱之家，与生在富贵之家，恐怕有霄壤之别吧；生在庶民之家，和生在帝王之家，恐怕有天地之分吧。这种不平等从婴儿呱呱坠地的那一刻就决定了，人们后天的努力就是去追求生而平等。就拿爱情婚姻来说吧，门当户对固然好，由此产生的矛盾也少。一旦门不当户不对，龃龉油然而生，隙缝越来越大，最后大多以破裂告终。"

罗泽西告诉牛静，他老婆就是个林黛玉，整日里病病歪歪哀哀怨怨的，仗着她父亲是官，她下嫁篱笆门户，就像欠着她一辈子的债，沉重感压得他憋屈万分。后来她又随她父母去了井南市，罗泽西在这里可是孤苦伶仃，夜里相思却不知有谁。

说到情，牛静分明看见罗泽西眼镜片后面忽闪着晶莹的泪花，也勾起她对大学里的情感生活的回忆。想当年，芳草茵茵的校园里，小美女玉立挺拔，潇洒风范，引来无数萧郎如狼逐肉一般地追逐，她选择了她的初恋。没料到甜蜜过后是苦涩，毕业之际终是分道扬镳之时。痛哉，苦也，正值妙龄青春，如今思来也不知相思何人。思绪所至，不禁念及一词，脱口而出："梦入江南烟水路。行尽江南，不与离人遇。睡里消魂无说处。觉来惆怅消魂误。

“欲尽此情书尺素。浮雁沉鱼，终了无凭据。却倚缓弦歌别绪。断肠移破秦筝柱。”

婉约柔肠，恋曲衷情，轻吟浅诵，两人在万籁俱寂夜阑人静的夜里，各怀心事，都沉浸在情的大河里徜徉。

“这是北宋词人晏几道的作品，词牌是《蝶恋花》，对不对？”罗泽西问。

“晏几道在宋代词人中不算是名气很大的，较之苏轼、欧阳修、晏殊等人，知名度不高，这首词也可以说是比较冷僻的，书记大官人居然熟悉。”她惊讶于他的文学功底。

“略知一二，尤其是意境，我能体会到的只是皮毛。”罗泽西十分谦逊，在牛静面前扮作她的乡村小学生的模样，“我念一首，您听听。

“关山魂梦长，鱼雁音尘少。两鬓可怜青，只为相思老。

“归梦碧纱窗，说与人人道。真个别离难，不似相逢好。”

“真个别离难，不似相逢好。”牛静沉吟道，“这也是晏几道的词作，词牌叫《生查子》，是唐代教坊的曲名。上阕通过对比写出离别的感受，下阕是亲切自然的想象。‘离别’难受，‘相逢’甚好，道出思的真谛，既没有矫情，更没有矫饰。”

即使情到深处，牛静也选择了曲终人散，因为她心中的愿景是朴素的爱、真心的情，以及名副其实的婚姻。

不出一个月，县委教工委一纸调令，将牛静调到县教委机关任妇联主任。

进县城的第一天，罗泽西就约了她，又是一番风花雪月的浅吟低唱，互叙愁肠。

终于有一天，罗泽西几乎是状如狼哮形似狮虎相搏掏心窝地对她讲："牛静，今生今世我真正爱你，这就是真爱。"

牛静的心理防线眼看就要攻破了。

她说："……你老婆怎么办?"

罗泽西如饥似渴，死乞白赖，信誓旦旦地说："离，离婚，一定离婚。我就要娶你为妻，你给我点儿时间，好吗?求求你了，我的女神。"

一旦揣上爱这个东西，就会使女人的智商变为零，蠢得像猪一样，好比权力令男人智昏一般。在罗泽西山盟海誓苦苦哀求下，牛静脆弱的心理防线被渐次攻破，终于放弃了拒绝。

隐秘的地下夫妻生活，既刺激又甜蜜，但新鲜的生活、甜蜜的日子总是过得很快。而罗泽西的老婆米家丽在井南市的家里独守空房盼郎归的日子过得很苦，很苦的日子就过得很慢，度日如年。

不过，时间久了，米家丽终究发现些端倪。她把弟弟米家林专门从井上县叫到井南市，询问姐夫在井上县的情况。

米家林头顶井上县交委运管处处长的官帽是罗泽西赐给的，如今能够过上吃香的喝辣的威风八面的生活是因为罗泽西罩着他，他不敢向他亲姐姐透半点儿风，反倒过来劝慰她："夫荣妻贵，好日子就自己过呗，管他干什么，只要他把官当稳了就成，拿钱把您养滋润了就好。"

返回县里，米家林把姐姐的动向一五一十地报告给了罗泽西。

罗泽西感觉到了问题的严重性，一方面是来自老婆可能爆发的责难，另一方面是牛静告诉他有了身孕，并表示决不堕胎，要把孩子生下来，要做一个完整的女人，要和他组成合法的完整的家庭。

最要命的是，此时从省里传来消息，省委已经研究了提升他任井南市政府副市长的议题，省委组织部即将派考察组下来考察。如果此时出现问题，他多年的艰苦努力，包括他苦心经营的上层关系，将会竹篮打水一场空。

罗泽西不愧是当兵出身，动作迅速，雷厉风行，很快就通过关系将牛静调进了省城，在一个重点中学当老师，又从简树森手里拿到两百万元，在省城顶级的住宅小区购置了房子，将牛静和她父母安顿进去。

从此，他过上了省城、井南、井上三地的生活。

不久，罗泽西顺利升任井南市副市长。

夫妻团聚了，米家丽欣慰得不得了。同年，儿子又考上了京城里的名牌大学，喜上加喜。对罗泽西个人来讲，还有一喜，牛静在省城又给他添上一丁。他常常借口开会、要资金、找项目，三天两头往省城跑，双城两家的生活尽管累，却让他乐在其中，乐此不疲。

前任市长张高乐趁出国考察之机突然潜逃，罗泽西意外升任常务副市长，此时的他天时地利人和占尽，可谓志得意满劲头十足，拉开了架势准备大干一场，踏上更高的官阶。

他在省城与牛静卿卿我我的时候，不止一次地说："生当入主省政府，死当入住省城坟。"

万万没有想到会出这样的意外，他会突遭横祸，惨死荒野，而且死得这么惨。

"这不是他老婆米家丽的阴谋，又是什么？就是她设计雇佣杀手杀害了罗泽西。你们还在查什么？破什么案？这不是明摆着的事吗？罗局长，你还不清楚吗？这个米家老太婆比蛇蝎还毒哇。"在井南市看守所审讯室里，牛静对罗红旗和盘托出她与罗泽西相识相知相爱的所有过程。

这一切罗红旗简直闻所未闻，让他感到一时间天塌地陷，惊得他瞠目结舌。

说到罗泽西的死，牛静怒不可遏，把杀人的罪责一股脑儿推到米家丽身上，竟使罗红旗大吃一惊。

他心想，也不是没这种可能，情敌变仇家，女人的妒火中烧升级为强烈的仇恨，其破坏力是无法想象的。

“你说是米家丽设计雇凶杀人，可证据呢？你能提供吗？”罗红旗好不容易稳住神，平静地问。

“有哇，罗泽西生前不止一次对我说，米家丽这个女人阴险得很，知道我俩的事以后，曾经咬牙切齿地说要杀死罗泽西，杀死我，还要杀死我们全家。”

“这是米家丽在什么时间、什么地点、什么条件下说的？”罗红旗追问。

“都是罗泽西亲口告诉我的，只要我向他问起他什么时候离婚，什么时候娶我，他都这么说。”牛静赌咒发誓地说，“这些都是真的，如果我说了半句假话，天打雷劈，不得好死。罗局长，你要相信我。”

“可惜呀，从法律上讲，这些都不能算作证据，至少不能作为直接证据。”罗红旗心里长叹一口气，这女人傻到家了。她究竟哪一点会赢得罗泽西的深爱，而且会爱到不惜自我毁灭的程度。眼前这个女人这样愚蠢，是“爱令智昏”了呢，还是傻得过分了？

但有一点罗红旗相信，她说的一切都是真实的，包括她的情感、她的幼稚。

“米家丽肯定是杀人凶手，罗泽西要跟她离婚，她死缠着不放，他们的婚姻是死亡了的。她仇视我们的爱情……”牛静喋喋不休地念叨，情绪仍然激动，嘴唇边上泛起两道白沫，像大河岸边泛起的泡沫一样不断往沙滩上涌动。如果不是审讯椅的扶手上的约束带限制了她的双手，她一定会张扬双手比比画画的，“你们这些警察，简直就是笨猪、蠢货，这么大的杀人案，市长被杀了，这么长时间还破不了案，这不明摆着是……”

耐着性子仔细听完牛静动情地描述她与罗泽西缠缠绵绵的情史，罗红旗的思绪并没有陷入她声情并茂的叙述之中，只想从中捕捉到“10·26”案件的疑点，没料想牛静谈了半天，结果是把米家丽认定为杀人元凶。

这一点，专案组查过，到目前为止，没有发现可能深入调查的疑点，她也没谈到有侦查价值的线索。

罗红旗按捺住恼怒、沮丧和失望的情绪，冷静地说：“这样好不好，牛静，你安静一下，把你砸伤米家丽的事情交代清楚，好不好？”

“砸伤？她没死？”

“没死，伤了，正在医院治疗。”罗红旗字斟句酌，没说出“抢救”两个字。

“她该死，这个万恶的死老婆子，该死，罗局长，我要立功，我是给你们公安局破案来啦，惩罚凶手哇。”

“说你的事情，从你进罗家的大门开始说起。”

“这个很简单呀。”牛静依然一副正义在握的神情，从从容容，娓娓道来，“昨天我自己驾车从省城出来，今天一大早，我去敲了罗家的大门，是米家丽开的门。一见我，她就恶狠狠地问我来干什么，我说来讨债来了。她说讨什么债，人都死了，要钱就给你一点儿，不就是打发孽债嘛。我说我是来讨命债的。我问她罗泽西是不是她设计杀死的，她说罗泽西是你什么人，我家里的人关你屁事。我说罗泽西是我男人，是你杀死了他。她骂我骚货、臭娘儿们，难听死了，还叫我滚。说着骂着，她就操起一根拖把，这么粗的棍子，扑过来打我。我怕她吗？不怕。我顺手拿起客厅博古架上的一个大花瓶狠狠地砸在她脑壳上，她一下子就栽倒在地上啦，她家的保姆惊叫杀人啦，杀人啦，我喊住她，叫什么叫，我杀的是坏人……罗局长，我杀的是坏人，是我打的110。"

"你提包里的三捆钱是怎么回事儿？"

"是米家丽给的，她说你来讨债，给你三十万得了，快滚。我坚决不要，我说我是来讨命债的。她把钱塞进我的提包，恶狠狠地推我出门。我不理她，叫她跟我一起到公安局自首，她就拿拖把棍子来打我……"

"既然事情这么简单，你为什么非得点名叫我来才交代？"罗红旗最迷惑不解的就是这个问题。

牛静说："罗红旗，你什么意思？你不要给脸不要脸，你以为你是谁呀？你以为你不得了吗？罗泽西活着的时候，你不管他叫叔吗？你不是鞍前马后地巴结他吗？我告诉你，没有罗泽西就没有你罗红旗的今天，如今他死了，你翻脸不认人啦？"

"我不是这个意思。"罗红旗急于解释。

"不是这个意思，你什么意思？罗泽西告诉过我，你们姓罗的，她家姓米的，没有一个好东西，靠着他，不是捞官就是捞钱，就你有点儿出息，有点儿正派，有点儿原则性。"

罗红旗彻底失望了，也失去了耐性，再耗下去已经没有意义。他同坐在审讯桌旁边的预审科长对视了一下，两人会意地点了点头。

预审科长对着一旁做记录的民警，压低嗓门问："都记下来了吗？"

民警回答："都记下了。"

"叫她签字。"预审科长命令道，"然后，把她押回监室去。"

走出审讯室，罗红旗对看守所所长交代："要多关照一下牛静，主要是注意观察她的情绪变化，管教干部要多做些引导工作。"

这时，手机铃声响起，专案组民警向他报告，米家丽颅部受伤严重，经医生全力抢救，已经苏醒，目前暂无生命危险，只是处于神志不清的昏迷状态。另外，在现场勘查中发现已开启的保险柜里有大量现金，省、市纪委派人介入后，初查有六百多万元现金、十五根金条、两万美元、三万港元，在储物间还存有许多珠宝、文物、古玩、名人字画。

天寒地冻。罗红旗站在四周监舍围壁的庭院中央仰首看天，只见半空中洒下一阵雪粉，在树上铺就一层薄薄的白色，在地面却碰到上升的地气的顽强抵抗，雪粉化作湿漉漉的水汽。寒，刺骨的寒气，毫不客气地搅得周天寒彻。

罗红旗走出看守所，听得笨重厚实的大门在身后咣当一声重重关闭，冷不丁打个寒战，身体不由自主地哆嗦，心中涌起阵阵悲凉。

坍塌，崩溃，毁灭……罗泽西与牛静韵味高雅的爱情故事如此动人，罗泽西与米家丽人前恩爱相敬如宾的美满婚姻表象如此令人羡慕，罗泽西正派智慧风度翩翩的领导干部形象如此迷人，罗泽西极其郑重地教导罗红旗“堂堂正正做人，兢兢业业做事”磁石般的声音连同他和蔼可敬的笑容如此感人，然而，顷刻之间，这一切在罗红旗心中轰然倒塌，如江河溃堤，直泻千里，惊涛骇浪，雷霆万钧。

曾经的灯塔，曾经的丰碑，竟意外地毁灭，这使罗红旗头晕目眩，茫然无措。

第十六章 “三板斧”改革措施

夜幕初上。钱新亚在金山宾馆二楼餐厅豪华包间里用膳完毕，接过秘书张强递过来的牙线，一边沿着楼梯走向四楼井南市公安局按他的要求为他订下的豪华套房，一边用牙线和食指头剔着牙齿缝里嵌着的肉呀鱼呀之类的残渣。

张强边走边向他汇报几个打黑专案组的进展情况。走上四楼的过道儿，他看见昏黄的灯光下在他的房门前伫立着一个人影，立即警惕地喝问：“是谁？干什么的？”

那人影说：“我，市局网安的，我来给新亚委员汇报工作。”

井南市公安局网安支队长张德川随钱新亚走进豪华套房，坐在客厅的沙发上，待张强给他俩沏上两杯大红袍掩门出去之后，肉嘟嘟的脸上立马堆满了献媚的笑容，兴奋地说：“新亚委员，按照您的指示，我们把‘井南一虎’在网上举报李剑锋的情况查证了，找到了‘井南一虎’。他是个打工仔，原先曾在利山酒店干财务，后来因为不按李山的要求做假账被踢了出来。他说，以前李剑锋副局长三天两头接受李山的宴请，每次都在‘VIP 1’包房，大鱼大肉高档白酒伺候不说，酒足饭饱之后就去楼下的夜总会、桑拿浴消费，总是要折腾到次日凌晨一两点才收秤。最重要的是每次宴请李剑锋之前，李山都要派人到财务上支取五万元或者十万元现金，说是给李局长的好处费。据他回忆，总计有八次五万的、十一次十万的。这样算起来，李剑锋收受李山的贿赂至少是一百五十万元。他保证他说的完全真实，如果不信，可以查利山酒店支出的现金账。”

虽然钱新亚是北方人，因为赵厅长的关系调到江南省的时间也不长，但他是个很用心的人，他听得懂井南方言里“收秤”就是结束或者完蛋的意思。他想，有了这些够分量的东西，李剑锋在仕途上甚至是人生道路上，恐怕也该“收秤”了。

“还有什么情况，公安系统或者党政干部的？过去的现在的都行。”钱新亚对张德川给予充分肯定，大加赞赏，但还想获取更多更重要的信息，“你大胆讲，不用顾忌其他，你放心，我绝对为你保密，也不会亏待你的。你知道，省厅赵厅长是绝对信任我，支持我的，井南市委、市政府也是听赵省长赵厅长招呼的。”

张德川迟迟疑疑，欲言又止，一张油黑的大脸沁出细密密的汗珠，黑油油大鼻子尖坠着将落而未落下的圆滑玲珑的油珠，在房间柔亮的灯光下发白泛光。

张德川骨子里就是一个一门心思往上爬时时处处都想着出人头地的人，似乎他的每一根血管都流淌着升官的欲望，每一个细胞都深藏着上位做官的基因。然而，天不遂人愿，他越是像水银泻地一样四下钻营想当官，越是四处碰壁。正是在他被碰得鼻青脸肿，将要心灰意冷的时候，适逢天降这样一个腕级的大人物。他太想投靠眼前这位井南市公安局的“皇帝”，以获取更高的官阶，但又顾忌告密太多，包括自己在市局混迹二十多年来看到的听到的，当然出于他这个层面自然是无法证实或者说是捕风捉影的人和事，获取的不是晋升而是鄙视或者是被利用，更怕他这种背地里的出卖，一旦泄露出去将会使他在局里无脸做人。

管他呢，豁出去了，顾得了眼前就顾不了身后。既然钱新亚能够代表省厅、市委、市政府、市公安局党委，既然他能在全市公安工作电视电话会上大张旗鼓地这么讲，那么他就是党组织的化身，向他汇报情况，会有错？既然他大有来头，手眼通天，博取他的赏识而被委以重任岂不是瓮中捉鳖十拿九稳的事。再说啦，自己不是早就认为自己是有能力想干事能干成事的人吗？自己不是觉着窝在科级干部位置上活得窝囊活得憋屈吗？有力无处使，有劲使不上，那就争取当上领导，到更高的层面去干一番事业吧。

张德川权衡再三，劣根性战胜理性，终于痛下决心，把他所知所闻统统地讲给了钱新亚，诸如罗泽西是个贪官，罗红旗是他的同姓侄辈，靠行贿巴结走上领导岗位，刑侦支队长曾光照靠行贿罗红旗而被提拔重用，等等。他几乎把整个井南市局，包括五区十二县公安局的头头脑脑的关系和芝麻点的破事烂事都说了一遍。有的是耳闻目睹，有的是即兴编造，凡与他有过节的人，他都加重语气编造情节增加内容，一一道出，唯恐引不起钱新亚的兴趣和重视。

钱新亚平板式的脸露出浅浅的笑，听得十分专注，也可以说是有滋有味，以赞许的目光始终望着张德川，不时用笔在纸上记下一些名字和重要的情况。

天将放亮，张德川将该抖搂的都抖搂干净了，仍意犹未尽，还在脑子里搜索着可以抖搂的东西。更重要的是，他在等待或者祈求他的爆料获得回报，哪怕就是钱新亚的一个暗示。

但是连一个让他耳热心跳的词都没有从钱新亚的嘴里蹦出来，张德川只好恋恋不舍地告辞了。临走时，他借口上洗手间，拐进卧室，在钱新亚卧室的书桌上搁下一个厚厚的信封。

这一夜，钱新亚下榻的房间里的灯光彻夜未灭。

像这样的不眠之夜，自接管井南市公安局的“打黑除恶”工作以来，他不知熬过多少次，有人会主动上门向他报告情况，他也会找人谈话。他很累，但他觉得值，他还在心里酝酿着在井南这方土地上掀起更大的波浪，以期得到儒僧厅长甚至省委主要领导的关注乃至重用提拔。

因为他坚信，儒僧厅长指挥调度全省公安的千军万马以摧枯拉朽之势荡除污泥浊水的做法是超常规但却是英明的。他坚信，儒僧厅长凭着无所不能的气魄和能力，一定能够迈上更高的台阶。到那时，只要他这个来自北方省公安系统的干部取得引人注目的成就，就会晋升厅官行列。所以，自从他来到井南一直都处于亢奋状态，夜以继日地玩命工作，也不想管这个过程中出现的诸如刑讯逼供、处理干部时定性不准甚至冤枉处置等在他看来微不足道的种种问题，只管一如既往地按省厅的做法强力推进他所认为正确的工作。

翌日，罗红旗被召唤到钱新亚设在井南市公安局大楼顶层的办公室。

进门后，罗红旗惊讶于办公室豪华的装修和富丽堂皇的摆设，盆栽植物生机勃勃，钴辘盆景流水潺潺，背景墙上的草书字幅龙飞凤舞，无不显现主人的精心打造和刻意显摆。

自从钱新亚来井南之后，罗红旗就按他的要求，将顶层的一个大会议室安排给了他作为办公室，没想到被改造成了一套带休息间的大套办公室，更没想到在他的授意下竟装修得如此豪华。

罗红旗心想，这人果然不是一盏省油的灯。

不过，这些高档装饰材料的堆砌和高档办公家具的摆放，在他看来透着俗气，还显得有些怪诞的味道。

他刚在沙发上落座，钱新亚就勃然大怒，大喝一声：“罗红旗，你还想不想干啦？”

罗红旗猛吃一惊，一愣一怔，不知所云，一头雾水，僵了。

“告诉你，罗红旗，照这样下去，你这个公安局长干不了啦。”

“我，我，怎么啦?”罗红旗一头雾水，木讷地问。

“怎么啦? 近段时间各项公安工作严重滞后，干部队伍有贪腐，公安内部出问题，社会面上治安越来越糟，‘打黑’没声势，大案破不了，还有你自己的问题……”钱新亚一连串的呵斥，连珠炮似的轰过来。

“新亚委员，钱副书记，您说的工作上的不足，我承认，我改进；您说干部队伍有问题，我也不敢保证没问题，毕竟井南公安是一支上千人的队伍。但是您说我个人存在问题，是什么意思?”罗红旗顿时感到问题的严重性，脑子里迅速把过去和现在的重要的事情过滤了一遍，“我没什么问题呀，既没有违纪的言行，更没有违法犯罪的行为。如果有，请新亚委员明示。”

“你自己的问题自己清楚，不是有没有问题，而是问题很严重，你还反过来问我?”钱新亚严厉的训斥迎面向罗红旗砸过去，直砸得他两眼发黑头昏脑涨摸不着北，“赵厅长派我来就是要外消积怨，内除积弊，领导干部、民警队伍中的违法违纪，甚至是犯罪的问题不解决，社会治安的乱象不治理，历史上积累下这么多刑事案件不破掉，现实中‘打黑除恶’不彻底，现行大案破不了，怎么能把井南公安的新局面打开?”

罗红旗耷拉下头，无言以对。

“立即召开党委会，我来安排部署工作。”钱新亚以命令的口吻说。

下午两点，井南市公安局党委会按钱新亚的要求举行，主持全面工作的党委副书记、常务副局长罗红旗说：“今天会议的主要议题就一个，请钱新亚同志部署近期工作。”

钱新亚急不可待地接上话茬儿：“省公安厅和市委、市政府明确叫我接管井南市局的工作，就是叫我全面负责全局的工作，我就要担当起这个责任，我要以全新的安排和全新的部署，改变以往混乱不堪、进度落后和民警队伍屡屡出问题的糟糕局面，内除积弊，外消积怨，对党负责，对人民负责，对每个民警负责。”

说到这里，市委常委、市纪委书记汪家良推门进来，大家的眼光唰地一下子从钱新亚的脸上移到会议室门口，似乎还看见门外有几个人影在晃动，会议室的空气一下子紧张起来。

汪家良径直走到钱新亚身边，附耳低语几句，钱新亚轻轻地点了点头。

汪家良转头对桌边的李剑锋说：“李副局长，你先出去一下，外边市纪委的同志找你有点儿事。”

李剑锋意识到了东窗事发，脸色唰地一下子变得苍白，双手颤抖着收拾桌上的笔和笔记本，缓缓起身，走向门口。

待李剑锋走出去被门外守候的市纪委工作人员带走之后，汪家良坐了下来，极其严肃地说：“这种人已经不配参加这种会了，没资格。同志们，我代表市委、市纪委正式宣布，李剑锋因涉嫌严重违纪违法，按照党的纪律处分条例，经市委研究决定，正式对他实行‘双规’，接受调查。”

“汪书记，可不可以问一下，李剑锋涉嫌什么问题?”罗红旗故意问了一句，心里不满意市纪委选择市局开党委会的时候带走李剑锋这种做法。

“主要是涉嫌收受贿赂和涉嫌充当黑社会组织保护伞的问题。”汪家良听懂了罗红旗的心里话，解释说，“这个时候来带走李剑锋，事先是跟新亚副书记打了招呼的。事实上，从安置房工程坍塌事故发生的那一天起，朱达人、李剑锋的问题已经暴露无遗了。”

钱新亚在一旁点头，表示他知道这些事情。

汪家良心情沉重，意味深长地说：“同志们，大家要吸取教训呀。我们是执法者，决不能徇私枉法呀，不该收的钱绝对不能收，执法者充当黑社会组织的保护伞，触碰了法律的底线，破坏了法治社会建设，使广大百姓丧失对法律的信心，这个危害就大得不可估量啊。所以，同志们在今后的执法工作中，必须要按程序按规矩办案，依法办案才不会出错，才不会滥用职权，才不会留下后遗症，给国家给人民造成危害。”说到这里，他拿眼瞟了瞟钱新亚。

“好啦，我告辞了，大家接着开会。”汪家良站起来向大家点点头，掉头走了出去。

“大家看到了吧，像李剑锋这种人，不听招呼，不懂规矩，不知收敛，一定会是可悲的下场，等待他的就是判刑坐牢，甚至是杀头。下一步，在我局实行的人事改革、建警营文化、打黑除恶的工作部署中，不听招呼、不懂规矩、不负责任的人，必将受到严厉的惩罚。”钱新亚紧紧接上会议的主题，全盘托出了他的“三板斧”的改革措施。

“第一板斧”是机构人事改革，建立交警、治安巡逻警察合一体制，撤销一部分派出所，把市局、分局、县局机关和被撤销的派出所的警力充实到交巡警队伍，警力上街，屯警街头，快速反应，就近接处警。人事改革方面，市局和城区分局副科到副处的领导干部一律就地解任，担任临时负责人，一律重新考试竞聘；城区五个分局的派出所所长、教导员全部跨区交流任职；十二个县局民警通过考试遴选进入市局和城区分局。

“这不是搞乱体制了吗？多年积累的基础工作不是被毁于一旦了吗？有这么干公安工作的吗？”坐在罗红旗身边的申晓兵悄悄地在他耳边嘀咕。

罗红旗心中何尝不知道改变公安机关的体制是国家事权，而一个地级市公安局无权作出打破体制、合并警种、撤销公安派出所的决定，但他清醒地意识到钱新亚以及钱新亚背后的强大势力，况且他知道省厅、省城市局早就这么搞了，此刻如果他站出来阻挡或者反对，只能是螳臂挡车。

于是，他埋下头，用右手食指在口中间竖起，做了个噤声的动作。

钱新亚继续慷慨激昂地部署他的“三板斧”措施。

这第二项重要措施，就是举行大型警营演唱会，动员每个警种每个单位每个民警参与，层层选拔，最后在市局搞一个大型活动，邀请省里市里领导莅临视察，要在全省产生强烈的影响力；再就是大规模开展警营文化建设，公安机关内部的墙面上要以红色文化为主题，布满具有文化元素的字、词、画、照，墙不留白，以文化育警，让民警耳濡目染，让文化沁入心灵，培养一支懂规矩、讲政治、有素养、有文化的警察队伍。

第三项措施，就是以多种形式深化打黑斗争，在网络、手机短信平台、报纸、电视上大力宣传“打黑除恶”工作，要破一大批积案，要深化省里推行的“打黑+反腐”模式的反腐斗争，彻底摧毁黑社会组织的经济基础和保护伞。

“此外，省厅来的工作组人员和市局纪委、监察、督察部门人员组成二十个督导组深入下去，发现有问题的人一律集中到专门的学习班去统一认识、提高觉悟。要完成三件大任务，必须要求全市民警做到‘一个声音，一种认识，一个动作，一盘棋’，否则予以严厉追责。再组织二十个工作组下到工作推进不力、班子不发挥作用的单位去帮助工作，发现问题，整体拿下，该去学习班反省的去自我反省、提高认识，该免职的一律免职去当普通民警，该开除的立即作出决定开除。这样，全市公安就会高效运转，公安循环好了，就会提高人民群众的安全感和满意度，为‘平安江南’和‘畅通江南’建设作出我们最大的贡献。好，就讲这些，看大家还有什么意见?”钱新亚口若悬河，滔滔不绝，连篇累牍地阐述这些重大措施的现实意义和深远的历史意义，好不容易讲完，仍意犹未尽。

钱新亚转头面对大家，眼睛闪烁着阴翳的光，冷冷地说，“看看，大家还有什么新的问题?”

沉默。

与会者的脸色凝重，陷入沉思。

“好，既然没有新的意见，就分头执行。强调一点，在执行上不容商量，考验我们的时候到了。”钱新亚攥紧拳头，紧咬牙关，以不容置疑的口气说。

“报告，我请示一个问题，可以吗?”党委秘书简童科埋头记录，眼看会议要结束了，急忙抬起头来发问。

“什么问题?”钱新亚问。

“今天的党委会是形成纪要还是记录?”

“有什么区别吗?”钱新亚毕竟是一名赵儒僧从北方省遴选过来并破格提拔重用的处级领导，因为从来没有主持过公安机关的工作，更没有主持过党委会，所以对此确实一无所知。

“有区别，党委会纪要就是把党委会的意见集中归纳形成议定的意见，记录就是把党委委员的发言分别记录下来。”简童科心里慌慌的，字斟句酌地解释。

写成记录不是明摆着是一言堂吗?钱新亚沉吟一会儿，说：“就形成党委会纪要吧，立即下发执行。”

“还有一个问题，今天的党委会写谁主持?新亚委员是列席吗?”小简问。

“我看，我看……”罗红旗迟疑再三，不知道怎么定夺。

“我列席?我是列席吗?上方叫我来主持工作，你说是谁主持?

你哪来这么多问题？你不能干了，干不了啦，立马去井南山区最偏远的派出所当民警，不是基层缺人吗？去，下去吧。”钱新亚恼羞成怒，一连串的训斥，最后说，“就这样，今天我说的每件事情，必须无条件地立即执行，散会。”

党委委员们惊诧于钱新亚三项措施的部署，震惊于李剑锋现场被带走的场景。

对于罗红旗来说，还有钱新亚对他的迅雷不及掩耳之势的呵斥，这无异于霹雳闪电般的震撼。

钱新亚宣布散会，他们才从惊愕中醒来，悻悻地离开会场。

由钱新亚签发的以省公安厅党委委员、纪委副书记身份主持的井南市公安局党委会第一份纪要下发以后，在督导组、工作组的强力推进下，全市公安系统迅速按照纪要的布置动了起来。井南市公安局及其那栋彻夜灯火通明的大楼再度成为香城官界、坊间、网络舆情的热点，备受关注。

这一段日子，罗红旗生活在自责、苦闷、沮丧的氛围里不能自拔，白日里东奔西跑，处理一件又一件没完没了的事务，食不甘味，夜里辗转反侧难以入眠。

他苦苦思索，百思不得其解，是我错了吗？还是他们错了？

这天傍晚，华灯初上，罗红旗与林静娴相约在上岛咖啡南城店。

“受党教育多年，这不是一句空话，而是实实在在的事实。从初懂世事的那一天起，我们就生在红旗下，长在红旗下，连名字都取的是红旗，接受的是党的教育，人生观、价值观、人生的理想、人生的信仰都是在党的教育下形成的，可眼下的一切让我丧失了基本的常识，失去了正确的判断，这可该怎么办呢？”罗红旗在向林静娴叙述了公安系统的一些情况之后，发出疑问。

林静娴望着罗红旗鬓角一夜之间生出的丝丝白发和满脸痛苦的

神情，莞尔一笑，轻松地说：“真是伍子胥过昭关，一夜愁白了头呀。不要烦恼，也用不着痛苦地折磨自己。往大处讲，反腐和打黑是我们党和国家一直以来都在抓的两件大事，方向是没错的，只是目前有些人的做法过头了，偏离了正常的轨道。”

看见林静娴轻松淡然的神色，罗红旗略微缓解了焦虑的情绪，烦躁的心境清净了一点儿，说：“他们这样搞，将会使公安队伍一片混乱，公安基础工作被破坏殆尽，这个责任谁来承担？这种后果谁来负责？”

“谁做谁负责，谁捣蛋谁承担。实践和历史就是最好的检验。”林静娴说这句话的口气认真而严肃。

“他们也不用搞这么大阵势，时时处处大轰大擂，一点儿小事做得比天还大，生怕别人不知道，唯恐不惊动天下人。公安工作该怎么搞？我当公安局长我知道怎么搞。打黑，现在井南市影响最大的已经被省厅挂牌的李山团伙案，我会把首要分子李山尽快捉捕归案；破案，经过半年苦心经营又时时摆在眼前的‘10·26’案已经被公安部挂牌督办，我会殚精竭虑千方百计地破案，我可以发誓，此案不破，我枉为公安警察。可他们只顾做这种大忽悠的表面文章，还追什么逃犯，破什么大案，而且把前期工作的积累和支撑公安工作的基础性东西毁掉了。我呢，眼睁睁地看着这种毁灭性的做法，能无动于衷吗？管不了顶不住拖不过，想磨蹭都不行，只得做违心事说违心话。你说，还有什么比这更痛苦的？”罗红旗说着说着，尾音里竟有些哭腔，眼眶噙着闪亮闪亮的泪水，差一点点就开闸放水了。

“知我者，谓我心忧；不知我者，谓我何求。”林静娴低吟着，抽了一张纸巾递给罗红旗。毕竟在思想境界上，她较之罗红旗视野开阔，宏观大度，甚高一筹。

“我欲何求？我该怎么办？我能干什么？我不能当历史的罪人啊！”罗红旗满脸痛苦状，可以想见他揪心的痛。

“我以为，当下应当发扬坚韧不拔的精神，以‘韧’字当头，以‘韧劲’应对。”林静娴认真地说，“另一方面，要看到希望，沙尘暴能遮天蔽日，不过一阵风吹过，如此而已。当然，你还可以请示一下张雅南书记。”

“我给他的秘书王离打了三次电话，都说他很忙，说有时间他会约谈我。”罗红旗无可奈何地说。

“没关系，坚定自己的信念，有些错误的做法一定会得到纠正的。不过，你得注意身体，嫂子也不在井南，照顾好自己，身体垮掉了就什么都没有啦。”

这话，就像是大寒之夜跳进温泉一般温暖了罗红旗的全身。他不无伤感地说：“老婆在井上，身体一直不好，上周末打电话来说查出乳腺癌，我只好叫姨妹去照顾，检查以后确实无误，这周就动手术。我每天工作十五六个小时，如果回县里，还得去跟钱新亚请假，还不一定能批准呢。唉，这日子何时能熬到头哇？”

分手的时候，林静娴语重心长地说：“色厉而内荏，表面强大者，往往内心空虚几无根基，只得彰显出虚张声势的模样。切记不要被表面的东西所蒙蔽所吓倒。”

夜深了，两人走出咖啡店，凛冽的寒风迎面吹来，禁不住让人打个寒战。

罗红旗心里想着林静娴坚定淡然的神色和她智慧理性的分析，倒是感觉暖洋洋的。

第十七章　主动出击

江南省第二大城市井南市是中国西部著名的香城。山水环抱之中的井南市，因为绿树成荫，奇花异草一年四季竞相开放，树木、芳草、鲜花散发的馨香延绵不断而被谓之为香城。

井南市政府大楼坐落在香城中央大道的左侧，是一幢正方形浅灰色的建筑物，除了正面竖立着十二根浑圆的立柱显得气度飞扬以外，整栋大楼在阳光明媚的日子可见其分明的轮廓，在阴霾之下只是隐约可见，给人留下的是朴素踏实厚重的印象。

这幢建筑风格十分低调的大楼，近两年内数度成为江南省官场和坊间的焦点。先是前任市长张高乐携巨款潜逃，常务副市长罗泽西被杀害；后是因为香城CBD项目兴建的拆迁安置房坍塌而引发副市长朱达人、市建委主任刘井元、市公安局副局长李剑锋涉黑涉嫌巨额受贿被抓的官场地震；近日又发生罗泽西情妇砸伤他老婆的伤害案件，从而爆出从其家中搜出大量现金、金条、古玩、名人字画的传闻。

这些事件在官场之外的人们看来，都是出乎意料的偶然事件。因为意外，甚至是绝对的意外，才具有爆炸性，以至于每个事件中的次要角色和事件发生时的每一个细节都成为网络热议、街谈巷论的话题，传播、演绎、指责、抨击甚至破口大骂之声不绝于耳。

但是，对于身在官场或者谙熟官场生态的人来说，这些意外事件却并非尽在意料之外，看似孤立的偶发事件背后，存在着一定的必然性。因为井南市的官场生态并非完全阳光的显规则，更多的是隐藏在下面的潜规则在无阻无碍地运行，偶然爆发意外事件，不过是潜规则运行到了某个节点而触发使之暴露成为显性事件。

每天从中央大道来来往往的人们忍不住都要对这幢大楼侧目而视，疑问迭起，困惑迷茫，这个大楼里的政府官员们究竟怎么啦？他们为这方土地上的百姓干了些什么？

主政这幢大楼的代理市长王万山，却不像有的官场人物一样抱着幸灾乐祸的心态看待这些事件。

刘井元、李剑锋的被抓，尽管直接原因是由涉黑和受贿引发，可这两人毕竟是他圈子里的人，有些事会不会因为他俩在里面的坦白交代而涉及他？每虑于此，他就心烦意乱。

还有，据他掌握的情况，坊间盛传他与罗泽西是政坛宿敌，倾轧、排挤、下套、挖坑、挖墙脚，较着劲为升位而千方百计不遗余力地争斗，权谋争夺之间是他花重金雇杀手将罗泽西置于死地。

虽然是传闻，不是官方消息，更不是专案组调查取证的结果，但他清楚地知道，自从省厅工作组接管“10·26”大案的侦查工作后，一度曾有人盯上他这条线索开展过调查。对于结果，他不得而知。李剑锋被抓之后，他在公安局失去了铁杆关系，又不方便打探，这样看来，坊间传言并非空穴来风。

他何尝不知道流言杀人的说法，况且他自己的事，瞒天瞒地瞒不了他自己。这些日子，他总觉得有千万双眼睛在偷窥着自己，似乎要探究他内心里的所有隐秘，不得不感到危机四伏，提心吊胆。

考虑再三，他拿定主意，准备主动出击，化危为机，走出困境。

这天，罗红旗被王万山通知到了他的办公室。

刚跨进门，王万山微笑着迎上来，紧紧握住了他的手，热情地说："红旗呀，这些天辛苦你了。听说钱委员来了之后，你们每天只睡四五个小时，忙得脚不沾地，打黑很有效啊。'10·26'案进展怎么样？家里怎么样？听说你老婆病了，要不要市里照顾一下啊？局里民警加班加点拼命工作，有什么困难啊？工作推进这么快，装备还差点儿什么啊？有什么困难需要市政府支持，你要讲啊。我虽然不懂公安业务工作，但关心、支持、帮助你们，我还是可以作一点儿贡献的。来来来，坐下来，慢慢谈。今天我专门腾出半天时间，找你来聊聊公安的事。"

听了王万山一连串热情洋溢的话语，罗红旗像洗了一个热水澡似的慰藉身心，但王万山一反常态的举动倒让他感觉有些意外。

他想，市政府一把手如此关心公安，怎么说也是好事，至于他出于什么动机，暂时也理不出个头绪来。

"感谢啦，市长，您在百忙之中还关心我，关心公安工作，真是让人感动。"罗红旗脸上堆满笑容，腮帮子都在抽搐。

"不用谢，这是我这个市长应该做的，平日忙，对这块工作关心不够，我应该检讨。"王万山作古正经地说，"先谈近段时间的工作情况，再谈谈有什么困难，当然有什么问题也要谈。"

罗红旗坐直了身体，喝了一口王万山亲自给他新沏的茶水，一一把近期工作做了详细的汇报，王万山聚精会神地听着，不时插话问几个问题。

"你认为当前工作中最大的困难是什么？"王万山问。

"警力匮乏，经费不足。"罗红旗直截了当地回答。

"公安业务上最大的问题是什么？"

"站在我的角度，我个人认为，还是李山团伙的追逃和'10·26'案的侦破工作。"

"李山团伙的追逃，一要加大力度，二要多开辟一些信息渠道，我就不相信他人间蒸发了。”王万山严肃地说，“只有这伙人归案，打黑才有标志性的成效，不是吗？”

“是，是，市长高见。”

“罗泽西谋杀案这么长时间没进展，听你讲，该做的工作都做了，仍然没有实质性的突破。他老婆被情妇砸伤的案子，牵出了罗泽西夫妇贪腐的问题，这里面与谋杀案是否存在什么因果关系？有没有谋杀案的重大嫌疑线索？”

“没有。至少根据目前情况来看，没有一条是直接的线索。”罗红旗以不容置疑的口气说道，但对王万山直呼“罗泽西谋杀案”有点儿吃惊。

“专案工作中涉及党政干部的调查要十分慎重，还要注意保密，不然会弄得谣言满天飞，政府的形象也会受损害。”说这话时，王万山显得十分稳重。

“是的，是的，市长说的对。”

“我听到反映，说是你们打黑专案组和罗泽西谋杀案专案组，对涉案人员存在捆绑、吊打、扇耳光、不给饭吃、不给水喝、不让睡觉的现象，这可要不得哟，这是刑讯逼供，出了冤案可不得了，必须纠正。”王万山严肃而语重心长，还显得忧心忡忡。

谈到这里，罗红旗似乎感受到了他真心实意的关心。

他觉得王万山此刻是以大局为重，仿佛过去的几年他并不嫉恨罗泽西，也并不介意罗红旗与罗泽西之间的紧密关系，而是以党性原则在研究工作，加之这几句话正说到他苦恼的问题上，他也来了情绪，说：“市长说的太对了，可是，专案的工作都由省厅工作组接管，您说的问题，我也听说了，我制止不了，劝阻不了，我也着急。打黑专案组一旦听说涉黑的人员就一律刑拘，侦讯中都往涉黑上靠，靠不拢的或者不按他们的意思招供的，就施以体罚或者变相体罚。谋杀案专案人员对涉案的荀新材、梨花妹、牛静，还有另一个死者吴文豪的讨债人员都刑拘了，都实施了体罚，非得要向犯案人方向整，非得要往涉黑上靠……这不仅违法，而且今后的后遗症会很多的，贻害无穷啊。”

王万山掏出一包烟，抠出两支，一支递给罗红旗，一支叼在自己嘴边。

罗红旗急忙掏出打火机，先给王万山点燃，然后自己也点上，深吸一口，喷出圆柱形的烟雾。

沉默。

烟雾缭绕在室内，四处弥漫。

“这样好不好，你去安排两件事。”王万山绕了半天圈子，见时机成熟了，开始说出自己的计划。他把烧了半截的烟头一下子揿灭在烟缸里，打破沉默：“明天你安排一下，我去公安系统学习参观半天，看一个派出所，看谋杀案专案组，看一个路边的交巡警平台和市局大院里的打黑图片展览，最后在市局与各警种和城区五个分局的主要领导座谈一下。我去了，钱新亚肯定要出面，你给他汇报一下，把线路、看点、人员与市政府办公厅商量一下，拿出一个简单的方案来。在学习、参观的过程中，我提示一下这些问题，看看有点儿效果没有。”

“好呀，好呀，市长是视察公安工作，不是学习参观。”罗红旗露出一丝高兴的神色。

“还有，你回去之后，起草两份申请报告：一份是增加工作经费的报告，写一千万元吧，我考虑你们打黑也好，专案也好，工作量增大，同志们也辛苦，我批了之后，一半给市局，一半给城区五个分局；另一份以增添技术装备的名义增拨两千万元。这一共是三千万元，由市财政直接拨付给公安，你看，行不行？”王万山一股脑儿地谈完他的计划。

“行，怎么不行？市长考虑得太周到了，非常感谢。”罗红旗高兴得差一点儿跳起来，同时也对自己担心王万山会计较他与罗泽西的关系而深感自责，多有愧疚。

临别之际，王万山握住罗红旗的手，眼眶里湿湿的，充满感情地说：“红旗呀，工作要忙，家也得照顾好，老婆病了，听说是癌症，要么你要多回家照顾，要么我打个招呼安排她到市医院来治疗，怎么样?”

如此滋润人心的话从王万山嘴里说出来，格外令人感动，罗红旗盛满泪水的眼眶差一点儿就泄闸了。

他双手握住王万山的手使劲摇了摇：“市长，真谢谢您，谢谢您的关爱，也代表我家人真心感谢您。不用了，我老婆的命苦，癌细胞已经扩散了，晚期，没治了……谢谢您。”

王万山又再三叮嘱罗红旗要多给老婆一些关爱，减少一些痛苦。

第二天上午，王万山率副市长兰文岩、陈详，秘书长叶本川，市财政局局长程万里，市监察局局长王先高，在钱新亚、罗红旗的陪同下，按照罗红旗事先拟订的方案开展视察活动。在这个过程中，王万山瞅着机会低声提醒了钱新亚注意在打黑专案组存在刑讯逼供的问题，他真切地告诫钱新亚，这种不依法办案的现象如果不制止，后果将会十分严重，长此下去对他对儒僧厅长都会带来不利的影响，至少会招致诟病。

孰料，钱新亚只是斜着眼望着他，鼻孔里冒出两声哼哼。

王万山故意告诉钱新亚，这些情况都是罗红旗专门向他报告的，钱新亚更是对他对罗红旗记恨在心，一句话都没接。

随后在市局会议室举行的座谈会上，王万山高调支持公安的打黑工作，充分肯定前段工作的成绩，闭口不谈任何问题。

会后，王万山吩咐叶本川把今天的活动形成简报专报省政府、省公安厅，再安排随行记者将今天的活动分两段报道上电视、报纸，一段为视察活动，一段为座谈会，同时上省报、省电视台。

王万山这一招果然奏效。媒体报道后，有关他的谣言不攻自破，再有指向他的话题出口，便自然有人起来反对，哪里有涉案的人还去看望慰问专案组民警的道理。此举也赢得全市广大公安民警的赞同。

有人私下议论说，这是在表演，是作秀，就会有人反诘，市长对我们警察如此高度评价，而且一单就拨了三千万元，支持力度够大了，也算是对我们辛苦的慰劳，他前面几任市长有这么干的吗？

更可喜的，也是王万山最看重的，是副省长、公安厅厅长赵儒僧的亲笔批示传下来：“好，井南市的工作很好，政府一把手充分肯定打黑工作，真正关心公安事业和公安队伍，值得全省各地政府学习借鉴。”

王万山叫秘书把这段批示连同省、市媒体的新闻报道收集起来，呈报张雅南书记，下发各区、县、市级各部门，并作为重要资料保存。

由此，王万山经过认真分析后作出判断，目前他的处境是安全无虞的，他也是受省里重视的。

接下来，他开始紧锣密鼓地推进涉及香城 CBD 项目的拆迁、安置房重建、场地平整、初设规划及招投标程序等工作。

他计划抓紧完成前期工作后，尽快举行盛大的奠基仪式，让省委、省政府看到他的政绩，让井南百姓看到他的风光。还有，十几条正在规划中的旅游线路准备成熟一条启动一条，每条都搞一个启动仪式。这样，一连串缤纷绚丽的大型活动就会光芒四射夺人眼球，让人目不暇接，犹如阵阵遒劲大风吹尽笼罩在这幢大楼上空的层层阴霾，使政府的形象敞亮高大起来。

第十八章　重组专案组

钱新亚没辙了。读小学的时候，老师讲的“黔驴技穷”故事里的驴子，恐怕就是他目前的这个样子。每念及此，他就感到莫名的空虚和不安。他不得不坐下来研究“10·26”专案工作了。

他叫秘书通知专案组晚上十点集中在市局三楼会议室汇报研究一次，同时也通知罗红旗和已经被解任去了学习班的市局刑侦支队原支队长曾光照参会。

他太忙了，也太累了。

全市十二个县局和五个分局他都要一一走到，看望慰问民警，研究解决三四个问题，然后到当地局里开座谈会，会上要饱含激情地发表鸿篇大论的讲话，除了强调打黑工作之外，作为省公安厅主持纪委工作的副书记必须声色俱厉地提出铁规般的工作要求。随后，还要对陪同的当地党委的政法委书记、分管公安的政府副职寒暄一番叮嘱一阵，实在是太忙。他毫无遗漏地逐案听取汇报，研究进度和力度，对一些久无进展的案件或者是出现纰漏的专案组，一次又一次地“关照”，既处理工作事务，又实行严厉追责，累得精疲力竭，实在是太累了。

几个月忙下来，他所期望的震惊江南的轰动效应却始终没有出现。

经过反复思考，他认为关键点落在影响甚广的“10·26”案未破和李山团伙没有归案这两个问题上。但是，如果仅仅靠他现在造声势大忽悠的三脚猫功夫是不行的，恐怕得重新起用一批能人，公安工作到底还是一项专业性很强的工作，有工作经验、有学问的人来干才能干好。

钱新亚实际上是一个有其形无其心的稻草人，心里这样想，面子上还得绷起，刚愎自用，唯我独尊，好不容易树立起来的权威，哪怕是色厉内荏的权威，也绝对不能倒下。

晚上十点，市局三楼会议室，灯火通明。

“10·26”专案组百十来号人济济一堂，却出奇地安静。偌大的长方形会议桌的三边都坐满各个小组的负责人，主座这一边仅坐了罗红旗和专案组临时负责人王照明，两人中间相隔一段距离，专门安排了一个空位，这是预留给钱新亚的。

时间一分一秒地过去，钱新亚却迟迟没有现身。

一会儿他的秘书张强进门来给他放笔和笔记本，一会儿又进门来在他的座位前放上一沓文件，一会儿又端着他的茶杯进来，把茶杯放在他座位前面的会议桌上。

十点零五分，红光满面的钱新亚气宇轩昂步履匆匆地走进门，落座在主席位上，似乎掩饰不住一脸的兴奋，说：“不好意思，正处理几个专案组的报件，儒僧厅长又来电话了，询问‘10·26’案的情况，我把进展汇报了一下，也汇报了井南公安局和专案组民警的情况。儒僧厅长对我们进行了严厉的批评，要求尽快破案。同志们，我们一定要发扬只争朝夕革命加拼命的精神，我每天只睡三四个小时，其余时间都在工作，为了节约时间，早餐午餐经常是一个馒头或者一个包子夹咸菜充饥，不信，你们可以问问张强。同志们，按照赵厅长的指示精神，我们一定要把‘10·26’案破掉，一定要将打黑斗争进行到底。儒僧厅长比我们更辛苦，每天只睡两三个小时，时时指挥调度全省的公安工作。”

这么巧？罗红旗心里咯噔一下，这里离省城两百多公里，晚上这个时间开会研究专案，赵厅长关于专案的指示就来了，真是心有灵犀？“10·26”案的侦查方向总是往涉黑涉恶方向上靠拢，白天黑夜连轴转，再苦再累再忙，可时至今日毫无实质性的进展，可见是南辕北辙，其谬误大矣，但愿他们能尽快认识到这一点。

“会怎么开？平日里怎么开就怎么开吧，今天我把罗副局长、曾支队长也叫来了，听了情况之后，再商量一下吧。”钱新亚对专案负责人王照明说。

“尊敬的新亚书记，同志们，我先把‘10·26’专案组截止到今天晚上的进展情况做个汇报。”王照明准备了正式的文字报告，一板一眼地照本宣科。

他是省厅从北方省最偏远的县级市调来江南省的，来之前在县公安局任政工科长，到省厅报到后，被破格提拔为省厅刑侦总队副总队长。尽管一天刑侦工作都没干过，但因为学业有成，考取过中文、中医两个专业的研究生文凭，就被上峰推崇为刑侦专家。

在汇报中他提到，专案组已刑拘一百一十三人，破案七十件，调查取证一千一百人次，询问和讯问两千两百人次，查看监控录像七千余小时，清查暂住人口一万余人次、出租屋七千多户，使用侦查手段十余种三十余次……涉及本案的突破性的线索，为零；涉案人员都调查过，该抓的都抓了，目前取证无进展，效果为零。

钱新亚听得很专注，不时地还在笔记本上记下一两句，同时在他面前的一沓文件上龙飞凤舞疾书批示。可是，这一连串空洞的数字把他听烦了，插话说：“这里面有没有涉黑案件？”

“有，有两起团伙犯罪，一起涉毒，一起涉黄。”王照明急急地回答。

“下一步，下一步，专案侦查工作怎么进行?”

“下一步，我们将按照新亚书记的指示，继续在打黑深化中挖掘线索，力争早日破案。今天专案研究之后，我们将按新亚书记的最新指示，加倍努力，鼓足干劲，深入发动群众，依靠人民群众提供线索，早日破获案件，还井南人民一片安宁。”王照明像小学生在老师面前背诵课文一般回答道。

“你别说了，专案组的其他同志还有没有什么补充意见?”钱新亚显出一丝不耐烦的口气。

前排就座的人纷纷摇头摆手：“没有补充，没有新的意见。”

“曾光照来了没有?”钱新亚冲着后排喊。

“到。”曾光照慢慢悠悠地从后排站了起来。

“你有什么看法？讲讲。”

“我，我倒是有个建议，不知当讲不当讲。”曾光照忐忑不安，小心翼翼地试探着说。

“讲，大胆讲。”钱新亚平板式的脸上隆起几处肌肉，露出笑样。

“既然是专案，就应当有专案的措施，就应当把社会面上采取的措施与专案侦查的措施区分开来。专案组也用不了这么多警力，应该重点围绕两个死者关系中的重点人物深入调查，重在查深查细；再者，可以再做侦查实验，追溯案件发生的过程，吃透作案者的心理因素……这样恐怕来得快些。”曾光照字斟句酌地说话，心像被一只铁钳般的手紧紧揪住，悬在半空中，生怕触怒龙颜。

他知道，省厅刑侦总队的白京伟副总队长因提出过类似的观点而被解任进了学习班，所以他在建议中谨慎地把社会面与专案工作区分开来，并没有直接说把此案同打黑分割开来。不过，他想，他已经被解任了，已经进了学习班，再怎么处置他也无所谓了，可如此大案不破，作为井南公安的老刑侦，他无颜见江东父老啊。

“只要能破案，我看曾支队长的意见可行。”钱新亚克制住习惯思维和无可奈何的情绪，故作轻松地说，“罗局，你还有什么意见?”

终于有了说话的机会。罗红旗想，此案不破，郁恨难平，只要能破案，不能再患得患失顾虑重重，哪怕就是“下课”或者进学习班。

他说：“我想问两个问题。”

“你问吧。”钱新亚点点头，表示同意。

“第一个问题是，围绕死者吴文豪抓捕的重点嫌疑人是谁，深入审查的结果怎样?”罗红旗发问。

王照明回答道：“围绕吴文豪这条线索，我们一共抓了一百多人，多次审查，重点嫌疑集中在苟新材、梁凤英和那个叫嚷着要吴文豪拿命抵债的农民工李建身上，反复讯问，也施加了压力，但始终没有获得直接证据。”

“你能不能把这三个人的情况分开来谈，谈详细一点儿。”

王照明说：“苟新材与梁凤英趁吴文豪长期在外打工勾搭成奸，长达三年之久，为了达到结为夫妻的目的，曾经密谋害死吴文豪。为此专门购买了有剧毒的毒鼠强和农药，准备由梁凤英放在吴文豪吃的饭或者喝的水中。我们也在她家搜查到了这两种毒药。但是，吴文豪死于锐器伤，而地点是在荒郊野外，会不会是苟新材单独作案?我们多次分别审查这两人，共同点是承认有过杀害吴文豪的密谋，相互指正，案发当晚，两人以为吴文豪外出不归，便在家中苟合，但缺乏第三者的印证。农民工李建始终说不清楚案发当日自己的行踪，多方调查也没把时间空间固定起来。”

“对吴文豪的尸检，有没有发现中毒现象或者胃内容物里有毒物?”罗红旗抬起头问。

这时，后排站起一个头发花白的警察。罗红旗认识他，他叫董天书，是省厅技术处的一名资深法医，曾多次来井南指导命案侦破。他举起手中的一个文件夹，说：“没有，肯定没有。尸检报告和之后的复检材料都在这里。”

“那好，新亚书记，我建议啊，这条线索可以放一放，苟新材继续强制戒毒，同时加强审讯，李建可以羁押再进行审查，梁凤英和其他人都可以释放，但是调查工作不能放松，而是换一种方式进行。您看，这样行不行？”罗红旗试探一下钱新亚的态度。

“行，我同意。”钱新亚爽快地回应，“你的第二个问题呢？”

“我的第二个问题是，在围绕罗泽西死亡的线索调查中，有没有比较突出的嫌疑人？查证的情况怎么样？”罗红旗问道。

“这个问题有些敏感，我建议留下这个专门调查组的同志一起研究，其他的人可以走了。新亚书记，您看如何？”王照明格外谨慎地说。

“嗯，嗯。”钱新亚略为思忖，点头同意。

没一会儿，刚才还济济一堂的会议室只剩十余人。

“我接着汇报。”王照明说，“接手‘10·26’专案工作以后，围绕罗泽西生前在党政部门的关系人员的调查，矛盾最集中的指向，主要对着原来的市委副书记王万山。他俩为升位明争暗斗，关系十分紧张，但无非就是使绊子、下套子、掺沙子、扔棍子之类的官场斗法，没有足够的证据证明，他们之间争斗的恶劣程度达到了你死我活的地步。

“牛静砸伤米家丽案发后，纪委、监察等部门介入，清查了罗家上千万的钱财物和房产，审理查清了主要的几家企业的行贿情况，其中行贿金额最大、累计次数最多的是树森集团公司的老板简树森。当然，他们两人很早之前就有经济往来，在井上县黄土镇的时候还合作过做企业，这些钱是不是构成犯罪，需要纪检、检察机关来认定，但从调查走访的情况来看，他们之间似乎都不足以构成置罗泽西于死地的利害关系。

“还有一个情况，涉黑的利山集团公司老板李山，曾经通过人介绍接触过罗泽西，曾行贿罗泽西，但都被罗严词拒绝了。李山是否怀恨在心，欲置罗于死地，因为李山正在被通缉尚未归案而无法印证。

“至于罗的情妇牛静，主要是情感问题。她对罗依恋很深，罗出事之后才产生了极端行为，基本上可以排除与本案的关联。罗的老婆米家丽在本案发生之前，纪检、检察机关都认为她与罗是共同受贿的利益共同体，似乎也不会成为本案的嫌疑人。还有一个叫娜娜的情妇，罗生前给她买了一套房子，初步查明是简树森买的单，他俩关系密切，也没发现任何利害关系，只是罗死后出来捣蛋，找米家丽吵闹过一次，想分家产，米家丽给了她五十万元便平息了，当然也不能被列为本案的重点嫌疑人。”

“完了？”罗红旗沉浸在苦苦思索中，心情如灌了铅一般沉重。

“完了，专案调查和纪检部门调查的情况就这些。”王照明说。

“罗局，说说你的想法。”钱新亚做什么事情都急功近利，缺乏足够的耐心，此刻就把破案的希望寄托在罗红旗身上，连连催促道。

“我在想啊，每一桩刑事案件的背后，都隐藏着一定的因果关系，如何深入侦查探究到这个因果关系，倒过来追溯到发案是关键。这桩案子从两个死者背后的关系去厘清其中的关键问题，这个案侦方向是不会错的。虽然目前尚未发现重大的线索，但只要深入下去一定会触动这个因果关系上的人或事，达到破案的目标。但是，我强调的是，这桩案子的难点在于，两个死者的身份、地位差异很大，生活、工作的轨迹都不在一个层面上，怎么会死于一个地点，而且被凶手用同样的手法杀害？这两人背后的因果关系是怎么产生交集的？找到这个交集点，恐怕离破案擒凶就不远啦。”罗红旗说。

“这个交集点怎么找？”钱新亚吊起一丝兴趣，尽管他脑子里想的是吹糠见米一般立马破案，颇有些不耐烦。

“我们不妨大胆设想，这是两起案件，两名案犯分别杀害吴和罗，然后抛尸在同一个现场，那么这两死者背后的因果关系也好，生活轨迹也好，就没有交集，但是，死尸现场的同一把工具、同一作案手法、相近的死亡时间又该怎样解释？”罗红旗继续分析道，“我们还可以假设，是同一个罪犯在同一时间杀害两个被害人，被害人丝毫没有反抗，因为现场没有找到搏斗的痕迹。那么，罪犯和被害人是怎么同时来到现场的？

“不错，现场有一辆遗弃的摩托车，经认定是吴文豪的车。如果三人都是搭乘吴的摩托车到的现场，那么至少罗跟罪犯是熟悉的，两人一起搭乘吴的摩托车去的现场，因为吴闲的时候就是用摩托车载客非法营运。因为罪犯跟罗是熟人，到达现场后，罪犯乘罗不备先扭断他的脖子，再用螺丝刀将其捅死，吴见势不对，想喊，或许已经惊叫，但四周空旷无人，想跑又被罪犯追上以同样手法杀害，这种假设不是不可能。

“罪犯跟吴熟悉或者不熟都没关系，他可以随时租吴的车，可罪犯跟罗是陌生人，怎么会平和地而不是以暴力手段把罗带到那么偏僻的地方杀害？

“种种设想我们都可以研究，但从尸检和现场勘查来看，有一点是肯定的，杀人现场是本案的第一现场，而不是抛尸现场。我想，破案就是依据现场提出种种设想，然后寻找依据去证实或者否定设想的过程，肯定与否定的反复较量中间，一定会找到合理的解释，这就是破案的线索。”

“我非常赞成你大胆设想仔细分析的侦查思维。”钱新亚饶有兴趣地说，“下一步只有这样深入分析、研究、调查，才能获取线索。罗局，专案工作还是你来担纲。”

这正是罗红旗期待已久的。

自从省厅工作组接管专案组工作以后，他深感失落甚至失望，眼睁睁地看着专案侦查毫无突破、毫无进展而忧心如焚。他不是想当官，想以破案来炫耀自己，而是作为公安局长，作为资深的热爱刑侦的警察，不破此案，将视其为一生的耻辱。

此时，他强迫自己按捺住心中的兴奋，神色不动波澜不惊地说：“感谢新亚书记的信任，我在处理好日常工作的同时，一定全力以赴尽心尽责地抓好专案工作。我建议王照明同志和我一起负责，请求把原刑侦支队长曾光照从学习班调出来参与破案，另外，请求把李冒、岑小伟、猴子候开杰调回专案组，其他人员相应精减，我们组成一个精干的专案组。是专案，就得专起来，鼓足干劲，克服重重困难，不破此案决不收兵。”

“我同意，专案已经拖了大半年，这一次重组专案组，一定要尽快破案。罗局，再给你三个月时间，行不行?”钱新亚眯着眼，板平的脸堆出沟壑，笑嘻嘻的。

“行。坚决完成任务。”罗红旗胸脯一挺，语气相当坚决。

罗红旗想的只是破案，钱新亚想的也是破案。不过，他想得更多的是利用罗红旗的能力破案，把成果据为己有，成为升位的基础。一旦升位，再找一个借口把罗红旗彻底打倒在地。

这一点，包括他脸蛋上装出来的极度虚伪的笑容，罗红旗心里再清楚不过了。

夜半，月凉如水，罗红旗似睡非睡，又是一个不眠之夜。

天刚放亮，罗红旗便一骨碌坐起来，马不停蹄地按照他自己的思路展开新一轮的专案工作。

第十九章　李山落网

一条小河从远处高低错落的山峦中间蜿蜒而来，河水清澈见底。雨季来临之前，两岸裸露的河床干燥得显出无数长短参差粗细不一的裂缝，河床上面两岸是亚热带雨林，密密丛生，郁郁葱葱。如果不是远远地看见镌刻着红色的“中华人民共和国”字样和国徽的界碑，提示此处是中国与缅甸的国界，这里的红土地、河汉、亚热带丛林与云南其他地方的景色别无二致。

李山领着李兴财、花大汉、明丽丽、张红就蛰伏在界碑中方这边的丛林里。

按照中间人的约定，太阳落山之前，与河岸对面的克钦自卫队头目在这里交接货。

自从江南省公安厅工作组接管井南市的打黑工作以后，李山失去了与井南联系的可靠渠道，也失去了能够罩得住他、给他撑腰的可靠的保护伞，多年苦心经营，用金钱、情感、关系构筑的横跨政商两界的基础土崩瓦解。尤其是发生安置房坍塌事件后，项目经理邱阳明被抓，紧接着朱达人、李剑锋相继落入法网，这使他感觉末日即将来临，便萌生逃出国境躲开法网的念头。

早在他井南的生意处于鼎盛的时候，李山就指派花大汉在其家乡县城营造一窟，及至出事外逃才有一个逍遥自在的栖身之处。可梁园虽好，却不是久留之地。在北方省过第一个生日之后的夜晚，他从入魔入幻的梦境中醒来，痴痴地望着北方寒夜的天空，启明星忽闪着的光耀似乎在昭示他另择一窟或者出走境外以确保无灭顶之灾。

此时，在等候境外的毒枭来交货的时刻，他想到的却是另外一笔业务：借助毒枭的帮助在境外落窝，不管隐姓埋名于金三角，还是借道缅甸去往第三国，只要能逃出这块给他下了催命符的国度就行。

“怎么还不来呀？真受不了。”明丽丽娇滴滴地问李山，“老大，这地方可真让人受不了，闷热，一点儿风都没有，蚊虫叮得我身上又痛又痒，难受死了。”

李山心里咯噔一声，这地方难受，可万一这次条件谈妥，就要窝在这里了，至少要停留一段时间，不忍受行吗？可嘴里却轻言细语地安抚着明丽丽：“丽丽小姐，天上不会掉馅饼的，要做大单赚大钱，不吃点儿苦受点儿累，行吗？再说啦，你准备的防晒霜、防蚊水一大堆，正好派上用场啊。”

“老大，这当口儿你的根据地都没了，拿到货又往哪里销啊？大老远的，你亲自出马，不怕危险吗？”明丽丽半躺在林间草地上，依偎在李山怀里，悄声亲昵地说。

“别吱声，我自有门道。”李山制止住了她。

“咦，中间人不会出问题吧？”李山抬头问。

花大汉在一旁肯定地说：“没问题，应该没问题吧，我们又不是做一单两单业务啦。”

西边的太阳快要隐没在远处的山峦，小河仍洒着落日的余晖，波光粼粼。

只见一个竹筏子载着七八个人，从远处的河湾静悄悄地顺流漂过来，靠岸后，几个人跳进水里，使劲将竹筏拖上岸边。

“来了，来了。”中间人趴在河坝边沿，见对方渡河过来，急忙跑进密林中报信。

“这是自卫队的副司令哪颂，这位是大陆南方来的大老板张忠信。”中间人郑重其事地给双方做介绍。其实，他自己都不知道他介绍的是何方人氏，是真名还是假姓。按道上的规矩，不该问的不能问，不过他也懒得问，做上一单买卖他拿一笔钱，钱到手大家走人，管那么多干吗？

“货带来了吗？”李山抬头挺胸，腆着肚子，一副财大气粗的样子。

“这里。”哪颂昂着带着疤瘌的脸，用手指指脚下的纸箱，粗声粗气地说，“我们那里什么都缺，就是不缺货。”

“那好，花大汉，你带人去验货交钱。”李山说完，上前一步拍拍哪颂的肩头，低声说，“兄弟，我们借一步说话，跟你商量点儿事。”

哪颂非常警觉，手往裤兜里插，后退两步，说：“啥子事？货没问题，价是事先谈好了的，还有啥子事？有事，有事就当着大家面对面一起谈！”

“别紧张，别紧张，兄弟，我单独跟你谈一桩小事，跟货没关系。”李山满脸讪笑，口气卑微，他已经摆不出那种南方大老板的气势了。

“那，好吧，大麻杆，你负责验货收钱，搞快些哟，老大在家里等着消息呢。”哪颂转头对着同伙中的一个瘦高个儿说。

两人转身，一起拨开层层树叶，朝密林深处走进二三十步后，站定。

李山简要地把自己在南方犯了事，想去他们的地盘暂时住下来，或者借道去泰国或越南的意思告诉了哪颂。

“不行，不行。”哪颂又是摇头，又是摆手，一口否定。

“需要多少钱，你开个价。”李山在黑白两道闯荡多年，深知没有拿钱摆不平的事情，如今身处走投无路的境地，出多少钱都比失去身家性命强。

他伸出五根指头对着哪颂的眼晃了晃。

“五百万？”哪颂问。

“五千万，行吗？你上面还有老大，你去跟他商量一下。行，我们就多待一段时间。钱，不是问题。”说到钱，李山来了豪气，仿佛家中有金山银山一般，“事情办成了，我再单独给你一笔钱，好吗？”

“不用跟老大商量，估计也不行。我们地盘小，队伍也不大，容不下你这个大老板。”哪颂没有放下不容商量的语气。

“只要能住进你们的寨子，再加多少钱都行。”李山着急了，恨不得立马跨过界河，到达不会再做噩梦的地方。

“钱，好商量，老哥。”哪颂沉思半晌，说出了他的顾虑，“老哥，你想想啊，你在中国犯事，警察已经盯上你啦，就算你过去了，你们国家的警察牛得很，逼着我们要人，怎么办？就算中国警察不直接出面找我们，可他们跟哪个军区、哪个地盘的头儿都熟络得不得了，那些司令或者头儿出面弹压我们，你说我们把你交出去或者不交出去都为难。交出你吧，道上的规矩、咱们做买卖的道义还要不要？不交出去吧，中国警察、我们那边的大军阀大把头都得罪不起。再说政府军与掸邦军经常发生摩擦，一场大战在所难免，所以，你去了那边，是给我们惹麻烦，你们也经不起折腾，懂了吧？大老板，你还是提了货赶快走人吧。”

“得了吧，副司令，过了这条河谁也不知道我是谁，还惹什么麻烦，顶多算个偷渡客而已，谁都不认识我，有什么麻烦？兄弟，你怎么也得拉大哥一把。这种时候帮大哥一把，你就是大哥的救命恩人，大哥会一辈子记住你的恩情，就算大哥求你啦，兄弟。”李山病急乱投医，一把拽住哪颂的胳膊，就像溺水之人行将灭顶之时抓住了一根救命稻草，近乎苦苦哀求地说。

“我说过了，不行。这样吧，我回去跟老大商量商量，老大说行，我就赶紧过来接你，你等着吧。”哪颂缓和一下口气，心里想着的却是赶紧拿钱走人，别惹麻烦，别出意外。

“好，好，谢谢兄弟。”李山如同求神拜佛企望天降神灵一般，“求求兄弟要跟老大多多美言，这是我的一点儿意思，先向您致谢了。”说完，他从夹克衫内的口袋中掏出两根黄澄澄的金条，塞进哪颂的口袋里。

这时，密不透风的丛林上空，传来一阵鼎沸的人声，几种声音吵成一锅粥，听辨不出完整的句子，接着传出砰砰两声清脆的枪声，在落寞的夜空中，格外刺耳，格外清晰。

“不好啦，出事了。”李山和哪颂两人都意识到了意外情况的出现，几乎同时转过身子，朝那块林中空地的方向跑去。密密匝匝的树藤树枝树叶划破了他俩的脸、手、胳膊，渗出丝丝血迹，但丝毫都没让他俩感觉到疼痛。

钻出丛林，回到那块巴掌大的空地，只见花大汉瘫坐在地上，两手捂住大腿上的伤口，身旁的地上一摊鲜血把草都染红了，明丽丽蹲在地上扶着他。

“怎么回事？”李山问，声音凶悍。

李兴财慌慌张张地说：“老大，我们要的是粉，他们拿出来的是黑膏，可是他们的黑膏也要粉的价钱，花大汉跟他们商量不通，说毛了，刚掏出枪就挨了他们两颗子儿。”

大麻杆怒气冲冲地对哪颂说：“副司令，我跟老傣说的是黑膏，价也是说好的，行情看涨，风声也紧，价钱是贵点儿，他不听，压价砍价半天都扯不清，还他妈的先开枪。”

“伤着我们兄弟没有?”哪颂问。

“没有。”有个自卫队成员回答。

“老傣，怎么回事儿？你说。”哪颂指着中间人，黑黝黝的刀条脸堆起横肉，凶巴巴地说。

“这个，我来解释，我来解释，副司令，他们不听我解释，我说什么他们也不听呀……”中间人老傣一脸惊恐，慌忙解释，可越是想把话说清楚，越是语无伦次。

“不准动，谁动，打死谁，把手举到头上。”突然间，从空地四周钻出一帮公安民警、武警，随着一声声喝令，十几支冲锋枪、步枪、手枪黑洞洞的枪口指向他们，犹如神兵天降。

“啊，啊。”明丽丽、张红被眼前的突变吓了一大跳，嘴里本能地发出尖厉的叫声。

在场所有人员都被这突发的意外惊呆了，纷纷扔下手中的家伙，举起了双手，连花大汉都松开捂住流血的伤口的双手，将双手高举过头。

李山更是吓得灵魂出窍，浑身哆嗦，一屁股瘫坐在草地上，下体温湿一片，心中哀叹：这下完了，彻底完蛋了，这一百多斤算是彻底交待了。

翌日凌晨，天色蒙蒙亮，香城还在沉睡中没有醒来，这里的黎明静悄悄。

哇啦，哇啦，手机来电的声音一阵紧似一阵，且不依不饶地断了又响，响个不停。

“伟山，醒醒，手机在响呢。”井南市公安局禁毒支队长乔伟山的老婆陈泽莲被手机铃声吵醒，对身旁仍打着呼噜酣睡的乔伟山又是拍背又是提耳朵，但怎么都弄不醒他。

这也不怪乔伟山，他凌晨两点才回家，这才睡几个小时。陈泽莲从被窝里探出半个身子，揿亮台灯，拿起床头柜上的坤表一看，嘿，还不到六点，可电话就追来了。这年月，公安的事可真多。

她披衣起床，穿着拖鞋走到隔壁的客厅，将乔伟山正在充电又响着哇啦哇啦彩铃声的手机拿进卧室，塞到乔伟山的耳边，嘟囔着说："电话，伟山，又有什么事，你们出了神经病，有事无事瞎折腾，你累死累活不说，一家大小也都跟着遭罪。"

乔伟山被弄醒，极不情愿地接过电话，里边传出来的声音在寂静的房间里分外响亮："乔支队长，真不好意思，大清早叨扰您啦，小弟小康。"

"哦，康支队长，甭客气，一家人，有什么好事啦？讲。"乔伟山睡意未消，有一搭没一搭地在对付着。

他曾经参加公安部组织的整治外流贩毒行动，在云南中缅边境，与边境的禁毒支队长康为民一起并肩战斗大半年，破获好几起毒品大案。两人熟络得很，是同年同月相差几天出生的兄弟。乔伟山回到井南后，康为民给他通报了好几起井南籍毒贩的情况，乔伟山根据提供的情况率领他的支队破获了好几起毒品大案，使井南的禁毒工作在全省绩效考评中近几年始终稳居第一名。

正因为如此，乔伟山成为唯一一个在井南市公安局这次所谓机构人事改革中被解任又重新考取原职位的中层干部。当然，他心里明白还有一层原因，他不是本地人，原籍是北方省的。但不管怎么说，他一直对康为民颇有好感，即使两人不经常见面，电话往来时不时地问候也从未间断过。

"是这样啊，老哥，昨天晚上，我们在边境上抓获一伙毒贩，有几个人是对岸的，有几个人说是北方省的，说的肯定是假姓名，但是我听他们说的普通话，明显带着跟你说话一样的井南方言。我分析哦，就是你那儿的人，就想请你帮忙查一查。”康为民说话，还是打机关枪似的突突突，急遽爆响。

“没问题，包在我身上，有姓名吗？有什么特征？”乔伟山心中虽不耐烦，但嘴上却不得不殷勤地应承着。

“姓名都是假的，我查过了。其中有一个女人，长得有点儿娇艳，就像那种在夜总会的三陪女郎，他们叫她丽丽，叫得很自然，好像是习惯性的。”

“丽丽？是小名吧？”乔伟山在大脑里快速搜索这个名字。

干禁毒工作近十年，他脑袋里储存着许多涉毒人员的信息，在井南地域上“栽水”的大毒贩和沾点名气的吸毒贩毒人员都存进了他的办公电脑，但同时几乎也复制在他的大脑里。

“鬼知道是小名还是大名，你那边帮我查查，我再去挖一挖，然后，我们两边再碰碰。”电话那一端，康为民急着想把电话挂了。

“熬夜了吧？康师傅，你着什么急，想吃方便面啦？”这时候，乔伟山已经被搅得睡意全无，像往常一样揶揄他一句，又说，“这样好不好，我立马去办公室查询，你把这几个人的照片和了解到的情况打个包一起发到我的办公电脑里。当然，越详细越好。我看看再说，好不好？”

“好，按老哥的指示，我马上办。谢谢老哥，恭候你什么时间再过来，开导开导小弟，别的没有，山菇野菜、大块肉、大碗酒伺候，没问题。好，我先挂了。”

“丽丽，丽丽。”乔伟山一边念叨，一边在脑子里快速地搜索，一边磨磨蹭蹭地穿衣下床。

蜷缩在被窝里的陈泽莲听不明白，咕哝道：“什么妖精啊？勾魂啦？咕哝咕哝什么呀？中魔了。”

乔伟山很快就穿戴整齐，站在床边说：“直觉告诉我，这里边有重大情况。贩毒带着女人，康小弟没说完，这里边肯定又是上公斤的毒品大案。对不起了，老婆，我得去局里，你再睡一会儿吧。”

“天都没亮，黑漆漆的，撞倒个鬼哟。”陈泽莲从被窝里探出半个身子，嗔怒道。

“警察不撞鬼，警察不斗鬼，那还叫警察吗？警察不去谁去呀？”话音未落，乔伟山人已经在门外了。

路灯通明，沿着无人的街道，乔伟山一路小跑，来到市局大院。

打开办公室的门，乔伟山迅速接通电源，打开电脑，发现康为民传过来的包括人犯的照片的资料已经在他的邮箱里了，便点开照片一一仔细查看。

第一个不认识，第二个不熟悉，第三张照片是张女人的头像，下面的文字是，自称马兰雅，同伙叫她丽丽，井南口音，二十来岁，说话声音发嗲，娇声娇气。再看照片上杏仁眼瞪得圆圆的，满脸妩媚样，果然如康为民所形容的像是频繁出入夜总会的女郎。

第四张照片上的头像，现出尖嘴猴腮的模样，小眼睛眯成一条窄缝，透出一丝狡黠凶狠的光，这副尊容好像有点儿熟悉，莫非这就是黑社会头子李山？

乔伟山把照片放大定格，脑子里飞速检索搜寻储存的人头形象与眼前屏幕的人像比较，发型不一样，变成了平头，还有了几缕白发，皮肤变得油黑油黑的，脸部瘦了一圈，几乎就剩下皮包骨，不过脸形没变，细眯的小眼没变，不错，就是他！李山！人间蒸发大半年了，居然在云南边境给逮着了。

乔伟山扔下鼠标，高兴得差点儿跳起来。如果康为民在眼前，他恨不得把他抱起来举起来转上几圈。再镇定一下，再冷静一下，他把存储的李山的照片调了出来，仔细比较，肯定是他，就是李山这个王八蛋。

他立马操起电话，拨通康为民的手机。

没等对方说话，乔伟山就万分激动地说：“我的好兄弟哟，我代表井南的警察和老百姓感谢你，兄弟，谢谢你，你帮了哥一个大忙，真得好好感谢你哟，拿酒来，大哥陪你喝一个。”

电话那端的康为民显然被这一番没头没脑的话弄糊涂了，说：“乔哥，你这个样子，疯了，不就查实是几个井南人嘛，二十几斤黑膏，有这么兴奋吗？不至于吧，这也太夸张了。”

“什么？还有二十几斤鸦片。兄弟啊，不不不，你是哥，你是老哥，求求您啦，这几个人你可都给我看好啦，我这就向上峰汇报，马上飞过来见您，喝酒，喝酒，给您敬酒。”

“好啦，乔哥，您是哥，哥不能说疯话。这几个人是毒贩，我不看好，难道还敢把他们放了不成？好吧，今天您就飞过来，咱哥儿们好好聚聚。看把你乐的，以前移交给您的案子，哪一起不比这个大，你都没高兴成这个样子。好，我等您哟。”康为民挂了电话。

乔伟山张大嘴巴还想说点儿什么，这下好了，张大的嘴僵在了脸上，闭合不拢。

乔伟山竭尽全力抑制住兴奋，想让自己安静下来，抬腕看看表，还不到七点。

推开窗户望见东边的天际泛起一抹白光，大街上也没见几个人影，偶尔有一辆车悄悄地从远处驶来穿过一座高架旱桥又悄悄驶去，一会儿就没了影儿，沉寂的香城还没完全醒来。

乔伟山想，此时此刻他应该是这个城市最高兴的一个人，自然也是最幸福的一个人。

七点整，乔伟山敲响了罗红旗办公室的门。

躺在床上的罗红旗听完乔伟山的汇报，没顾得上穿衣服，一骨碌翻身起来，照着乔伟山的胸膛就是两拳，擂得乔伟山倒退两步。

罗红旗说："兄弟，这可是天大的喜讯呀，李山这个狗日的，我还以为他跑到天上去了，没想到他会在边境上落网。"

罗红旗身穿内衣内裤，光着膀子、大腿和脚丫子，从休息室走出来，在宽大的办公室里来来回回一阵紧似一阵地踱步，顾不上寒冷和在部下面前的形象，一边走一边不停地念叨，声音还有些颤抖："恶魔呀，天要灭他；苍天有眼，天助我也。"

终于停下步，他果断地对乔伟山说："伟山，你选十个人，带走，马上飞过去，把人犯接回来，毒品可以不要，人犯一定要赶快接回来。我立刻叫后勤处给你们订机票，你去做好出发的准备。注意啊，第一要保密，第二要安全，要绝对安全，第三要好好感谢云南边境的同行。那个什么康师傅，你请他过来，我们好好接待他，喝酒，喝大酒。"

乔伟山挺直了腰，精神抖擞，豪情万丈，声如洪钟地说："老大，放心，坚决完成任务。出了半点儿差错，您杀我的头。"

罗红旗使劲握住乔伟山的手，用力做了一个大幅度的晃动，亲切地说："乔大汉，出不得差错，也不会杀你的头，我爱你都还来不及呢。去吧，明天就回，我亲自到机场接你。"

好消息闷在肚子里高高兴兴地攒动，喜气充盈了每一个细胞，罗红旗已经许久许久都没有这样高兴过了。

乔伟山走后，罗红旗点上一支烟深深地吸了一口，长长地吐出一口气，又来一口，直搅得眼帘中云遮雾罩一般，好不惬意。

等至九点整，他用座机分别向张雅南、王万山、钱新亚汇报了这个特大好消息，获得一阵阵赞扬。

只有钱新亚多说了一句："这事要做足文章，要有震慑力、影响力，看吧，我来安排。"

这话让罗红旗听起来一愣一愣的，不过转念一想，也觉得没什么难以理解的。

第二天傍晚，一架银灰色的波音飞机在空中盘旋一圈后稳稳地降落在井南金桥国际机场。待航班的其他乘客从廊桥上走完，乔伟山率民警押着李山等五名犯罪嫌疑人走出客舱，走下舷梯。

罗红旗就等候在舷梯旁，等候着乔伟山一行。

罗红旗握着乔伟山的手，耳语道："你再辛苦一下，连夜审，利用他想保命的心理，先坐实他的罪行，再挖挖罗案的线索。他们都是黑道上的鬼，兴许有点儿意外的收获。"

从机场到井南市看守所有二十多公里，整个路段实行了交通管制，沿途三步一岗五步一哨，都布置了荷枪实弹全副武装的公安民警、武警，高度戒备。路边挤满了围观的群众和因为限制通行而堵塞的车辆，人们或揣测或议论或忍不住打探出什么大事了，这么多警察上街肯定不是好事。

待大街上两辆开道的警车、五辆押解人犯的囚车和两辆载满警察的武装运兵车一行车队警灯闪烁警笛鸣叫呼啸而过之后，有消息灵通人士称，是黑社会头子李山被抓回来了。

人们一下子释然："原来如此。刚才问警察怎么回事，都绷着脸说不知道。这下好了，抓了李山，井南太平了。还是警察厉害，省里赵厅长最厉害，黑社会罪犯闻风丧胆，不管跑到哪里都会被抓回来。"

坊间的种种议论，因为这严阵以待如临大敌一般的排兵布阵而沸沸扬扬。而就在一夜之间，李山落网的消息不胫而走，传至香城的旮旯角落。

钱新亚不惜滥用警力大造声势，要的就是这个效果。

专报呈送至省里，副省长、公安厅厅长赵儒僧批示："好！李山被抓，井南打黑有了标志性成就，还要深入，直接踏入深水区。"

第二十章　井南趋势图

冬去春来。

中午，明媚的阳光洒下来，给大地铺满了层层暖意。

三菱警车沿着井上县通往井南市主城区方向的高速公路飞快地奔驰。

罗红旗呆坐在车里，困乏地眯着眼睛，尽管一夜未合眼，仍是欲睡还醒，似睡非睡，脑子里乱糟糟的，理不出个头绪，想尽办法都没法儿静下来。昨天、前天的情形，官场、家庭的境况，交替在他脑海里晃荡。

昨天中午，布置完省委主要领导来井南视察的安保警卫工作，他就向钱新亚告假一天，抓紧时间赶回井上县看望生病住院长达半年的妻子。

他与妻子李焕红从小青梅竹马，一块地里出生，一个村子里长大，一起从县中学毕业。他考取了省公安院校，毕业后分配回县公安局当了刑警；她考上井南市卫校，毕业后进了井上县计生委。两人顺理成章地结了婚，生了儿子，一家人波澜不惊、顺顺当当，一起走过二十来个春秋。

孰料天有不测风云。那一年的开年之初，他俩把唯一的儿子罗天民送到北京上了一所名牌大学。夏秋之交，李焕红又把罗红旗送到井南市任职。没想到接连的喜事后面跟着病魔，她在单位组织的体检中被查出患乳腺癌，处于晚期且癌细胞扩散。

罗红旗在繁忙的工作中尽了丈夫的责任，他安排人送她到省城接受专家的治疗，但仍无转机，只好转到井上县医院做保守治疗。

如今，罗红旗望着躺在病床上的李焕红头发脱尽形容枯槁气息奄奄的样子，欲哭无泪，无奈至极。

守候一夜，他因为得按时参加钱新亚主持的全局干部大会，学习传达省委主要领导到井南视察的重要指示，还惦念着市局的公务，仍旧不得不拜托小姨子李永红照看姐姐，而后依依不舍地踏上回市里的路。

前天一大早，省委主要领导率领省委组织部部长林达清、宣传部部长王录言一行来到井南市视察。市里高度重视自这位领导主政江南省以来第一次赴井南的视察活动，除了精心安排视察线路和参加的活动之外，市委书记张雅南还专门把罗红旗召唤到了他的办公室，亲自过问警卫安保任务的部署。

罗红旗亲自上阵，亲自安排，一一落实到位，周密地做好了现场安全保卫工作，直到第二天中午送走省领导，他才放下心来，请假回县里看望生病的妻子。

最令他感到遗憾的是，他始终守卫在省、市领导的外围，安全是绝对保障了，但省委领导视察的效果怎样、有些什么新的指示精神，他不得而知。

丁零，丁零，手机短信提示音响起。

罗红旗从口袋里掏出手机查看："今晚在上岛咖啡南城店聚，有内容哦。林。"

他赶紧回短信："遵命。"

他瞅了一眼司机，说："小陈，昨晚睡得好吗？"

司机小陈说："放心吧，罗局，我休息好了。您可是一夜没睡呀，再睡一会儿吧，下午您还要开会呢。"

罗红旗说："那好吧，我再睡一会儿，到局里就叫醒我。"

下午三点，钱新亚主持召开了全局民警电视电话会，传达了省委主要领导视察井南的指示精神，刻意地传达了省委主要领导一行视察市公安局，接见打黑专案组领导和民警代表的情景以及现场提出的要求，然后强调："这是对我市公安工作和打黑行动的充分肯定，我们一定要把这些指示牢记在心中，贯彻落实在行动中……"

会议通过视频系统开到了分局、县局和派出所，他讲得慷慨激昂，讲得激情澎湃，讲得斗志昂扬。不断切换的镜头显示主会场和分会场的参会人员各个敛声屏气、聚精会神。最后，他要求每个单位上报关于贯彻落实指示精神的意见，每个领导干部、民警都要写学习心得，处级干部不得少于五千字，科级干部不得少于三千字，民警不得少于两千字，三天之内报市局纪委。

会议结束后，罗红旗在局里食堂匆匆吃过晚饭，就驱车来到上岛咖啡南城店，在熟悉的厢座里与林静娴相见。

"怎么样？"没等罗红旗坐稳，林静娴就问。

"什么怎么样？"罗红旗反问。

"大嫂呗，病情怎么样？"林静娴十分关切。

"唉。"罗红旗一脸凄楚，长叹一口气，"日薄西山，气息奄奄；人命危浅，朝不虑夕；病入膏肓，无人能救。"

"怎么不在大嫂身边多待一点儿时间？你这样匆忙，会让她失望的。"林静娴眼瞅着憔悴不堪的罗红旗，用埋怨的口吻说道。

"失望？她已经失望了，她对自己的病情清楚得不得了。看着她绝望的眼神，你会心如刀绞，痛不欲生。"罗红旗眼眶里盛满泪水，眼珠子红彤彤的，像一块刚出炉的铁。

“生命濒危的女人心理最脆弱，最需要丈夫的呵护陪伴，这是女人最大的心愿，你懂吗？罗红旗，你这样来去匆匆，总有一天你会后悔的。”

“后悔？不后悔？这都由不得我。磨破嘴皮子，他才准我一天假。这不，下午三点开会，必须到场，要传达省委领导的指示，说这是井南公安史上史无前例的政治生活中的一件大事，我能不听招呼讲大局吗？再说啦，‘10·26’专案工作在我手里，如果不在我手里破了，怎么也说不过去呀。”罗红旗心中憋了许久的怒气像岩浆喷发一样咕嘟咕嘟直往外冒，在她面前他毫无顾忌。

林静娴无语，像是在静静地咀嚼他说的话。

罗红旗缄默，余怒未消。

服务生送来两杯摩卡咖啡、两块方糖、两碟奶酪，一一放在小方桌上，然后悄无声息地走掉。

“从昨天起，省市电视台、广播电台和省报、市报、官方网站开始连篇累牍报道省委主要领导的井南之行。当然，主要是宣传他的讲话精神。还有一个没有想到的情况，这一年半载，井南官场爆出的丑事多了，张高乐潜逃出境，罗泽西被杀害，朱达人、刘井元、李剑锋等一串官员落马，在全省影响都很坏，没想到他在座谈会上对此却大加赞赏，说是证明了井南市党政领导厉行反腐昌明政治的决心和能力，提升了政府的公信力和亲民形象，却只字未提安置房坍塌事件和李山归案的事情。视察社区、街道基层的党建工作，我都看出来了，有的工作，比如墙上的内容，是临时拼凑的，他却一味地表扬、肯定、欣赏。这些做法，给我们释放了一个什么信号呢？说明了什么呢？”

“林教授有本事哦，省委主要领导视察井南的一举一动、一言一行，你都清清楚楚。”罗红旗似乎在讽刺她拍马屁的行为。

“罗红旗，你瞎了眼了，你在现场没看见我捧个笔记本跟在后面屁颠屁颠的吗？”林静娴嗔怒道。

“我眼拙，没想到你还是市委一把手眼前的红人。”罗红旗话中的嘲讽味道更浓更烈，眼睛里的光火辣辣的。

“你酸吧，你。”林静娴正气凛然，神色严肃地说，“你有所不知，事前，张雅南把我叫去了，说叫我带上笔记本，全程随同参加活动，要我做好主要领导活动和讲话的记录，作为市委办公厅整理资料的补充，更重要的是，要我以旁观者的身份通过现场观察了解，事后给他做理论分析……这事就告诉你一个人，决不要外泄。你也帮我分析分析，否则我在雅南书记那里交不了卷。”

“客观地讲，雅南书记是一个作风正派、洁身自好、低调务实、理性成熟的领导干部，非常难得，尤其在拍马屁成风、阿谀奉承、封官许愿、一言堂现象比比皆是的当今官场上，这实在难能可贵。”罗红旗认真地说。

“好话让你说尽，坏话也让你说绝，一点儿都不客观。”林静娴依然静静地说，“还有一点，可能又要出乎人们的意料了。”

“什么事？又要出什么意外？这两年井南的意外事件发生得太多，弄得我都晕头转向了。‘10·26’案的发生，绝对出乎人们意料，罗泽西死得那么惨，那么突然，你不用嘲笑我这个警察的心理素质，当时我在现场都吓得瞠目结舌，浑身哆嗦，就差没掉魂儿。这才是我心里最大的意外，也正是我挠头的地方。”提到“意外”二字，罗红旗特别敏感，心里连连叫苦，“我去担纲这个案子，也出了几个自认为很专业很老到的招数，砸下几记重拳，可是，连丁点儿响动都没有。”

“哦，哦，你说到案子，我想起来了，省委主要领导在视察过程中提到两起案子。一起是张高乐潜逃案，他说卷走这么多钱，影响这么坏，跑到国外当寓公，过的是逍遥日子，不行，必须把他遣返或者引渡回国受审，他要求省公安厅报公安部与国际刑警组织联系，抓紧办。还有就是问起罗泽西案，张雅南说没什么实质性的进展。省委主要领导说，省厅和市局必须加大力度，此案一定要破，省厅工作组要从内部、外部两个方向同时进攻，方能奏效。这些话我在旁边听见了，现在对你可是原汁原味地传达。”林静娴模仿省委主要领导的口吻和举止，不说是惟妙惟肖，至少也有七分神似。

罗红旗说：“我是竭尽全力了，几项极具针对性的措施布置下去，可就是没见动静，我都缺乏自信了。不过，他提这两起案子绝对不意外，毕竟这两起案子在全省在全国影响大啦，他应该过问，这不意外。意外的是什么？你甭卖关子啦，快说。”

“张雅南肯定要升官啦。”林静娴一字一顿地说，看得出来绝无半点儿戏谑的成分。

“啊，这不可能。”罗红旗惊讶之余，坚决否定，“这次你肯定判断失误。除非你有内幕消息，否则太爆冷门了。你这个冷门，太有爆炸性了，太不可思议。”

“你别否定在先，咱们走着瞧，看我的判断有没有错。”林静娴淡定如初，口气不容置疑。

“这回你肯定错了。光靠干出政绩抓住上面，远远不够，再说啦，以我的了解，张雅南书记不是那种溜须拍马、献媚奉迎、阳奉阴违的人。”罗红旗把握十足，终于有了一次能够在她面前占上风的感觉，露出一丝得意的神色。

叮咚，林静娴将一块方糖扔进罗红旗的摩卡咖啡里，然后说：“局长大人，你不用唠叨了，我跟你说一点，你看对不对。”

“哪一点？”罗红旗紧追不舍。

“政治上的投缘，或者被利用。”林静娴乜斜了他一眼，一字一顿地说。

“投缘？不可能。被利用？嗯，这有可能，但这只是可能，你怎么就这么肯定？”

“好啦，我们别争啦，让时间来验证吧。不过，这次我俩要赌一把。”

“赌什么？”

“谁输了，谁请喝咖啡。”

“一言为定。”罗红旗稳操胜券般自信，端起手中的咖啡杯与林静娴的杯碰了碰，“信不信，还得你请客？”

“你把杯里的咖啡喝光，就不能再喝啦，喝多了对睡眠不好，来杯柠檬水吧。”林静娴换了一个轻松的话题，“省里市里的这种态势，倒激起我探究根源、思考深层次问题的极大欲望。我正在搜集一些数据、资料，创建一个模型，用比较、分析、设定评判标准、累进制加减分等方法，研究一些人和事，破解出一些现象背后的东西，准备撰写一篇有深度的理论研究文章。如果篇幅长了，也可以写成书，题目我都想好了，就是‘关于一党长期执政的制度设计和基础建设研究’。我对我们党长期执政是有信心的，是坚信不疑的。但是，我们更需要理论研究、理论支撑，而且最重要的是在理论上实践上避免误入歧途和出错，即使出错也会有强有力的纠错机制来纠正。我的想法很不成熟，你也别笑话我，我就是想在党建理论上做出点儿学术成果。”

“笑话你？”罗红旗异常佩服林静娴沿波讨源的学风和精神，这也是他喜欢与她相聚相处的原因之一。听了这话，他瞪大了眼睛，像见陌生人一样看着林静娴，说：“林教授，你真是令人钦佩，相信你的研究成果会引起重视。我支持都来不及，岂敢笑话你。咳，在你的学术成果里面，我可不可以效点儿犬马之劳呀？比如说，查查资料，提供点儿事例，搬运电脑。”

“忙你的吧，岂敢劳你大驾，局长大人。”林静娴不属于那种漂亮艳丽的女人，但笑嘻嘻的脸很受看，“来，我们可以做一个小小的实验，我们俩尽我们所能，列出一个比较客观的评分标准，然后把省委主要领导、赵儒僧、张雅南、王万山、钱新亚这几个风云人物的言和行，对照起来打分，正面加分，负面减分，形成趋势图和柱状图，最终大致可以分析判断出走向和趋势。这几个人物的趋向明朗了，整个江南和井南官场的形势，我们就可以了然于胸，做到心中有数。来吧，我们一起来做，我带了笔记本电脑。行不行呀?”

“行啊，在林教授指导下，我也用理论武装武装头脑。”罗红旗满脸真诚，动情地说，“在这个十分特殊的时期，有了你的帮助，有了你的分析，有了你的理论，才使得我能够支撑住，而不至于倒下，真的，谢谢你。”

这一对柏拉图式的男女忙活理论的探讨与思辨，直至半夜时分。

当电脑屏幕上跳出初判的结果时，两人会心的笑，如春花烂漫。

不知不觉间店堂打烊了，两人匆匆收拾收拾，依依不舍地话别。

第二十一章　省委常委谈话

春天降临，草长莺飞，绿树发出新芽。

这时节，风云际会，一会儿乌云遮住了太阳，大地春寒料峭，乍暖还寒，一会儿太阳刺破薄雾，万物复苏，暖意融融，寒流与暖气在空中反复搏杀，冬日的末梢死而不僵，尚不甘愿退出曾经肆无忌惮横扫过的空间。

果然不出林静娴所料，就在省委主要领导视察井南的第二周的一天上午，省委组织部部长林达清陪同中组部地方干部局的领导来到了井南市。据说，其主要任务就是对张雅南的提拔进行组织考察。

多事的井南官场，无风三尺浪，有风浪三丈，人们对此议论纷纷。

“出这么多事，他这个掌门人是怎么当的？还高升提拔？”有人质疑。

“井南官场贪腐窝案一个接一个，出的问题一个比一个大，市委书记未必没有责任。如今，向上拉关系，攀高枝，想一走了之。”有人嗤之以鼻。

持反对意见的人说：“张书记这几年确实辛苦，四处着火，八方冒烟，他到处去灭火熄烟，‘消防队长’当得也不赖呀。”

有人说："至少，张书记这个人很正直，自身干干净净的，不是贪官，也不是昏官。"

还有人说："这几年井南经济社会发展还是不错的，发展中出点儿问题也是难免的，连省委书记都赞赏他，不升官才怪哩。"

张雅南自己心里是有数的，也是相当明白的。

从省里下来任职之前，前任省委书记把他召唤到办公室进行了一次单独的严肃的谈话。这位头发花白的老领导曾十分中肯地告诫他三点："一要干点儿实事，当官不造福一方枉做官，共产党的领导干部要时时处处为百姓着想，决不做损害百姓利益的事；二要把握好政治方向，要用自己的信仰、素养作好对敏感问题的判断；三要坚守住底线，政治上要划定底线，做人做事一定要在党纪、国法和道德规范内活动。"

这些年来，他一直把老领导的教诲牢记于心，付诸行动，再加上他自己总结的人生经验帮助他看待、分析、研究问题，总能透过现象看到一些实质性的东西，才基本做到了任凭风浪起，身动心不动。就拿这次省委主要领导对井南的视察活动来说吧，为了增强和印证自己的判断力，他以做记录和搞党建研究为名邀请市委党校的副校长林静娴全程陪同，事后又专门与她敞开心扉地交谈了半天，从而坚定了自己对时事时局的看法。这次中组部和省委对他的晋升考察，他表现出一副宠辱不惊、声色不动的样子，只是指派市委组织部部长李元全程安排工作和接待，自己则以回避为名，做自己该做的工作去了。

中组部考察组找人谈话的地点，就安排在张雅南办公室隔壁的市委常委会会议室。

这一天，林达清从卫生间出来后路过张雅南的办公室，顺便往敞开门的办公室里看了一眼，正好被张雅南瞧见，便被拦截进了门。

“部长大人，过路都不进来喝杯好茶？”张雅南找了个话茬儿，歪着脖子问。

“茶？您这书记大人肯定有好茶。什么茶？”林达清顺势走了进来，随手掩上门。

“普洱，普洱，刚给您沏上，有朋友从茶马古道刚捎来的。”张雅南伸手指指茶几上的茶杯，随后朝沙发方向做了一个请的姿势。

林达清坐进沙发，端起茶几上精致的宜兴紫砂杯，揭开杯盖，一股热气升腾。

他嗅了嗅，啜了一小口，品品，再啜一小口，咂舌，说：“嗯，好茶，纯、香、酽，好茶，上好的熟普。”

张雅南赶紧靠在林达清身边坐下，低声说：“林大人，您还不给透透风，您将怎样处置下官呢？”

“茶马古道，茶马古道，走了数百年才有古道之说呀。”林达清似乎沉浸在茶味之中，顾自沉吟道，“道可道，非常道；名可名，非常名。落地生根呗。”

“落地生根？下官这几年干得差也，何德何能？”张雅南十分谦逊地摇头。

“您干得不差，书记推荐，省委研究，中组部考察，反响很好。您这封疆大吏干得甚好，继续干。”林达清颇为老到，说话滴水不漏，也不犯忌。

“继续干？怎么干？”张雅南已经猜到八九分，但仍故作愚钝，大惑不解。

“不明白就别再问了。”林达清撂下这句话，快速起身离去，门在他身后轻轻掩上。

张雅南惊讶于他敏捷而灵巧的动作，满五十岁的人啦，身体这般棒，又身居这般重要的官位，不可小觑的潜力股呀。

落地生根？继续干？不是升省委常委，就是升副省长，而且还得兼着市委书记。不管怎样，副省部级是稳当的。他波澜不惊、稳如泰山的心中也难免泛起一阵惊喜。

一个月后，林达清再次来到井南，在全市干部大会上宣布：经省委推荐，中组部考察，中央批准，决定任命张雅南同志任中共江南省委委员、常委，兼任中共井南市委书记。

说到底，张雅南骨子里就是一介书生，是书生就有自己坚守的人格底线，也深知名节与口碑的重要。他常常沉吟的一句诗是："人生芳秽有千载，世上荣枯无百年。"这是宋代名士谢枋得的名句。他曾经舞文弄墨练书法、写论文、出作品，企望将来赋闲下来也能行走在笔墨之间，只不过到那时，回忆或者反思过去，决不能出现因为执政的败笔或良知的亏欠产生尴尬而忏悔的心境。

为此，作为主政一方的市委书记，张雅南一向认为要在宏观上把握住政治局势，原则上牢牢掌控地方的局面，发现问题，纠正问题，管好党政干部队伍就算是尽职尽责，除非发生特别重大或敏感的事件，他决不会陷入具体的事务之中。

但是，这次升任省委常委后，他一反常态，想起省委主要领导在谈话中提到的三件事，决定主动开始抓具体的事。

在宣布了他的任命之后，他把王万山叫到了办公室，望着他的眼睛里闪现出复杂多样的目光，满怀希望地说："万山啊，这不仅仅是省委对我的重视，更是对井南市，包括对你的重视。下一步，我们一起把工作抓好，再上台阶，我会向省里汇报的，尽快去掉你的'代理'二字。"

"谢谢书记，有什么事，您尽管吩咐。您是省委领导了，在您的领导下，我们一定努力把全市的工作搞上去。"王万山心动身也动，连忙从椅子上站起身子，双手合掌在胸前，似乎十分虔诚地祷告的样子。

“坐，请坐。”张雅南稳坐不动，用手指了指椅子，“王市长，我想知道香城 CBD 项目的进展情况，你坐下来，咱们谈谈。”

“哦，张书记，是这样的，”王万山诚惶诚恐地坐下，半边屁股落座在椅子上，殷勤地说，“前段时间看见您很忙，没来得及向您汇报。目前项目的前期准备工作进展很顺利，坍塌的安置房重建工作已经启动，已经建好的十栋安置房全部分配给了拆迁户。场地平整，区域规划已经确定，正在准备举行公开招投标。书记有什么新指示？”

“好，进展顺利就好，你看目前最具竞争力的单位是哪些呢？”张雅南问。

“从参与招标企业的自报数据和我们摸底调查的情况看，最具实力且志在必得此项目的公司有两家：一家是树森经贸集团公司，是本地企业；一家是金鹰置业集团公司，是闽商。”

张雅南习惯于谈及工程项目之类的事情时不过问得太深太细，避免让人想入非非，产生许多联想。

此刻他想的是响鼓不用重锤，轻敲一下够了：“万山啊，不管我们迈多大步子，走多快的路，我们可得把每一步都走稳了。只有把步子走稳了，我们才能走得远，才能到达成功的彼岸，才能实现人生的目标。”

王万山闻言听出了一些意味，心中一惊，慌忙地说：“书记有什么指示？我们每一步程序都是在阳光下运行，书记，您还不了解我？”说完，他仍然心中没底，又接着说，“张书记，我有什么做得不对的地方，您一定要批评，要给我指出来，要不客气地批评，我一定知错就改。”

看着王万山略显惊惶的神色，张雅南没有继续这个话题，话锋一转："'10·26'专案组把调查的一些结果告诉了我。今天，我负责任地告诉你，罗泽西之死跟你没有任何关系，不要再受那些无根据的谣言影响，不要再瞻前顾后、顾虑重重，要放开手脚、脚踏实地、大胆工作。"

"谢谢书记，谢谢书记。"王万山心中悬起的石头终于落了下来，忍不住激动，又从椅子上弹起身子，双手合掌在胸。

"不用谢，不用谢，只要你站稳脚跟，认真履职，我做你的后盾。"张雅南顺势站起来，握住王万山的手，眼神里充满信任，语重心长地说，"万山，好好干吧，今天我们就谈到这里。"

望着王万山踽踽离去的背影，张雅南心中颇有些自得。

当领导干部，找人谈话是自己的主要工作内容之一，谈话内容固然因事而异，可将谈话的方式、拿捏的火候、时间的选择、地点的确定、谈话的技巧综合起来就是一门技术活儿。谈话的效果如何，也是检验他这个当市委书记的水平能力的标准之一。今天与王万山的谈话，既对他是鼓励又是在旁敲侧击，既让他充满感激之情又使他不得不诚惶诚恐地干好他的本职工作。

张雅南踱步来到办公桌前，拿起桌上的电话，叫市委秘书长张晋渝通知钱新亚、罗红旗下午两点半过来汇报专案工作。

下午两点半，钱新亚、罗红旗准时恭候在张雅南办公室门外，秘书王离轻敲两下门后推门进屋，看见张雅南正伏案批阅文件。

"张书记，您忙着呢，我们来啦。"钱新亚说话的口吻十分谦恭，声音又低又轻，身子也躬着。

罗红旗看在眼里，心里想，怎么变了个人似的？以往在井南目空一切藐视任何人等处处以省里要员自居的傲慢做派，今儿个到哪里去了呢？他为何前倨后恭呢？哦，今天他谒见的不再是市委书记，而是拜见省委常委。哦，原来如此，看来权力的作用可真大，哪怕就是一个权力的名位都足以撼动官场人心。

张雅南抬起头，笑呵呵地望着他们，热情洋溢地说："你俩在沙发上先坐会儿，我忙完就过来。王离，泡茶。"

不一会儿，张雅南端起茶杯，从办公桌后走过来，坐在他俩对面的沙发上，关切地问："红旗，新亚，最近忙坏了吧？"

"报告书记，没办法，事儿多，头绪多，我们夜以继日还忙不过来。当然，书记，您更忙，您比我们更辛苦。"钱新亚媚态十足，争先恐后地抢着回答。

罗红旗只有点头的份儿。

"新亚呀，车轮不着地，跑得再快，也前进不了，只能是空转呀。"张雅南语气稳重，不无深意。

"报告书记，我们是脚踏实地前进。"钱新亚说话间挺起胸脯。

"我们每个领导干部都是为民执政，既是为民，就得注重实情，按实际情况办事，不要在卸任以后，留下千古骂名，成为众人的笑柄哦。"张雅南似乎不经意间轻描淡写的一番话，字字敲进罗红旗心里。

罗红旗想，雅南书记真厉害，对钱新亚，对公安局内部发生的事情，了如指掌，可谓明察秋毫。

钱新亚兴致勃勃，仍然抢着说："书记，您不存在退位的问题，您这么英明，有水平有能力，还要上位，这也是我们的心愿，我们还想在书记的麾下干更大的事业。"

答非所问。看来钱新亚确实与张雅南不是一条道上跑的车，走不到一起。

此时，罗红旗心中与其说是充满失望，倒不如说是对钱新亚这无能鼠辈产生鄙视。

张雅南正襟危坐，清了清嗓子，直奔主题，郑重其事地说：“今天找你俩来，就是想研究一下省委主要领导视察井南时，提到的两件公安上的事。这第一件嘛，就是张高乐的引渡或者遣返的事，你们看，有什么意见？”

“这是国家事权，我们地方公安恐怕……恐怕无能为力吧。”钱新亚挠挠头，有些迟疑。说到具体的公安业务他确实知之不多。

“红旗，你看怎么办？如果张高乐归案，井南的一些黑幕可以揭开，甚至对‘10·26’案的侦破都可能会有帮助。总之，不能让他逍遥法外。”张雅南直接点着罗红旗的名说。

罗红旗本来抱定来参加汇报是徐庶进曹营一言不发的念头，静静地在旁边好好观察一下钱新亚的表演和张雅南处理问题的方式。

孰料，书记点名，他只好勉强地说：“我建议，我们可以通过省厅汇报到公安部，经过国际刑警组织中国国家中心局联络到国际刑警组织，发出对张高乐的红色通缉令，再请公安部派驻大使馆的警务联络官，同其暂居国家的警察机构洽谈，协助规劝或者引渡……我想，我们要拉上省厅刑侦部门的领导一起上京做做工作。试试看，行不？”

“我看行，这个意见好，这件事就由新亚同志负责吧，你代表省厅去公安部做工作，力度大点儿。无论付出什么代价，都要争取把张高乐引渡回来受审。这事就这么定，行不行？”张雅南盯着钱新亚，目光炯炯，虽然是问话，但口气不容置疑。

钱新亚似乎有些勉强地点了点头，目光垂了下去。

罗红旗瞧见他掩饰不住的神色里有失落有不甘、欲言又止的样儿，暗暗佩服张雅南处理他这个省厅要员的勇气和方式，心中禁不住产生一阵愉悦，还有点儿甜蜜的感觉。

张雅南转头对着罗红旗，目光如炬，认真严肃地说："红旗同志，新亚委员赴京期间，你要全面担负起井南公安的责任来，抓紧落实省厅、市委、市政府和新亚委员部署的各项工作，让新亚委员放心地去做北京方面的工作，切记不可有丝毫的松懈。"

钱新亚赶紧补上一句："我布置的那几项重大工作还得深入开展，不能半途而废呀。"

"好。"罗红旗神色庄重地点头。

此刻，他豁然明白了张雅南一石二鸟的深意，心里暗暗感叹，姜还是老的辣呀，不得不佩服张雅南声色不动却洞若观火恰当调度。

张雅南不再理会钱新亚，瞅着罗红旗，接着说："再说第二件事，就是'10·26'专案。我知道，红旗主动担纲，当然也是新亚同志的信任，可久侦不破，也不是个事儿呀。最近，有没有新的突破？什么情况？"

罗红旗面露羞赧之态，心中忐忑，也只能实话实说："雅南书记，真无脸告诉您，真是没有突破性的进展。围绕两个死者的线索分头查找，似乎都进入了死胡同。然而两个身份、地位、层次、生活轨迹迥然不同的人被一起杀害，这两者有无交集，正是目前侦查工作的重点。还有最重要的一点，围绕案侦的基础工作，比如在犯罪层摸情况、搜集情报，在流动人口中摸底排查等工作正在恢复、积累，我坚信只要功夫深，没有破不了的案。我们一边做基础工作，一边正在反思和认识自己思维的误区。"

"我看这样可以，目前也只能这样，不过我得提醒两点：一是不可压力太大，压力大，焦虑多，思路就会受限；二是我研究了你们给我的材料，也请教了一些专业人士，反复思考以后认为，如此残忍和熟练的作案手法，说明作案人员很可能是社会底层的犯罪分子，是个有暴力倾向、有犯罪前科的人，所以主攻方向还是要放在社会面的犯罪层，这一点仅供参考。好吧，今天就谈到这里。”张雅南端起茶杯，小啜一口。

临别时，张雅南分别与钱新亚、罗红旗用力握了握手，不无深意地说：“认真思考，努力工作，好自为之。”

钱新亚、罗红旗走出市委大楼，各怀心事，各自上车离去。

第二十二章　破案的难处

欢快的歌曲《今天是个好日子》，以鲜明的节奏、跳跃的音符把喜气洋洋的气氛通过四组立体音柱飘洒到很远很远。铺着红色地毯的主席台后竖立起的巨大背景板上，大大地写着红色的“香城CBD项目启动仪式”字样，显得格外醒目。主席台下的空地上已经整整齐齐站满了井南市的党政干部和各界群众代表，主席台左侧十三尊擦拭得可以照见人影的礼花大炮静静地蹲在那里随时准备点火爆出满天五彩缤纷的大礼花，右侧是临时搭建的贵宾接待棚。省里、市里的领导陆陆续续到来，身着旗袍笑盈盈的礼仪小姐给他们的胸前一一戴上缀着鲜艳小花的贵宾卡，人人脸带笑意，各个喜气满面，只等九时二十八分这个时刻到来，就上台出席这个盛大仪式。

王万山前前后后忙得不亦乐乎，一会儿他去迎接专程来参加仪式的副省长赵乐天，一会儿忙着招呼省财政厅、建设厅、农业厅、商业厅和规划局的领导，一会儿又指派市里的相关部委负责人去一一对应接待好相关领导。

忙虽忙，可他心里却乐不可支，脸上充满笑容，流光溢彩，毕竟经过大半年的运作，才等来了他任代理市长以来最长脸的举行启动仪式的这一刻。他认为，这不仅是他主政市政府以来，也是香城经济社会发展史上浓墨重彩的一笔，更是他尽快去掉官衔前面的

“代理”二字的关键一举。

昨天晚上，中标的闽南商会金鹰置业集团公司总裁林玖金举行盛大宴会，庆贺公司中标，也预祝今天的启动仪式圆满成功。王万山应邀出席，而且被众星捧月一般捧为中心人物，情绪比今天还要高涨。他频频举杯，高谈阔论，恣意纵横，醉眼蒙眬中仿佛看到香城 CBD 项目的主体大厦冉冉升起直插蓝天，体量庞大的商业巨舰触手可及，也仿佛看到自己在仕途上信马由缰驰骋而去，前景灿烂绚丽……最令人心醉的是夜阑人静之际，“梅花鹿”欢愉地屈伸在他怀里，任由他纵横捭阖信马由缰……

今天的启动仪式安排的规格很高，但十分简约，由省委常委、市委书记张雅南主持仪式，由王万山简要介绍项目情况，林玖金做表态性发言，最后请赵乐天副省长讲话，历时约二十分钟。

仪式虽短，但声势不小，参会人数多至两千，有五十多名中央、省级、市级媒体记者以及境外媒体记者参加。

上午九时二十五分，背景音乐声减弱，王万山靠近张雅南耳边小声提示：“书记，时间差不多了。”

张雅南会意，极其自然地挺挺胸，双手整理一下衣襟，做出恭请的姿势，自然得体地说：“各位领导，台上有请。”随即，带头步履稳健地向主席台走去。

待省市领导走上主席台在事先标好的位置站定，张雅南侧身打量了已站成一排的领导们，发现有一个位置空着，忙转头对王万山说：“你那个林总咋不见人？什么情况？”

王万山踌躇满志地挺立在台上，满面春光，自我感觉好极了，经这一提醒，侧身看见留给林玖金的位置确实空着，方才吃了一惊。

这个林玖金，怎么回事儿？他心中犯嘀咕，头上开始冒汗。

他急忙走下台，把市政府秘书长叶本川、市建委新上任的主任赵继仁叫了过来，疾言厉色地说：“怎么搞的？林玖金呢？仪式马上就要开始了，怎么不见人？”

叶本川、赵继仁面面相觑，也傻眼了，愣怔在那里。

“你他妈的，发什么傻！赶快去找人。”王万山动了粗口，骂完，转身回到台上。

“稳住，再等五分钟，找不到人，就省去他发言的程序，仪式照常举行。”张雅南对站在旁边的王万山低声耳语，神色不动，稳如泰山。

九时二十八分，台上的人左顾右盼仍在等待，台下的人群交头接耳，议论蜂起，嗡嗡声一片。

张雅南在台上用手指指站在台下前排的市委常委、秘书长张晋渝，又转手指指台上那个空位。

张晋渝不愧为市委大院的大内管家，眼光甚至神经末梢随时随地追随着一把手。此刻的一个轻微的指点，他立马心领神会，疾步上台补位。

“各位领导、各位来宾、同志们，井南市香城CBD项目启动仪式正式开始。”张雅南沉稳地宣布，精神饱满，声如洪钟。

启动仪式顺利进行，在礼炮轰鸣、锣鼓喧天、礼花缤纷中圆满结束。

走下主席台，张雅南狠狠地瞪了一眼王万山，意味深长地说：“台上的位补齐了，台下的事该怎么办啊？究竟是怎么回事儿呀？”

王万山满头冒虚汗，估摸着大事不好，霎时感到头晕目眩，差一点儿在走下主席台时一脚踏空栽倒下来，幸亏旁边的工作人员及时扶住，只是趔趄几步。

前脚刚跨进办公室的门，王万山还没来得及缓一缓神，叶本川、赵继仁紧跟着他的后脚，气喘吁吁步伐凌乱地蹿了进来，气急败坏地嚷嚷："糟了，糟了，市长，林玖金他们下榻的宾馆、租下的公司办公楼都找遍了，空无一人，还有那两辆车也没影儿了……"

"啊……"王万山闻言，大惊失色，脑袋轰的一声炸裂开来，顿觉天塌地陷，身不由己地訇然倒地。

叶本川、赵继仁见状也吓坏了，慌忙蹲下去扶起他的身体，又是掐人中，又是按胸脯，不禁连连惊叫："市长，市长，稳住，不要吓我们，我们再去找找。"

叶本川操起办公桌上的电话，急忙拨打120。

张雅南陪着赵乐天及省里的领导一行来到市政府招待所的宴会厅。

一俟在餐桌边坐定，赵乐天悄声问："张书记，今天是不是有点儿状况？是不是金鹰集团的林总没来？项目会不会有什么变故？"

张雅南镇定自若，强颜欢笑着说："对，对，对，是林总裁没登台，估计不会出什么问题，可能临时有什么事给耽误了。"

"没事就好，没事就好。"赵乐天若有所思地说，"这么大的事，这么多媒体记者，出不得事，也不能留下笑话呀。"

"那是，那是，回头我立马过问。"张雅南频频点头。

吃过午饭，张雅南把赵乐天一行送到高速路口，一一握手话别。

随后，心急如焚的张雅南马不停蹄地赶回市委大楼，张晋渝、罗红旗早就恭候在楼下大院里，待张雅南跳下车脚刚落地，就你一言我一语地把已经发生的情况汇报清楚了。

末了，张晋渝说："书记，我建议查找林玖金要动用公安手段，所以，我把罗红旗叫来了，请您指示。"

张雅南眉头紧蹙，脸上的沟壑又竖立起来，刀削斧凿一般，半晌无语。

"书记，有什么吩咐请您指示？"面对如此意外的变故，罗红旗感到仿佛有一块巨石压在心里。他也想象得出张雅南心中的压力。

“查，彻查，一个都不能放过。”张雅南斩钉截铁地说，“兵分两路，一路查外围，围绕林玖金查人查账，先要抓住这帮人，罗红旗你负责；另一路由市纪委负责，凡涉及项目的各部门官员，一个都不放过，张秘书长你负责通知市纪委、监察局，立即安排办理。”

张晋渝、罗红旗各自领命而去。

张雅南返身又跨上轿车，吩咐司机朝市人民医院驶去。

张雅南来到市人民医院十六楼重症抢救室门外，院长谭言过来迎接，满脸堆笑：“书记来啦，王市长正在抢救。”

张雅南迫切地问：“什么情况？他有没有生命危险？”

谭言表情沉重：“脑溢血，脑干出血，只能从外部采取措施，恐怕想止住出血很难。正好书记来了，请示能否动手术开颅。”

张雅南反问：“你是专家，不开颅就止不住血？开颅就可以止住血吗？不开颅有没有生命危险？开颅以后止住血，能不能恢复？”

这一连串的问题令谭言面露难色，半晌才说：“这么说吧，书记，止住颅内出血才能挽救生命，止不住血就有生命危险。那么，开颅找到出血点，止住血并清理淤血，是目前比较好的治疗措施。”

“你这么说，是非开颅不可喽？”张雅南又反问道。

“可以这么说。”谭言说，“不止住血，命难保呀。”

“保住生命第一。”张雅南说。

谭言返回手术室去了，掩闭的门里，王万山生死未卜。

张雅南心力交瘁，一腔恼怒无从发泄，只好去院长室休息，等候王万山开颅动手术的结果。

罗红旗步履匆匆地赶回市局，立即把申晓兵副局长和经侦、治安、网安、技术等警种负责人叫来，研究查办金鹰置业集团公司一事，决定由经侦支队牵头，各警种配合，兵分两路行动，一路封账查案，一路寻迹追踪查人。

人马散出去，罗红旗紧张的心方才松弛下来，不由得感慨这一年半载井南真是多事之秋，意外的祸事怪事破事不间断地爆发，令人猝不及防且十分被动难堪。也许这次林玖金案既是不祥之兆，也是揭开背后黑幕的重要突破口。冥冥之中，罗红旗竟冒出如此莫名其妙的想法。拔出萝卜带出泥，查破一起案件而获得另一起案件的线索，这在刑事侦查活动中并不鲜见，罗红旗竟在冥思苦想中，祈祷出现一缕新的阳光射向尚在黑暗中探索的“10·26”案，使案情真相大白真凶现身。

丁零零，猝然响起的刺耳的电话铃声将端坐发呆的罗红旗吓了一跳。他自己都惊诧，自己这个老警察居然迷糊到了不信科学信鬼神的地步。

晕晕之中，他抓起桌上的电话听筒：“喂，谁呀？我罗红旗。”

“喂，罗局，我是猴子。”电话那边的声音沙哑而略显疲惫。

“哦，猴子呀，有什么情况？”罗红旗与猴子之间除了工作，准确地说除了“10·26”案，两人之间几乎无话可说，但每次接到他单独布置过任务的猴子、李冒、岑小伟、赵印等基层民警的电话，他都充满期待，似乎案侦的线索、契机、喜讯或者丁点儿有价值的信息都会忽地从话筒中蹦出来爆出一个大礼花一般，但却次次失望。

“没什么情况。”听声音，罗红旗似乎看见电话那端猴子垂头丧气的样子。

“猴子，听我说，别丧气，在犯罪层中滚雪球，尤其在吸毒、贩毒犯罪人员中滚，不怕滚得深，滚得广，滚得大，越深越好，总会对我们有帮助。哪怕一枝一叶一点一滴，一旦关联上，啃，一桩大案就破获了，全不费工夫。嘿嘿，其实是功夫到家啦，皇天不负有心人呀。”罗红旗每次都不例外，对他们鼓劲打气，分析、支招儿或者聊点儿玄学，启迪思维。

此刻，他脑子恢复了清醒，谈起案子又开始兴奋了。

“我就是有点儿枝叶，我反反复复咀嚼几天几夜了，觉得有点儿味道，想向您汇报汇报，又怕耽误您的时间。罗局，您忙不忙？”听筒里的猴子既迟疑，又给人一点儿骨鲠在喉不吐不快的感觉。

“你到我办公室，正好有点儿时间，咱们坐下来，喝茶聊聊。”罗红旗说。

撂下电话，罗红旗起身从壁柜中取出茶叶和茶杯，将茶叶撮上一撮放进茶杯，冲上半杯开水，便坐在沙发上静静地等着猴子。

不一会儿，敲门声响起，罗红旗叫道：“进来。”

猴子缩头缩脑地走进来。

罗红旗说：“先坐下，喝茶，咱们再慢慢聊。”

猴子端起茶杯，吹了吹漂浮在水面的几片茶叶和茉莉花，像是“话说长江”一般娓娓道来：“我有个线人，三天前跟我聊天时谈到一件事，说是他的一个瘾君子朋友谈到一个叫刘从海的人，最近从南边打工回来，他老婆告诉他，有个外号叫谭大汉的朋友去年冬天前来找过他，说是要约他一起出去做笔业务，结果因为他到南边去打工了，谭大汉饭都没吃就走了。这次刘从海回乡参加他侄子的婚礼，听说罗市长被人捅死了，唠叨了一句话，说这桩案子，会不会是谭大汉犯的，说这家伙身强力壮，手犯痒痒，坐了两次牢，只晓得坐牢，啥都不会。我也拿不准，毕竟是道听途说的东西，不知道到底有没有价值。”猴子谈得漫不经心，罗红旗听得却聚精会神。

“有没有价值，得等查了再说。猴子，我问你，刘从海是个什么人？”

“这个人我查过了，是北山区洼石乡的人，前几年因犯抢劫罪被判了四年刑，两年前刑满释放后，一直在外打工，是木工，三十五岁。这两年没犯过事儿。”

“木工？抢劫犯罪？在外打工？”罗红旗自言自语，若有所思，“对了，‘10·26’案的死者吴文豪也是木工，会不会有什么关联？”

“关于这个，我查过了，围绕死者吴文豪的生前关系的名单，没有刘从海。再说了，案发时刘从海根本不在井南。还有，这两年他在外打工，每个月给家里寄回来两千块钱，他家里日子越过越好，他老婆还到处夸她男人好呢。”猴子眨巴着眼睛，提不起精神。

“那个谭大汉是什么人？长什么样儿？有什么特征没有？”罗红旗紧追不舍。

“这，这不清楚。只知道他们俩是一起坐牢的，是同一个牢房的狱友，两人坐牢的时候互相照应，要得很好。”猴子照旧漫不经心。

“我告诉你，猴子，打起精神来。”罗红旗眼里闪出异样的亮光，直盯着猴子瘦巴巴的脸，认真地说，“也许破案的契机就在这里。我老是说，不放过每一个疑点。现在，在没有其他线索的情况下，这个污点甚多的人，决不能放过。你给我查，要查得清清楚楚、明明白白，知道吗？正面接触刘从海两口子最重要，明白吗？”罗红旗恨不得揪住猴子那硬茬茬的头发，拎着耳朵朝里边灌话。

“行，行，行，行，罗局，您这一分析，我也开始重视了。从离开这儿开始，我就去查证，反正白忙活瞎辛苦也不是一回两回了。”猴子正儿八经地回答道。

“其实，破案的难处，就在于破案人与犯案人之间的信息的非对称性。侦查人员获取的都是涉及案件的信息碎片，包括现场、涉及关系人及这些人活动的轨迹，如何将这些信息的碎片，像组装拼图一样，有效地完整地组合还原起来，就需要探寻并按照案件发生的规律来开展侦查活动。这里还有一个正确客观地认识规律判定规律的问题，这个问题非常重要。稍有疏忽，或出现失误，就会使战机一闪而过，或与破案擒凶擦肩而过。正所谓差之毫厘，失之千里。所以尽可能地占有更多的涉案信息碎片，是基础中的基础。记住了，猴子，给我细细查证，不能放过丝毫疑点。在你没有仔细调查，并认真组装拼图的情况下，你怎么会知道哪一块碎片是重要的，是不可或缺的？这是难处，更是追根求源使案情真相大白的兴奋之处，更是破案的魅力所在。”罗红旗吞吐烟火，口吐思绪，既是有感而发，也是及时地与猴子进行交流。

他喜爱猴子这种有灵性、有头脑的基层案侦民警，别看他表面稀拉松散，其实心细如发。

“发现一个疑点，我们就坐实一个疑点，否定也有依据，上升为更大的疑点，当然更要有依据，只有这样工作，我们才能食甘寝安。”

少顷，猴子站起身，说：“罗局，您忙，我立马行动。”

“好，要快，要抓紧，要查仔细了。哎，你把张华也叫上，多一个头脑思考问题。”罗红旗的目光充满欣赏和祈望。

傍晚，快要下班的时候，罗红旗收到市局经侦支队长陆天羽的电话报告：“林玖金一行仍不知去向，公司内的账本、电脑、汽车等财物被席卷一空，公司在银行上的账号只剩下五万余元，也就是说市财政局划拨给公司账户上的前期资金，包括香城 CBD 项目专项资金、配套资金和公益项目资金，将近两亿元被划走。请示，怎么办？”

“怎么办？立案查办，按法律程序办。”罗红旗毫不迟疑地作出决定。

电话收线后，罗红旗拨通了王离的电话：“雅南书记在不在？”

王离说："在，在办公室正等着您的消息呢。"

张雅南听完罗红旗的汇报，砰地一拳头砸在办公桌上，震得桌上的笔筒、茶杯和电话机都咔嚓嚓地响，义愤填膺，怒不可遏地说："骗子，骗子公司，骗到政府头上来了。"稍事冷静下来，接着说，"公安局立案查办，他们就是逃到天涯海角，也要给我追回来。"

"好，我已经组织精兵强将，正在开展追查。"罗红旗说。

"王万山难保了呀。"张雅南一边沉思一边说话，语气郁闷而深沉。

"不是抢救过来了吗？找到了出血点，血也止住了。"罗红旗一脸迷茫。

张雅南挥挥手，像是驱散眼前的浊气一般，坚定地说："红旗，你去忙吧，记住一句话，决不能让林玖金一伙逃脱法律的制裁。"

望着罗红旗迈着匆匆而稳健的步伐转身离去的背影，张雅南开始打心眼里喜欢起这个来自井上县黄土镇烂泥沟村的农家子弟来。从不接受，到勉强接受，到肯定、赞赏、喜欢，到打心眼里喜欢，这中间历经了不知多少事。多事之秋磨难多，正是历经这么多坎坎坷坷，他才逐渐认识、了解、接受了这个公安局长，也正是历经这么多难题难事，才使人得以历练、锤炼和提升，才使人逐渐走向成熟，具备发现、解决问题的能力并形成人格的魅力。

张雅南想，对罗红旗如此，对自己何尝不是如此。只是这一年半载经历的事多了一点儿，也许是老天爷的偏爱，非得要自己来经受这些磨难啊。

第二十三章 决不能当冤死鬼

多事之秋，果真事多，多得让人手忙脚乱，应接不暇。

“猴子”来电话了。罗红旗接通电话只说了一句话：“现在有事，待会儿再打来。”然后就挂断了。

此刻，罗红旗正忙着一件人命关天的大事。

一大早，市委常委、纪委书记汪家良就把他召到了办公室。原来市公安局北山区分局局长杨思平叫人给市纪委送来了一封申诉信，信中说他因为在钱新亚召开的工作布置会上讲了几句真话，被认为是顶撞了领导，后来在打黑行动中，一名涉黑的企业家指认他一起吃过饭，收了烟酒等礼物，他便被视为黑社会组织的保护伞审讯了三天三夜，导致他血压陡升而昏死过去，才被专案组批准“保外就医”。杨思平是在病床上给市纪委写的申诉信，请求市纪委介入调查，还他清白，否则要以自杀来证明自己的清白。

“我们是两难啊，介入调查吧，一来我们可能拿不到真实材料，二来整个案子没有了结，没有处理意见，谈不上平反的问题。不介入调查吧，一个干公安三十多年的老同志就可能被冤枉，甚至是冤死。”汪家良说的是实情，心情异常沉重。

“汪书记，您知道目前这种状况，类似杨思平同志这种情况不少，我、市局甚至井南市都很难掌握，更谈不上重新调查，何谈还他清白？”罗红旗信任汪家良这位真正有原则的领导而实话实说，脸上露出一筹莫展的憔悴神色。

“简直是无法无天，目无党纪国法。党纪何在？国法何在？长此下去，后果不堪设想。”汪家良耳闻很多这样的传闻，此时从一位公安局长手里获取的真实材料中得到证实，很久以来窝着的火一下子喷发出来，怒不可遏。

“怎么可能长此下去？我坚信这一点。”罗红旗以坚毅的口吻说，“他们拥有绝对权力，拥有绝对的决定权、话语权、解释权。为了形成绝对的权威，他们把质疑的讲真话的异己同志都先行抹黑，然后扔进‘黑洞’，再以党章、党纪、国法的名义予以花样百出的处罚，从而达到他们为所欲为的目的。这样下去，党纪国法遭践踏，基本人权无保障，公安队伍被整垮，基础工作遭毁坏，后患无穷啊。但是，我始终坚信党组织决不容许这块地方发生的这些事长久下去。”

“公安系统受损严重，对党政部门设置‘黑洞’。还要不要纪检、监察、检察部门？还要不要不同部门的分工和职能职责？何谈相互配合相互监督？我是看在眼里，急在心里呀。”汪家良由愤懑转为悲戚，忧心如焚地说，“可是，眼前这件事怎么办？眼睁睁地看着一位老干部老同志就这么失去生命？让他失去对党对组织的期望，这更令人痛心。”

“唉。”罗红旗长长地叹了一口气，“这样吧，书记，我这边派市局政治部、纪委的同志去医院做好杨思平同志的思想工作，有必要的话，我亲自去一趟。当然，也只能是做好安抚工作，打消他轻生的念头。”

“好，你负责把杨思平同志的思想工作做扎实了，告诉他，我们是为党工作，干革命工作，就得要有一股韧劲，要坚韧不拔，不能轻易地将自己击垮。我这就派纪委的同志下去，调查了解真实情况，能干多少是多少，兴许能揭开冰山一角。好，就这么干。”汪家良虽然拍板了，但心里确实没底。

“感谢书记，感谢书记这些年来对我、对公安的支持，有您撑腰，我们会把工作做得更好。”罗红旗由衷地说。

握手，两只手紧紧地攥在了一起，还使劲地摇了摇，再挥手告别。

猴子来电的铃声一波接一波。

罗红旗接了，说：“猴急了，有重大情况？”

电话里传出猴子略显沙哑，却掩饰不住兴奋的声音：“罗局，有进展了，再细查下去极有可能是谭大汉作的案。我找了刘从海和他老婆，都证实谭大汉是去年十月底前后来过井南，刚进刘家门，听说刘从海外出打工去了，闷声闷气地说了一句：‘不在，不在就算了，老子晓得这年头啥人都没啥意思。’随后他转头就进城去了。据刘从海说，谭大汉是个闷头儿，天天沉默寡言，话虽不多，但心里却鬼得很。这个人心狠手辣，力气大，块头大，一米八几的个头儿，两次坐牢都是动了刀子的抢劫。对了，他还说，谭大汉是有癞痢头，喜欢戴一顶土灰色的长鸭舌帽。这次来井南找刘从海，他老婆倒是想不起他戴的帽子的颜色，但肯定是看到他戴了一顶帽子。情况就这些，我在回市局的路上，先汇报这些。”

“好，好，这是个新情况，我先布置按这个路子查下去。你回局里再说。”罗红旗挂了电话，步伐急促地跨上车，车朝市局驶去。

回到市局，罗红旗立即将“10·26”专案组各个工作小组和市局刑事技术处，网安、情报、治安部门负责人召集在会议室，通报了猴子报告的情况，安排四路人马深入开展查证工作：

第一路，重新调取从现场出发到康平路、滨江公园和城中心各个非法营运的黑摩托车聚集点路线上的街头路面监控录像，注意发现有谭大汉体貌衣着特征的图像。

第二路，采取多种侦查手段，查实谭大汉的真实身份和活动轨迹，注意发现他现在的踪迹，还要注意井南刘从海与他相同的轨迹，看两人有没有交集点。

第三路，随猴子一道，再深入铺开查访涉及这两人更多的疑点，注意迅速查证，否定要有依据，提出疑点要及时。

第四路，布置人马对从康平路开始至城中心或至滨江公园的多条线路中，谭大汉最有可能出没的公路或背街小巷再度访问，看能不能寻到新的证人，找到新的疑点。

罗红旗兴奋地一口气将事先想好的工作安排说完，最后强调："先抓紧把这条线索查干净，但原来布置的工作，尤其是案侦的基础工作不能停，不能散，如若不然，万一这边扑了空，回过头来就捡不回来基础工作了。此外，原来布置的正在查证的线索也不能丢。看看大家还有新的意见吗？这几条措施，行还是不行？"

"行！怎么不行！"大家纷纷点头，喜形于色。

刑事技术处处长骆建伟兴奋地说："这下好了，有特征的人头，查起视频来就直截了当了。"

"既然大家没有意见，那就立刻动起来，分头忙去吧。"罗红旗说完，收拾起桌上的笔记本和笔，端起茶杯，起身离开会议室。

他身后立马像冷水掉进沸腾的油锅里一样炸开了，大家把猴子围在了中间，争先恐后七嘴八舌地向他提问，询问细节问题。

猴子俨然一位权威的新闻发言人一样，一一作答，而且不厌其烦。

罗红旗上车去了市人民医院。

罗红旗确实不愿也不忍去面对杨思平。这种形势下见了他，说些什么好呢？说假话说空话说大话，他觉着违心，觉得不齿；说一些无关痛痒的话，解不开他的心结。真是无颜面对呀。

记得当初他调到市局任职后不久，下到北山区分局调研工作时，杨思平握住他的手，说当公安局长，一定要心慈，但决不能手软。对民警对百姓要心慈，要真关心；对犯罪分子决不能手软，要动真格。

这句话和他那响如洪钟一样的声音，时不时响在耳边。他那头雪一样的白发，那张笑起来就布满深沟一般的皱纹的脸，时不时浮现在眼前。

就是这么一个爱憎分明疾恶如仇的老公安，怎么可能与黑社会犯罪组织有染？更遑论成为黑社会犯罪组织的保护伞。就拿“10·26”案来说吧，在市局的案侦工作布置会上，他第一个站起来表态：“犯罪分子如此嚣张，必须坚决打击！此案不破，犯罪分子不受打击，井南公安无颜面对人民群众。北山分局将全力以赴，组织最精干力量在辖区深挖犯罪线索。如果有线索有人头在本局辖区，我们又没能挖出来，或者在基础工作的排查中出现漏查漏网的情况，我甘愿接受组织的任何处罚。”掷地有声的话语，至今仍回荡在心。

罗红旗心想，在目前这种形势下，面对一位这样的长者，一个爱憎分明的老同志，我能讲什么？该说什么好呢？

车过滨江公园时，罗红旗像是突然想起什么似的，大叫一声：“停！”

小陈吓了一跳，戛然刹车，急问：“罗局，怎么啦？有什么事？”

罗红旗一声不吭，默默地拉开门，径直下了车，沿着公路朝公园绿树蓊郁草地蓬勃的深处走去。

这是一个没有围墙的公园。历史上这里是一大片洼地，1947 年大汉江暴发百年不遇的大洪水，肆虐的江水以雷霆万钧之力冲破了江堤，淹没了这里的一切。洪水退后，淤泥填满了洼地，肥沃的泥土滋长出大片大片密密匝匝的苇草，蔚为壮观。后来政府制订规划，逐年增加投资，将这一大块左临大汉江右临主干道的荒地改造成为分布着树林、草坪、小径和亭台楼阁的开放式公园，成了井南市区人们休闲、娱乐、散步、锻炼身体的好去处。

罗红旗不止一次来这里散步，尤其是“10·26”案发生以后，曾经多次到这里为罗泽西遇难作过多种设想和设问：为什么当晚八点罗泽西在这块地跑步，却惨死在十公里之外的南城的空置地边沿的路沟里？是遇上熟人？或者是被陌生人骗走劫走？如果是被劫走，怎么会没有罗泽西的反抗或呼救？如果有罗泽西的拼命挣扎或呼救，怎么会不惊动公园里的游人？

在林荫道上，罗红旗缓缓而行，边走边想，如果真是这个谭大汉作案，他对于罗泽西来讲，绝对是个陌生人，那么他是怎样把罗泽西弄到那么远的地方杀害的？如果谭大汉把他就地杀害，那么现场的作案工具、喷溅的血迹该怎样解释呢？如果被害者尸体所在的地点不是第一现场，仅仅是抛尸现场，那么第一现场会在哪里？是旅馆、出租屋，或是公园、野地？如果这些地方是第一现场，那么，从这里到抛尸地点的运输工具是什么？不可能是摩托车，只可能是汽车。对，极有可能是汽车，而且这汽车内可能还会是杀人的第一现场。

“叔叔，您挡住我的小汽车啦。”一个童稚的声音打断了罗红旗的思路。

他抬眼一看，原来自己光顾着走路，没注意到脚下挡住了一个小男孩儿的遥控汽车，急忙弯下腰将这辆精致的玩具小汽车捧起来放回到路中央。

远处小男孩儿的母亲对他嫣然一笑：“宝宝，快对叔叔说谢谢。”

小男孩儿怯生生地望着罗红旗：“谢谢叔叔，叔叔再见。”

罗红旗直起腰身，回过神来才发现，这公园里的路虽然很窄，平时也没见汽车的影子，但这是可以进入车辆的公路。

他急忙掏出手机，拨通骆建伟的电话："骆处长，告诉调看视频的同志，除了注意发现戴鸭舌帽的大块头之外，还要调取查看从康平路路口出入的汽车的视频……对，是小轿车、越野车、皮卡车之类的小型车，绝不是大货车、大客车……对，再有，要注意察看滨江公园路口与康平路路口的同一车型，当然也是小型车，时间段仍然是当晚六点以后的……对，就这样，有情况，有发现，你不能独吞了，要及时告诉我。好，我挂了。"

折身回到车上，罗红旗兴冲冲地对司机说："小陈，有戏了。"

小陈这几年跟着罗红旗跑，对他的心思大多能猜个八九不离十。但这回，见他阴沉着脸突然下车，过了一会儿上车时却喜上眉梢，小陈猜不透了，只好问："什么有戏了？不去医院了？"

"走，去医院看杨局长。"

来到医院，走进心脑血管科的住院病房，罗红旗推开房门，一眼就看见杨思平躺在病床上挂瓶输液，花白头发下的那张脸斑驳陆离布下许多皱纹和老年斑，两眼茫然，空洞无物。

罗红旗蹑手蹑脚地走了进去，杨思平竟毫无察觉，不见丁点儿反应。

"罗局长，罗局长，你来干什么？"两名守护在房门后的年轻民警，突兀而现，伸出双手拦住他，大声地问。

罗红旗被吓得不轻，但他很快镇定下来，轻声说："我来看看杨局长，你们在这里干什么？"

"我们奉命看守杨思平。"

"听说杨局长病了，我来看看。"

"不行，要看杨思平，得新亚委员批准。"两个民警几乎是异口同声，没有丝毫可以商量的余地。

杨思平被惊醒了，缓缓地扭过头来，两眼望着罗红旗，惊诧地说："罗局，您来啦。"

"呵呵，老杨局长，您醒啦，打搅您啦，我就来看看您。"罗红旗忙不迭地说。

年轻民警不管不顾地说："罗局长，你不能进来，要看杨思平，得新亚委员批准。否则，我们不好交代，你也不好交代。"

罗红旗耐下性子，心平气和地说："我是市局领导，我来看望一下分局领导，有什么不好交代？还要谁批准？"

民警面露难色，谨慎而固执地说："上面是这么交代的，我们也没办法，你也不要为难我们。"

罗红旗开始心烦了，说："你们不认识我？我是不是你们的领导？"

"我们认识你，你是市局领导，可你不是我们的领导，我们是省厅抽调来的。上面说了，杨思平是犯人，是保外就医的犯人……"其中一个民警解释说。

这下激怒了罗红旗。

面对欲生不能、欲死不得的杨思平，他忘记了克制，忘记了林静娴的告诫，近乎暴跳如雷般怒吼："你们他妈的是什么人？你们是警察吗？杨思平是什么人？谁他妈的说他是犯人，是保外就医的犯人？他有罪吗？他犯的是什么罪？是谁给他定的罪？法院的判决呢？一个人民警察连起码的法律常识都没有，还算得上是执法者？你们这是跟谁在干事呢？是忠于法律，还是忠于个人？"

"我们知道你是来看杨局长，我们也懂法，也懂道理，但上面可是毫不留情呀。"两个民警被罗红旗的怒骂吓得张皇失措，一脸委屈。

"红旗，你不要为难他们了，就这样说几句话得了。"杨思平见状，有气无力地说。

罗红旗余怒未消，仍然对两个民警说：“滚，滚出去，给我滚出去。”

一个民警说：“我们去请示一下，好吗？”

“你请示，你报告，关我屁事！老子就在这里看望杨局长，就在这里等着，看你们能把我怎么样，滚出去吧。”

当房间里只剩下他们两个人的时候，罗红旗对着杨思平讲了一通安慰宽心的话，杨思平则一言不发，看得出满脸是愤懑、憋屈和沮丧的神色。

罗红旗最后讲道：“这种情况下，我们只能突出一个‘忍’字。”

“忍，怎么忍？忍无可忍啊。”杨思平仍旧激愤，心潮难平，“您也看到了，他们目无法纪，他们猖狂至极，他们到底要干什么？”

杨思平告诉了他许多难以想象的事，不胜悲伤不无凄凉地说：“最让人伤心的，不仅仅是他们滥用职权，而是我们的领导干部，我们曾经的部下，我们曾经很看好的人才，在他们挥舞的权力魔杖下，竟然变得如此丑态毕露，献媚的，拍马的，逢迎的，告密的，助纣为虐的，为虎作伥的……不一而足啊！人性的卑鄙和丑陋暴露无遗，可悲呀！这样下去，护法执法的队伍遭到破坏，谁来维护法律尊严？长此下去，后患无穷呀。”

“你说的情况我都知道，高压之下，人性会变的，因为趋利避害是人的本能。当一只‘大手’拿捏住你的身家性命并危及你的家人，人的脆弱就会表现出来，人性就会扭曲，肮脏、丑陋、卑鄙的一面就会显现。这时，最重要的是管住那双掌握着不受约束的权力的‘大手’。但是目前我们能有什么办法呢？没办法。只能使出韧劲，不是忍，是韧，是韧性，是韧劲，是坚韧不拔。我坚信这种不正常的状况是不可能长久的。”罗红旗满脸坚毅的神色，语气坚定，目光如炬，“要相信党，相信组织，相信法律，相信正义。杨局长啊，没有锯不倒的树，没有蹚不过的河。”

“我会想通的，罗局。林子大了，啥鸟没有。再说啦，哪个庙里没有冤死的鬼。”

罗红旗故意装出一副轻松的模样，说：“您说的第一层意思我赞成，第二层意思我反对，而且坚决反对，不管怎么样，我们决不能当冤死鬼。记住一句话：烦恼可聚可散，转境不如转心。”

“好吧，我相信您，也相信党和国家。”杨思平从被窝里伸出瘦骨嶙峋的手，罗红旗紧紧握住，感觉硌手，两人的目光碰在了一起。

罗红旗从他的目光中读到了坚毅的眼神，也相信了他的韧性，心里慰藉了许多。

告别杨思平，罗红旗走上六楼，来到了心脑血管科的重症监护室。

隔着玻璃，他看到王万山平躺在病床上，头部、面部、上半身插满各种各样的管子，如死猪一般纹丝不动，一阵悲凉之感不由得袭上心头。

守护在门外的市政府办公厅的工作人员小李告诉他：“王市长已经动了开颅手术，出血点找到了，也止住了出血，颅内淤血也清理干净了。目前没有生命危险，正在做重点监护和恢复治疗。”

“能够恢复到什么状况啊？”罗红旗非常关切地问。

“医生说，恢复意识应该是没什么问题，但身体至少是半瘫痪。”小李认真地答道。

此时，罗红旗心里明白了，雅南书记说王万山保不住了，绝不是说他的生理生命保不住，而是说他的政治生命保不住了。

这桩诈骗案查下去，后果会怎样？或许又是一桩惊天大案。想到此，他不寒而栗，浑身泛起一层鸡皮疙瘩。

第二十四章　公安局长的推理

罗红旗回到市局时，已是天黑如漆。刚在食堂坐下来，端上饭碗，王离打来电话说，市委书记张雅南叫他速来办公室。

他撂下饭碗，叫上小陈，起身就走。

罗红旗迈着急促的脚步赶到张雅南的办公室，只见张雅南与汪家良两人一站一坐，身体僵直，神色凝重，活脱脱两尊雕塑伫立在屋内，空气都沉闷阴郁得像是拧得出水来一般。

张雅南用眼神示意罗红旗坐下，用手指指桌上的两份材料，说："你先看材料，我们再来说说情况。"

罗红旗拿起材料，快速浏览起来，看着看着脑袋一下子涨大了。

这是两份分别由中纪委、省纪委转下来的举报信复印件。在信中，井南市树森经贸集团公司实名向中纪委、省纪委举报井南市政府代理市长王万山把持香城 CBD 项目，暗箱操作致闽南商会金鹰置业集团公司中标，而金鹰置业集团公司的林玖金、孔小梅一伙则是假姓名假公司的骗子，王万山宠爱的孔小梅则是林从南方城市花大价钱雇来的，曾经当过时装模特和"三陪小姐"，他们实际骗走井南市政府资金近两亿元。王万山死心塌地为骗子公司卖命，是因为他从中受贿达一千万元以上。

信中还说，王万山为达到当上市长的目的，通过省委一个秘书长牵线搭桥结识了省委主要领导，向省委主要领导行贿四百万元。

信中还点了一句：罗泽西就是被王万山雇凶杀害的。

罗红旗看完信，惊讶得瞠目结舌，直冒虚汗。

“案件查得怎么样？什么情况？”见他看完材料，张雅南冲着罗红旗问。

“什么案？”罗红旗一下子没有回过神来。

“诈、骗、案。”张雅南一字一顿地说，听得出来他强压着一腔怒火。

“简树森举报林玖金的情况和我们的初步查证，基本情况是吻合的。公安这边一方面正在核查资金的准确数量和去向，另一方面追查林玖金这伙人的真实身份和他们的落脚点。”罗红旗回答道，“至于罗泽西案，另有一条重要线索正在深入查证。”

“纪委这边，什么情况？”张雅南掉头对汪家良说。

“我从纪委、监察局和反贪局抽调的人员组成专案组正在深入调查，对建委、规划局、招标办涉案的几个干部实行了‘双规’，现在最关键的证据要等王万山开口。目前，他还在重症监护室，医生说等他完全恢复意识还要两三天时间。”汪家良说。

“王书记，罗局长，你们看啊，这样行不行？”张雅南称呼起官衔来就显得很严肃很正式，“明天一早中纪委、省纪委的同志就要来到井南开展调查工作，今天晚上你们两处人马合在一起，先凑凑情况，再研究几条下一步工作措施，明天我们一起参加汇报会。强调一点，注意保密。”

“行。”汪家良、罗红旗几乎同声应答。

张雅南敏感的神经不会放过任何一条对他来说有价值的信息。他盯着罗红旗，追问道：“你刚才说了一句，罗泽西案有了新的线索，行，抓紧调查，只要有进展立刻告诉我，好吗？”

"好，一有好消息第一时间报告首长。"罗红旗回答得很响亮。

在返回市局的车上，罗红旗啃着司机小陈备下的早已冷冰冰的馒头，细细地咀嚼，脑子像放电影一样过滤着王万山的点点滴滴，想到躺在病床上脸上戴着氧气罩全身插满管子几近成为植物人的王万山的样子，禁不住长长地叹息。

可怜的贪虫啊，处心积虑，百般钻营地爬上权力的高层，倏忽之间滑入地狱，陷入欲生不能欲死不得的境地。唉，都是权、钱、色给害的，当然，更是他自身欲望太多，而且不知道节制所造成的。有道是，花不迷人人自迷，酒不醉人人自醉。时代在变，社会在变，而道不变，千古一律。

走进市局大楼，匆匆跨进电梯，待到达楼层的电梯门一打开，罗红旗在走廊上就远远地看见市局经侦支队长陆天羽手里拿着一大摞材料等候在他的办公室门外。

开门进屋，陆天羽忙不迭地汇报，惊惶地说："罗局，全是假的，完全是一个大骗局。"

"不是骗局，叫你来干什么？慌什么慌？"罗红旗异常镇定地说。

"这，查起来难度就大啦，弄不好又是一桩惊天大案。"陆天羽掩饰不住心中的慌乱，一副忧心忡忡的样子。

"大，再大也得查，而且还得查个水落石出。难，再难也得破案，决不能让侵害国家和人民利益的犯罪分子逃脱法律的惩处。"罗红旗冷峻的脸色和口气严厉的话语，让陆天羽愣怔得像一根木桩一样僵在那里。

罗红旗叫他坐下来，接过他递过来的材料，迅速地浏览了一遍，然后说："案件的轮廓已大致清楚，案情还得细查，重要的是抓住林玖金一伙骗子，挽回经济损失。"

接着，向他传达了张雅南、汪家良的指示，提出了几条侦查措施，并指派他马上去参加汪书记主持的碰头会。

陆天羽诚惶诚恐的样子，让罗红旗看起来觉得有些难受，也觉着心里不够踏实。

他递过去一支烟，自己也点上一支，静静地吸上一口，语重心长地对他说："天羽啊，工作上一定注意保密，侦查上要抓紧，尤其是要克服畏难情绪。王万山个人的教训也告诫我们，权不可乱用，钱色不可滥贪呀。这一点，对于你们这些搞经济犯罪侦查的警察特别重要，一定要记住了。"

陆天羽没有顾得上点烟，捣蒜似的点头，脑子里已经感受到了此案沉甸甸的分量，也领悟到了这位顶头上司此刻的心境和言外之意，直到罗红旗示意才领命而去。

看到陆天羽迈着稳健的步履离去，罗红旗心里悬着的一块石头才落了地。

回过神来，脑子里把今天的工作捋了捋，他这才一手拿起笔记本和文件夹，另一只手端上茶杯，下楼走向"10·26"专案组人员集中的会议室。

脚步踏上二楼的走道，远远地就听见敞开大门的会议室里吵吵嚷嚷，热闹非凡。

他故意在门口驻足一会儿，但也没听出个名堂。

一俟他跨进门来，房间里顿时鸦雀无声，寂静一片，心里陡然升起异样的感觉。

罗红旗自顾自地在长方形的会议桌首端坐定，用目光巡视一遍围桌而坐的专案组二十几个与会者的脸，看见这些熟悉的眼神里透出几分遮掩不住的兴奋，心中便明白了几分。

他佯装不觉，刻意端起架子，打着官腔问道："大家辛苦了，各路人马查证的情况怎样？有没有锁定嫌疑人？谭大汉这个人查得如何？”

“哈哈哈。”

“嘿嘿嘿。”

“呵呵呵。”

憋不住，大家确实憋不住的兴奋和高兴劲儿，经他这么一试探，哗地就像开了闸门的水一下子宣泄下来。高高低低的嗓音、各种各样的调门，合奏成开心爽朗的笑声激浪，仿佛要把房顶掀翻。

深受感染的罗红旗心中此时已明白了七八分，禁不住也跟着开怀大笑起来。

这一天，期盼已久的一天，终于来到了。

良久，待笑声稀疏下来，罗红旗站直了身躯，双手作揖：“弟兄们辛苦了，大家受苦受累一年多时间，破案擒凶的关键时候到了，谢谢同志们。”

罗红旗坐了下来，正襟危坐，故作严肃，重操官腔：“这么大的喜讯还瞒着我，该当何罪？柴华林，你说。”

柴华林还没来得及收起脸上的笑容，颇感委屈地说：“我告诉大家，您去市委开会了，大家等不住了，忍不住高兴，先把各路情况拿上桌来碰撞，一撞，嘿，有好戏，正好您进门，弟兄们憋住，可能是想、想、想给您一个意外的惊喜吧。”

“罗局，没想到吧？高兴啊。”猴子兴奋得脸都变形了，刀条似的脸上肌肉一鼓一瘪地说，“我看凶手十有八九就是那个王八蛋。”

“猴子，别高兴得太早，说实话，是我没想到，还是你没想到？我向你讲啊，这人没抓到，案情不清，算得了破案吗？人要是跑了，落了空，啊，我可要处分你。”罗红旗照旧打着官腔，而且官味儿从来没有这么浓。

“这个，这个，应该没问题吧。已经发现了行踪，就等我们去抓捕。”猴子急得抓耳挠腮。

“哈哈，哈哈。”大家又是一阵开心大笑。

“别高兴得太早，谨防又是水中捞月，我们过去是有教训的。来，来点儿实的，说说具体情况。”罗红旗紧绷一张脸，稳稳地对申晓兵说。

“好，我综合起来做个汇报。”申晓兵白皙的脸上因为兴奋涌上两片红晕。

他摊开笔记本，暗暗压住兴奋，不紧不慢地说：“从调看的监控视频中发现，去年10月26日晚上6点35分，康平路路口出现过三辆小车，有两辆是小轿车，车主原来我们都找到了并且访问过，没有进到断头路，而是直行走了，这个情况已经查实了，可以否定。还有一辆类似吉普的越野车至今未查到车主，也没有找到车，是否转进了断头路不得而知，因此，可以视为作案嫌疑车。

“晚上7点10分左右，在城中心主干道的一家饭馆门前发现一个大块头、戴鸭舌帽的男子出现，抽着烟，二十五秒后走出镜头，去的是城北方向。这个饭馆我们查清楚了，是一家卖过桥米线的小饭馆，联系到死者吴文豪的胃内容物中尚存没有消化的米线，可以联想到鸭舌帽与吴文豪共同在这家餐馆一起吃的米线。

“晚上7点35分在城中央的和平路路口，发现鸭舌帽坐在一辆摩托车的后座上驶过的图像，因为天色太暗，只有路灯的照明，没法儿辨认驾车者是不是吴文豪，但从个头儿身架判断是一个小个子。摩托车是不是吴文豪的车，没法儿辨认，但可以肯定为红色。

“晚上7点59分，发现鸭舌帽出现在康平路路口，仍然是坐在摩托车的后座上，但是是否进入了断头路，没法儿确定。”

“由此，可以推定，鸭舌帽、越野车、摩托车三个要素在现场附近出现，并构成一个可以做合理解释的逻辑路线。”刑侦技术处处长骆建伟补充分析道。

一个现场、两条人命、三个地点、时间顺序，罗红旗思索着如何解构这条逻辑线路，问道：“这说明，罪犯是分两次杀人或者抛尸。那么，人呢？人的查证情况怎样？视频中几次出现的鸭舌帽是不是同一个人？是一个什么样的人？”

“综合刘从海及其老婆、谭大汉两次服刑的两个监狱方面、谭的原籍地警方和公安基础数据库的情况看，”申晓兵继续有条不紊地分析，“谭大汉，真名谭德海，外号海哥，现年三十六岁，文化程度是小学毕业，曾因抢劫犯罪两次被判有期徒刑各八年，十八岁第一次判刑在北方省监狱服刑，出狱后落户回原籍。两年后，持刀抢劫路人五千余元现金，因为犯案地点在省城，因此在我省监狱服刑，其间有三年时间与我市同样犯抢劫罪的刘从海在同一监舍，由于脾气相投，两人在监舍内无话不谈，成为好朋友。谭德海在狱内就抗拒改造，凶狠强悍，欺负同舍人犯，曾多次被处罚。据刘从海讲，该人一直对社会不满，私下对他说过，这个世界太不公平，他骨子里就想杀人，看到别人流血，心里才痛快。谭德海性格沉闷，从无多余的话，心底里很黑暗，这种性格的养成可能是因为父亲早亡，母亲靠在县城里捡拾垃圾维持生活，这种底层的贫困的孤僻的家庭生活，加之早年辍学，从小在社会上游荡，过早地接触社会阴暗面的经历造成的。

“另据刘从海的老婆讲，案发当天上午谭去刘家时，问了刘从海的手机号码，他老婆厌恶刘与狱友之间来往，没有告诉他。谭装出关心的样子问娃儿还好吗，刘的老婆告诉他孩子在城里读高中。

“具备作案时间、空间，作案动机可以判定为是仇视社会，前期两次犯罪都是持刀行凶的手法，暴戾凶悍的性格，身体强壮的个人条件，头戴鸭舌帽的衣着特征，综合分析推定，谭德海具备本案重大嫌疑人的基本特征和条件。”

“根据轨迹分析，谭德海现在落点何处？”罗红旗进一步问。

“已经查到了，谭德海现在江苏一家建筑工地打工，我们已经跟当地警方取得了联系。”李冒兴冲冲地插话。

“情况就这些？”罗红旗问。

“就这些。”申晓兵答。

“看看，大家的看法怎样？”罗红旗探寻的目光梭巡着每一个人。

猴子急不可耐地说：“我看百分之百是谭德海作案，把他抓回来审问就明白了。如果不是，就砍我的脑袋。”

骆建伟轻轻咳嗽一声，冷静地说：“从视频上看到的，可以勾画出谭的作案过程，从逻辑上分析出他经过的路径和时间都可以吻合。死者之一吴文豪死在现场也可以解释得通，他本人平时有空儿从事非法黑摩的运营，有人招呼一声，谈好价钱，去哪儿都行。唯有罗市长为什么会死在现场，解释不了。谭跟罗是绝对没交集的，更没有任何因果关系，两人不搭界啊。如果是谭杀害了罗，怎么解释？”

“这个，我来解释。”罗红旗胸有成竹地说，“不知道大家注意到没有，滨江公园的路虽然窄，但都可以通行车辆，而且外围没有任何禁行标志。也就是说，尽管内行车辆极少，一般老百姓都以为内行街道不能走车或者自觉不往里行车，但所有的车辆都可以任意地驶进驶出。

“发案的当天晚上，罗泽西是八点左右出门到滨江公园跑步锻炼，谭德海作为外地人不认路，驾车误入公园，碰巧遇上了跑步的罗，以问路、找人的方式将罗以欺骗或游说的平和方式弄上车，再驾车去现场杀害。

“还有一点，不知大家引起关联没有，刘从海儿子寄读的井南第一中学，就在现场那块空置地的北侧，谭极有可能去找第一中学，误入公园，碰见罗，问路，再邀罗上车带路而去了现场。当然，这只是我个人的推理。今天路过滨江公园，我下车走了一段，发现多个路口都可以进入，就想到了这点。”

“罗局的分析也不是毫无根据，原来我们没把滨江公园、现场和第一中学关联起来，现在联系起来一想，不无道理。”李冒振振有词，丝毫没有拍马屁的味道。

“怎么样？罗局，下决心吧，先把谭德海抓捕回来。”申晓兵着急地说，“从江苏盐城方面反馈的情况看，谭在当地租了房子，打工的单位换了四家，但过得很安稳。我怕他万一受惊了，再逃跑，就不好抓捕了。”

“好，下决心，抓。”罗红旗一掌击在桌面上，砰的一声发出清脆的响声，“申局，你率队走一趟，带上猴子、张华，另派两名特警队员，带上法律手续，明天一早飞赴盐城将谭德海抓捕回来。注意两点，一要干净利落一举抓获，二呢，除非他自己开口，我们抓住他以后涉及案情的任何问题都不要问，准确核实他的身份即可。另外，骆处、李冒、赵印在局里准备好证据材料，拟好审讯方案，待谭德海进到看守所，就开始审讯工作。要做到不打无把握之仗，不审则已，要审就要全案攻破。”

“好。”大家一致叫好，人人喜形于色。

看到大家摩拳擦掌跃跃欲试的神色，罗红旗沉下脸来，拉长腔调说：“同志们，越是看到希望越是要冷静，对困难要有充分的准备，对工作要考虑到每一个细节，决不能掉以轻心出现失误，井南公安再也不能出现失误了，再也折腾不起了，拜托大家。”说完，罗红旗习惯性地举起右手敬礼。

大家高兴的情绪陡然降了下来，纷纷说：

“放心吧，罗局。”

“不用担心，我们会交上一份满意的答卷。”

“坚决完成任务，您就等着好消息吧。”

散会了，大家陆续起身离开会议室。

望着大家分头离去的背影，再掉头看到顷刻之间人去屋空的会议室，偌大的空间里只剩下罗红旗一个人孤零零地端坐在那里，他竟然高兴不起来。

就在即将破案的当口儿，他突然想到了罗泽西，又想到了王万山，还有以前天天在一起工作的李剑锋，惋惜、悲愤的情绪一起涌上心头，百感交集，一时间竟控制不住自己的情绪而潸然泪下，独自涕泗，唏嘘不已。

第二十五章 人生的底线

市公安局召开干部大会，市委常委、组织部部长李元在大会上宣布了市委、市政府的决定，任命罗红旗同志担任市公安局党委书记、局长。

市政府主持工作的副市长陈详出席大会并讲话，省委常委、井南市委书记张雅南在讲话中充分肯定了罗红旗和市公安局党委一班人及全市公安民警近两年在处置突发事件、“打黑除恶”专项斗争、打击刑事犯罪、维护社会治安、促进社会和谐健康发展等方面取得的成绩，提出了对下一步工作的希望和要求。

罗红旗做了表态性发言，声音不高，但字字铿锵：“我一定不辜负市委、市政府的期望，带领党委一班人和全市公安民警为建设平安香城作出新的更大的贡献，在公安工作中出新出彩绝不出错，开创井南公安新局面。”

会议结束后，罗红旗和市局党委一班人簇拥着张雅南、李元、陈详走出大楼。拉开车门临上车时，张雅南又转过身子，握住罗红旗的手，压低嗓门，意味深长地说：“红旗呀，你提出的‘出新出彩绝不出错’的口号，我十分赞成，好，当领导干部的同志，不为人民做点儿事不行，但好事一定要干好，不能干偏了干歪了。我送你十二个字：站稳脚跟，处事有据，做人厚道。今后也用得着，好了，再见。”说完，弓身钻进车内。

几辆奥迪车鱼贯驶离，绝尘而去。

罗红旗看见张雅南说这番话的时候，脸上的沟壑又凝住了，眼睛里的光芒锐利而刚毅，只是一时没理会到他这番话的深意。他想，这番话里必定另有意味，只是一时半会儿还猜不透。

一一送走市领导，罗红旗转过身来，迎接了同事们一片祝贺和赞扬声。

他几乎没有更多地理会大家的祝贺和赞扬，独自悄悄地回到办公室，关上房门，一个人静静地品味张雅南赠送的十二字箴言。“花繁柳密处拨得开，才是手段；风狂雨急时立得定，方见脚跟。”这句话在他心中想起。

这是他小时候从罗泽西带回家的一大堆书中，读到的《小窗幽记》里的一段话。曾经背诵如流，也曾细细品味，此时在心中想起，莫非就是其注脚，他悟不透。

他想，远的不说，就是江南省官场近几年发生这么多事，张雅南身居其中，历经波峰浪谷，危乎险乎，能够屹立不倒，肯定用到了这十二字箴言，可见，他传给我的是真经。

丁零，手机短信提示声响起，林静娴发来一个字“赞”，还有一幅紧握拳头翘起老高大拇指的图像。

他会心一笑，冷静的大脑里闪过一丝热乎乎的愉悦。

三天过去了，申晓兵从江苏方面传来消息说，谭德海从原来的出租屋搬走了，原来打工的工地也找不到人影，他们正在当地警方配合下全力搜寻。

罗红旗心情焦急而惴惴不安，每隔几个小时就与申晓兵通一次电话。

申晓兵在电话里倒是显得很轻松，调侃地说：“罗局，放心吧，小弟怎么也得把谭大汉提回来，给您的荣升献上一份大礼，到时候别官儿当大了嫌我们送礼太轻了，打官腔啊。”

尽管罗红旗表面紧绷着脸，一副闻喜不惊冷静从容的样子，心里却对这次任职颇感意外。虽然上次他与林静娴在上岛咖啡南城店进行过建立柱状模型对照加减分预测的试验，对他升任局长的实测结果是最大预期峰值，换句话说就是，只要不出意外，升官是必然的，但升任之后，他感觉意外，没想到来得这般快，而且是在这个当口儿，尤其是张雅南那番语重心长颇有深意的话和那猜不透的目光。

其实，罗红旗就是一个职业警察，从高中毕业就升读警院，毕业就干警察，他想的是这辈子就干警察了却一生，对升官、发财、搞政治提不起兴趣。即使这几天在升官的一片祝福和赞扬声中，他内心深处牵挂的依然是“10・26”案的进展。

林静娴打来电话约他到滨江公园中央的上岛咖啡屋碰面，祝贺他升官。

罗红旗说：“不去那儿，那儿人多，再者，极有可能还是伤心之地。”

“此话怎讲？什么伤心之地？”

“我分析罗泽西可能遇害于此，也就是说，那里可能是第一现场。”

林静娴说：“那好，还是去南城店。”

这次，可是罗红旗先到。他点上咖啡、柠檬水和一小碟巧克力夹心饼干，就静静地坐了下来，痴痴地发呆。

林静娴姗姗来迟，进门的时候脸色阴郁像是雷雨爆发前的重重黑云，走近厢座，看见罗红旗呆头呆脑郁郁寡欢地斜靠在软沙发上瘫软慵懒的样子，扑哧一声笑起来，故作献媚样，口气极其奉承地说："哎哟，罗大官人，荣登殿堂升厅官了，还不称心如意？想着三妻四妾，还是想着当更大的官啊？"

"你以为我没看见你进门的时候还拉长了驴脸，有什么不称心如意的事？"罗红旗反唇相讥。

"哦，你偷看我呀，看见你发呆，以为你什么都没察觉呢。"林静娴放下坤包，坐了下来。

"不是偷看，是余光扫描。"

"难怪人家说，当警察的后脑勺都长着一只眼睛。果不其然啊。"

"来吧，先喝黑咖啡吧，今天我叫的黑咖啡，浓，叫你晚上兴奋得睡不着觉。"罗红旗将咖啡杯轻轻地推至林静娴的面前。

"真要睡不着觉啊，这年头儿，意料之外的事情突兀而来接连发生。"林静娴阴郁的脸色在咖啡厅若明若暗的灯光下泛出幽幽的寒光，让人一眼望去感觉跟拥抱冰雪一般冷。

明显地感觉到话锋不对，罗红旗惊问："怎么啦？出什么事了？"

"你别一惊一乍的，罗大官人，当高官啦，得有政治家的稳重和成熟。"

"教授，林校长，今天怎么不对劲儿，我俩一碰面就像两块石头碰在一起，硬碰硬地溅出火花来了。"罗红旗露出一丝委屈，"我不是政治家，政治上理论上，我都不是您的对手，我可是甘拜下风哟。"

"你知道吗，出大事了？"林静娴向前伸出头，往罗红旗跟前凑了凑，尽量压低嗓门，有点儿神秘地说，"你们上头的厅长昨天早上突然被中纪委带到北京去了，这可不是传闻，我专门核实了。但是什么原因，为什么进去，目前一无所知。"

"啊，'双规'。"这消息太突然，犹如迅雷不及掩耳之势让罗红旗震惊得不自觉地张大了嘴，半晌合不拢。

“你不相信吗？这消息是在省委工作的一个朋友告诉我的，网上已经有披露，但语焉不详，只是官方没有任何消息，我想，快了，官方要说话的。”林静娴不慌不忙地补充道，“你们公安系统肯定会有更准确的消息。”

罗红旗立即掏出手机拨通已经被解任了的白京伟的电话，直截了当地问他：“老同学，听说‘一号’出事了，有这回事儿吗？”

电话里白京伟的声音听起来很轻松，还带点儿兴奋：“有啊，昨天发生的，是真实的。我嘛，挨整的，靠边的人，哪有资格去管高官的事儿，天高挨不着边啦。‘一号’已经被带到北京，怕是凶多吉少啊。我说嘛，整人的人好比秋后的蚂蚱，长得了吗？江南官场这下有好戏看啦。对了，网上已经大篇大篇刷出来了，叙述得很清楚。罗局长，保重，见面再聊，挂了。”

咖啡店里很安静，尽管都压低了嗓门，林静娴还是很清晰地听见他俩的对话。

待罗红旗放下电话，她问：“‘一号’是谁？是指赵儒僧吗？挨整？白京伟？就是你常聊到的那个有学究味的老同志？他不是搞技术搞学术的吗？怎么会挨整？”

“‘一号’是江南全省的警察私下给赵儒僧起的代号。像白京伟这种被抹黑、被冤整的同志在公安系统可多啦。”罗红旗说，“听话听音，好像白京伟意犹未尽呢。”

“唉。”林静娴长长地叹了一口气，猛喝了一口咖啡，发白的脸开始红润起来。

她叫来服务生，以不容商量的口气说：“再来两杯黑咖啡。”转头，对着罗红旗眨了眨眼，仍是这种口气说，“我还不相信你今晚睡得着觉。”

两人相对无言，好像是在等待咖啡。

沉默中，四目时不时碰在一起，似乎在用目光交流心中的想法。

“江南官场必定有一场地震，而且必定涉及全省各个地市的官场。”林静娴喃喃地说，“有些人的命运又得沉浮，拐向，溜偏……出现不曾想到的意外。”

“唉，这两年江南省也罢，井南市也罢，出了这么多意外之事，有些事简直匪夷所思，居然就发生了。”罗红旗拍着脑门儿，手指揉着太阳穴，“这根在何处？源在何方呀？”

“就出在你正拍着的脑门儿里。不按规则出牌，不按规律办事，不依法办事，有法不依，徇私枉法，主观想象，妄想妄为，不出意外才是怪事。”林静娴淡定地说，“当然，有些事情之所以出乎人们意料，还是因为我们在思想上存在更多的误区和盲区，没有认识到事物的本质，这个可以理解。但有些事肯定是某些人故意妄为。”

闻听此言，罗红旗脑子里猛地一激灵，想起了张雅南书记告诫他的十二字箴言，似乎理解到了其中的深意。

由此，他推测道：“‘赵一号’出事，恐怕打不住吧。”

林静娴伸出大拇指：“聪明，这辈子你就聪明了这一回。”

丁零零，罗红旗的手机铃声响起。申晓兵在电话里兴奋地说：“报告罗局长，谭德海已经锁定，在一家制衣厂当搬运工，住在厂里的临时工宿舍。我们和当地警方商量好了，明天上班时实施抓捕，最迟后天，一定把他押解回来见您。”

忽如一夜春风来，罗红旗闻言，脸上顿时充满千树万树梨花开一般灿烂的神情，动情地说：“辛苦了，申局，我的好兄弟。我苦苦等了四天，着急了呀。我告诉你，特别注意行动和押解的安全问题，谭德海是个悍匪。好，我到机场接你们。”

林静娴听得清清楚楚，说：“罗泽西谋杀案的凶手抓住了？”

“八九不离十吧。”罗红旗稳稳地回答，说话留有余地。

“这么大好的消息，你怎么不早告诉我？难怪该你升官，这么有才，这么给力，我建立的柱状实测模型管用啊，你升官都在预测之中呀。”林静娴跟着高兴起来。

“这算什么好消息呀？我不这么看，耗时一年多，浪费多少人力财力，破案的结局又大大出乎意料，既不是官场争斗引发的祸端，也与黑社会组织犯罪无关，更谈不上我们分析过去研判过来的因果关系，纯粹就是一桩偶发的刑事犯罪案件。倒是直接地间接地牵扯出许许多多相关的或者不相关的意外事件，这些事件个中的关联，怕是只有老天爷明白，非人力所能解构哟。”罗红旗不禁感慨万端，“就拿‘10·26’案来说吧，案发意外，罗泽西的意外之死牵扯出情妇、巨额贪腐诸多问题，暴露出米家三姐弟的官场窝案，更严重的是导致省厅对井南市打黑形势的误判，从而掀起打黑扩大化以至于‘黑打’的浪潮。因为侦办‘10·26’案，对罗泽西生前关系的调查，触动许多看不见却已经勾联在一起的关系网，致使一批贪官污吏垮台；因为罗泽西意外之死，致使王万山在没有作好准备的意外情况下出任政府代理市长而大权在握，直接导致林玖金诈骗案件的发生……最令人悲催的是，对我个人来讲啊，就是罗泽西的大暴露，在我脑子里的大坍塌。”

“据说，罗泽西的老婆，还有他老婆的两个弟弟的官位都是他一手安排的。他妻子的小弟弟原本就是一个花天酒地骄奢淫逸的纨绔子弟，经他安排，摇身一变成了市交委下属的运管局的局长。他的两个情妇就是他这个妻弟介绍并且安排的，有个情妇被安排到了省城，还给他生了一个儿子。他老婆在家帮他收受贿赂几百万……如此窝案真是有悖人伦，太悖常理。”林静娴停顿一会儿，又补充说，“现在不好说，待查证出来，你们的‘一号’恐怕比他更贪更黑更腐败。”

“这正是我们心中的悲剧，我们只能看到他们正襟危坐，口称马列，摇唇鼓舌，说的比唱的还好听，一副正人君子的做派，我们信了，可一连串的意外之后，他们的另一面——令人毛骨悚然的肮脏、丑恶、残忍、卑鄙暴露无遗，让你不得不看，又不得不信，摧毁了你曾经相信的美好东西，撕裂了你已经在心中固化的形象，这种痛，这些悲，戏剧性转换，这不是悲剧是什么?”罗红旗猛地一口将杯中的黑咖啡喝完，仿佛要把所说的一切都埋进肚子里一股脑儿化掉，不无悲戚地说，“林教授，这心中的痛，恐怕一夜也说不完，散了吧。”

“是呀，是呀，悲剧就是把你的痛楚撕裂给人看的。但是，看得透还远远不够，还要看得开，这才是正确的中国人的人生观。”林静娴说完，拿上坤包，依依不舍地与罗红旗话别。

又是一个不眠之夜。

翌日，谭德海被押解回来了。

飞机在井南金桥国际机场降落，待其他乘客从廊桥下机后，申晓兵走在前头，猴子、张华和两名特警押着谭德海从舷梯上走下来。

罗红旗和一队警察在舷梯旁迎接。申晓兵脚跟刚落地，罗红旗上前握住他的手，动情地说：“兄弟，辛苦了。”随后，抬头又向他身后的四名警察挥挥手，“弟兄们辛苦。”

待谭德海落地，四名刑警和两名狱警立即上去给他戴上脚镣手铐，押解上囚车。在一辆开道警车的护送下，囚车拉响警报闪亮警灯，呼啸而去。

待囚车消失在视野，停机坪上立刻热闹起来。

申晓兵几个人围上罗红旗，七嘴八舌地嚷嚷：“罗局，升官了，破案了，请客吧。”

“听说省厅出事了，‘一号’出事了，外省的警察都传遍了，网上也有消息。”

“到井南来捣蛋的那个委员该夹起尾巴滚蛋了吧。”

等嚷嚷声平息下来，罗红旗不动声色地叫道：“柴主任，在哪里？”

柴华林闻声跑步过来，故意大叫一声：“到。”

“你去安排一下，今天晚上全体专案组成员在局里的食堂聚餐，我要敬大家一杯小酒。”罗红旗话音一落，宽阔的停机坪上响起警察们的一阵欢呼声和热烈的掌声。

“收队，弟兄们，回市局。”罗红旗吆喝一声，大家便分头上车。

申晓兵被叫上了罗红旗的车，车门刚关上，罗红旗就急不可耐地问：“快讲，什么情况？兄弟，你把老子害苦啦。”

“领导，别急嘛，稳当得很。”申晓兵在后座上坐定，脸上浅浅的笑意露出伪装出来的稳重。

“我一直就想揭开两个难解的问题，一是他的犯罪动机到底是什么，二是怎么把罗泽西、吴文豪两个毫不相干的人弄到一起杀害的。”罗红旗掉过头，两眼望着车窗外飞驰闪过的树木、人流和车辆，若有所思地说，“这里边的因果关系是怎么回事儿？你不告诉我，我还是按照老习惯，就去亲自提审谭德海。”

“大哥，不用冥思苦想啦，你也不用去看守所审问谭德海啦。”申晓兵口气平稳地说，“我告诉你吧，简单得不得了，简单得超乎你的想象。今天上午，谭德海一到手，给他戴上手铐时，你猜他怎么说。他说，我知道你们会找到我，可我都等了一年多了，熬满一年我就算成功了，这不，你们还多让我活了三个多月。你听了肺都要气炸，他言下之意是骂我们无能啊。可是，一转眼又让你转怒为喜了。他说，我反正总是一死，不用你们费劲儿了，我什么都说，我一五一十地说，说得干干净净，走得也轻轻松松，你们找到我可费了劲儿，我不再麻烦你们了。也就是说，我们按您的指示根本没问他案子，他就主动地竹筒倒豆子一般抖落得干干净净，这家伙，倒也爽快利落。”

“转悠半天，你回答我，他的犯罪动机究竟是什么?”罗红旗追问。

“就是仇视社会，想杀人，想杀可能碰上的任何一个人，既没有特定的目标，也没有特定的企图。他从北方省的一个市区街头盗窃了一辆越野车开到井南，想找刘从海发泄他的苦闷，没找到，更激起了他无名的愤怒，更想杀人。吴文豪是被他以叫黑摩托车的方式诱骗到康平路那条断头路上杀害的。罗泽西是他误闯进滨江公园碰上的，以问路并请他带路的方式骗上车，在车上实际上已经杀死了罗，用的是拧断脖子的方式，扔到现场后，他觉得不解恨，又就地取材，用吴文豪摩托车工具箱里的螺丝刀又给两人捅上几刀。这家伙够残忍的，而且他根本就不知道什么市长，他说他就看见一个戴金丝眼镜的人，穿一身白色的耐克休闲服，觉得他生活得很光鲜，看起来不顺眼，就想杀掉他。他还说他原本是想杀一个警察，但是看见着装的警察都带着武器，他心虚了，转而去杀老百姓，您说这家伙可恨不可恨?”

“可是，可是，他哪儿来这么大仇恨?”

“这家伙从小桀骜不驯，刚成年就两次坐牢，他说这个社会对他不公平，就是在牢里也不公平，多次违规多次被罚，说起这些事，他都是咬牙切齿。只有说到他母亲，我才发现他眼睛红红的，才让人察觉他还有一丝良知。”申晓兵接着说，“这家伙说，这次是死定了，不用坐牢了，枪毙了他，不要通知他妈妈，说我们找不到她，她没有房子，没有住处，一辈子靠捡垃圾过日子，唉，说来也凄惨。”

“唉。”罗红旗长长地叹息一声，说不清楚是对谭德海的同情，还是释惑之后的坦然。

罗红旗直接拨通了张雅南办公桌上的电话，静了静神，平静地说：“书记，讨茶喝啊，上等的西湖龙井，不，不是一杯，是一盒哟。”

电话里的张雅南已经意识到了喜讯的到来，故意打官腔：“好个罗红旗，胆大妄为，你小子敲诈我呀。罗泽西谋杀案破了？”

“破了，犯罪嫌疑人谭德海已经关进看守所啦，案情也清楚啦，就是一个流窜犯作案，就是一桩单独的刑事犯罪案件。”

张雅南欣喜地说：“好，你敲我竹杠，我愿意，君子一言，驷马难追。你马上到我办公室，领赏，品茶，好久没有这等冲喜的消息啦，你快来吧，不得有丁点儿耽误。”

从市委回到市局大院已是夜深人静时分，罗红旗径直走进大楼底层的食堂，看见大厅里空空荡荡的，就问正领着一帮员工收拾杯盘狼藉的餐桌的膳食科长：“弟兄们吃得可好啊？”

他说：“吃好喝好啦，刚开始还嚷着等您，给您敬酒，后来呢，一开席，大家喝得可开心啦，风卷残云，酒足饭饱，又打了一个大胜仗。”

“开心就好，这年头儿弟兄们被瞎折腾害苦了耗累了，不容易啊。”罗红旗深有感触，似乎是自言自语。

膳食科长听见了，接茬儿说：“可不是嘛，白天晚上空转，无事瞎忙折腾。你看这食堂装修得好端端的，弟兄们吃得乐呵呵的，非得拆了，装成什么欧式风格，要安排什么西餐，要大家放下筷子，学习使用刀刀叉叉……唉，莫名其妙，折腾够了，自己也到头儿了。”

罗红旗心里咯噔一下，心想：一些身居高位者唱高调玩阴术使损招，自以为高明得不得了，不承想这伙夫兵头都看得懂，大家未必看不懂，难怪人们说，群众的眼睛是雪亮的。

他叫食堂煮了两碗面条，和小陈坐在空荡荡的厅堂里默默地吃着，耳旁又响起刚才张雅南严肃认真的谈话：“省委已经通报，赵儒僧涉嫌巨额贪腐、徇私枉法和滥用职权，严重违纪违法，已被中纪委押至北京接受审查。我们要加强社会面的治安防控，还要注意稳定公安民警队伍，尤其是注意安抚那些受过不公正对待的民警的思想情绪。”他想，这是个大好消息，普通百姓看得懂，民警心里更明白，明天一早开党委会再做相应的布置，今晚就让弟兄们安心睡一觉吧，井南公安不能再瞎折腾了，也折腾不起了。

天地无言，四季兴替，悄无声息。

又是一个春日的下午，罗红旗与林静娴相约在井南城最北边的大青山老鹰岩上赏夕阳。

硕大的血红血红的圆盘遥遥地悬挂在天边，将落未落之际泛射出万道耀眼的金光，煞是壮观。两人的身与心都完全沉浸在落日余晖里，全部都是金黄金黄的绚丽，陶醉得让人无法用语言来形容，以至于无言无语而微感战栗不止。

“美，太美了，鄙人生于斯长于斯，居然没想到大青山上看落日乃一大美景，吾乃傻瓜一个。”罗红旗不文不白的一句慨叹打破了山林间的寂静。

“确实，傻瓜赏夕阳，落日对傻瓜。夕阳无限好，只是近黄昏。”林静娴似乎是被美景惊呆了，瞎咧咧地凑上几句。

呆，发呆，两人抱膝坐在野草丛中，面对夕阳，久久发呆。

突然，林静娴从沉醉中回过神来，说："你没想到吧，省委那个主要领导这么快就被中纪委带走了。"

"没想到。"罗红旗说，"你也没想到吧，井南公安那个曾经的'皇帝'回到省里就被撤职了。"

"这个，这个结局好像很自然，好像是顺理成章的事。君不闻此言：专横跋扈者，结局大多不祥。"林静娴淡淡地说，"听说雅南书记要调省里当政协主席啦。"

"他太累了，这几年被折腾够了，该休息一下了。据说是他自己提出申请，退到政协并且请求不再任职，上面反倒给他提了个正部级，真是苍天有眼啊。"罗红旗感慨一番。

"听说谭德海一审已经判了死刑，这个该死的杀人犯当庭表示不上诉，离死期不远了。"林静娴说。

"他倒是罪该万死，罪有应得，可他做梦都没想到他居然杀死的是一个市长，更没想到他那双血腥残忍的手搅动了我们这个城市多少人的命运沉浮。这里面最无辜最可怜的算是吴文豪，如果他不死于谭德海之手，迟早也会死在那对奸夫淫妇的手里。最可悲可怜可鄙的是罗泽西，他死了，'画皮'也被戳穿了，罪孽呀，祸害呀。还有那个张德川，市局网安支队的，一门心思想往上爬，投靠'皇帝'，诬陷了许多同志，没想到这么牢固的后台这么快就垮掉啦，升官梦突然破灭了，可能是受不了如此强烈的挫折，也可能是感到无地自容，竟郁郁不可终日，患上了抑郁症，疯了，跳楼自杀了。"罗红旗感慨万分。

说起罗泽西、吴文豪、张德川的死，还想到他老婆的死，尤其是她临走之时那求生的眼神，罗红旗的心像被针扎了一样，一阵接一阵地疼。毕竟他们年纪不大，也不该这样死。想起"10·26"案曲曲折折的侦破历程，竟是这般不曾想到的结果，他又暗自神伤。

“张德川其人其事，据我耳闻目睹，在‘赵、钱’时期的井南公安何止其一人一事，这成为一种现象，就是一种‘平庸的恶’。”林静娴像是发现了一个新的学术现象，对名不见经传的张德川产生了兴趣，俨然一副学究样儿，一板一眼地从理论上分析起来，“在‘赵、钱’时期，一是高压施行造成服从的氛围，二是煽动者借优美的词语造成超常的刺激情景，极容易让人受诱惑而跟从。如果说‘赵、钱’造就了一部‘发动机’，张德川不过就是其中的一个‘齿轮’，在前后左右相同‘齿轮’的推动下，他也不由自主地转动。他与其他‘齿轮’不同的是他是最先的主动的嵌进去的一个。所以，‘赵、钱’应该是‘极端的恶’，而张德川们是‘平庸的恶’，这可以概括为一种现象，或者说是一种世相。”

罗红旗不觉耳目一新，由衷地说：“不愧是教授，见地就是不一般，能抽象，能概括，真有水平啊。”

“风云际会，人世沧桑，世事如棋呀。”平素里以冷静著称的林静娴此时专注地瞅着落日的余晖，依然神色淡定，兀自喃喃自语，“爱因斯坦在相对论里有一句经典的话：‘世界不可理解的是，世界是可以理解的。’想想看，是不是这样？”

“是的，是的。但是，有的事情没有一个过程，没有一段经历，或者没有亲身体验，就不可能理解，或者不可能体悟到位，或者说是体悟不到个中真味。”罗红旗表面上看漫不经心，实则有感而发，感同身受，真情而议，“那一天，我去省公安厅开会，然后去了省第二监狱探视，专门见了李剑锋。走进会见室就让我大吃一惊，原来脸色红润、器宇轩昂、高大挺拔的样子不见了，换成了眼前这个脸色苍白、憔悴不堪、身材佝偻的囚犯形象，脑子里怎么也不能把前后两种形象统一为一个人。还有，更让我吃惊的是，从前在我眼里工作努力、积极向上、敢想敢干的他，忏悔地说：‘罗局，想谁我都不曾想到您会来看望我，您没有想到我曾经做过多少对不住您的事呀。为了争局长这个位子，我萎缩身子委屈身心四处巴结市里领导，送钱卖乖摆饭局，一边跑关系，一边到处编造说您的坏话，诋毁您的形象，私下里又在民警中嘀咕您的所谓坏事，当然是无中生有的坏事，还给您布下陷阱，您都没有发觉……'我听了，当时就惊呆了。"

"你说的那个李剑锋，就是你们市局的副局长，对吧？被判了无期徒刑，是吧？"林静娴似乎也在努力回忆这个人的样子，"我和他一起开过几次会，也在调研过程中接触过几次，他在位的时候根本就不是你说的那个样子。有人是怎么说他的，你知道吗？"

"怎么说的？"

"有人说，他对权力的崇拜和渴望几乎是他生命的全部，他是逢官鞠躬，遇长行礼，满嘴流哈喇子，似乎身上的每个细胞都充斥着向上钻营的基因。你不觉得他就是这样一个人吗？"

"原来不觉得，现在认识他了，也理解了他为什么会走到这一步。"罗红旗接着说，"没想到他自己体悟更深，他说：'鬼都是自己从心里生出来的。做官，做多大的官才到顶；捞钱，捞多少钱才是头儿。人生最根本的一点就是站稳脚跟，光明正大地做人，要做到这一点，贵在知足。现在想起来，悔之晚矣。'他那副又悔又恨的样子，肯定会让我铭记一辈子的。"

"有了切肤之痛，历经牢狱之灾，熬出来的可是真谛。遗憾的是，得此悟者，悔之晚矣。"

"是呀，人生无常啊。但是，底线，人生的底线，社会的底线，该坚守的必须得坚守。"

两人不禁唏嘘不已，慨叹万千。

不知不觉之中，日头行将坠入西山，稍纵即逝的刹那金光格外耀眼。

两人不约而同地站起身子，从高高的老鹰岩上眺望远山环抱之中的井上县。它恰似一口巨大的直冲蓝天的井，在绿茵茵的井底星罗棋布的村寨和农舍已经飘起袅袅炊烟，如此静谧安宁的景象令人心醉。他们扭头看见井南城里鳞次栉比高低参差的楼宇和纵横交错曲曲弯弯的大街小巷被夕阳抹上一层泛红的金光，绚烂无比，宛如童话一般的世界。大青山山麓层林尽染，郁郁葱葱，山下千年流淌的大汉江蜿蜒而来，无声无息，波光粼粼，奔向远方。

回首夕阳红尽处，还是香城。